큰글
한국문학선집

김남천 단편소설선

맥(麥)

일러두기

1. 이 책은 「공장신문」(조선일보, 1931), 「처(妻)를 때리고」(『조선문학』, 1937), 「무자리」(조광, 1938), 「생일 전날」(1938), 「이리」(1939), 「장날」(1939), 「경영」(『문장, 1940), 「어머니 삼제(三題)」(1940), 「오디」(1941), 「맥(麥)」(춘추, 1941)을 저본으로 삼았으며, 작품 수록순서는 단편소설 제목의 가나다순으로 하였다.
2. 이해를 돕기 위하여 편집자 주를 달았다.
3. 원전에서 알아 볼 수 없는 글자는 '●'으로 표시하였다.
4. 원전에는 일부분 한자로 되어 있지만, 한글[한자] 또는 한글(한자) 형식으로 병기하였다.

목 차

경영

1

아홉시에서 아홉시 반까지, 현저동 사식 차입집 앞까지 차 한 대만 꼭 보내게 해달라고 며칠 전부터 신신부탁이지만, 바쁜 틈에 혹시 잊어버리지나 않을까 근심되어서, 최무경(崔武卿)이는 사무실을 나오려고 할 때에 다시 한 번 자동차 영업소로 전화를 걸었다. 그러나 마침 말하는 중이었다. 다른 또 하나의 전화번호를 불러도 통화중이었다. 수화기를 걸고 의자를 탄 채 바람벽에 걸린 시계를 쳐다보고, 캘린더를 무심히 스쳐보고, 그러고는 다시 수화기를 쥐었으나, 그때에 전화는 밖으로부터 걸려와서,

책상 밑에 달린 종이 요란스럽게 울었다.

"야마도 아파트 사무실이올시다."

하고 언제나 하는 버릇대로 먼저 지껄여보았으나 이내,

"네, 저올시다. 제가 최무경이에요. 안녕하신가요? 네, 지금 막 나갈려던 참이었어요. 네? 내일루요."

그러고는 다시 대답을 이어나가지 못하고, 그저 들려오는 목소리에만 귀를 기울이고 있었다. 한참 만에야 가는 탁상전화를 틀어쥐듯이 하고 입을 바싹 들이댄 뒤,

"내일루 연기라지만, 그러다가 아주 틀어지는 거나 아닌가요?"

하고 따지듯이 물어본다. 그러나 한참 만에,

"글쎄요, 그렇다면 몰라두요. 무슨 본인의 잘못 같은 걸루 일이 시끄럽게 되는 건 아니겠지요? 네, 그럼 안심하겠습니다. 내일은 틀림 없겠죠? 그럼 그렇게 알구 있겠습니다. 안녕히 계세요."

맥없이 전화를 끊고 멍청하니 의자에 기대어본다.

클라이맥스를 향해서 한 장면 한 장면 접쳐 올라

가던 판에 필름이 뚝 끊어진 때처럼 허파의 공기가 쑥 빠져버리는 것 같다.

내일 이맘때까지 스물네 시간, 눈이 뒤집힐 듯이 바쁘던 며칠이 있은 끝에, 갑자기 찾아온 텅 빈 공간 같은, 예측하지 않았던 시간이다.

회전의자여서 분김에 발부리로 책상다리를 차면, 몸은 핑그르르 돌아가 저절로 강영감을 보게 된다.

강영감은 꾸부리고 앉아서 손주딸이 날라온 벤또에 차를 부어서 훌훌 소리가 나게 젓가락질을 하고 있었으나, 전화 받는 품으로 대강 한 사연을 짐작은 하였다는 듯이, 힐끗 젊은 여사무원의 얼굴을 쳐다 보곤,

"그저 재판소 일이란 게 그렇다니께. 제에길."

그러더니 먹은 그릇을 덜그럭거리며 치우고 나선,

"그래, 도 무슨 까닭인구?"

하고 뻐끔히 주름살이 구긴 얼굴로 무경이를 바라 본다.

"전들 무슨 심판인지 알 수 있에요. 변호사의 말은 예심판사가 아직 검사의 승낙을 못 받았단답니

다. 언제는 검사의 승낙을 얻기에 힘이 들구 애가 쓰였다더니, 나와야 나오는 게지, 변호사의 말이라구, 제멋대로 주어섬기는 걸 믿을 수가 있어야죠. 그렇다구 하나하나 따져볼 수도 없는 일이구······"

"아무렴, 그런 일이란 건 으레 그런 법인걸. 이편은 바쁘지만 저희 들야 무어 바쁠 것이 있어, 제 볼 일 다 보구 생각나믄 뒤적거려보는걸. 그러나 머 낙심허실 것 없이, 여태 기대렸으니께 그깟 것 하루쯤야, 또 그래야 만나뵈시는 데 재미두 더허구, 흐흐흐······"

이가 군데군데 빠져서 입김이 샌다. 선량한 늙은 이의 얼굴을 보고 있으면 쓸쓸하고도 정다운 생각이 들어서, 무경이는 빙그레 웃음을 입술 위에 가지게 되는 것이다. 그러나 그런 웃음은 강영감과의 오랜 생활에서 거의 습관처럼 되어진 것이기 때문에, 속으론 딴것을 희미하게 생각하고 있었다.

어떻게 할까? 집으로 가서 어젯밤의 되풀이를 또 한 번 치를 것인가? 저녁은 외식을 하고, 나오는 분을 맞아다가 아파트에 안내한 뒤, 일러도 열한시나 자정이 되어야 집으로 돌아오게 될 것이라고, 아침에 나올 때에 일러두었는데…… 역시 간단히 무어든간 사 먹고 가리라 생각하는 것이다.

무경이는 택시영업소로 전화를 걸고 사무실을 나와서 구내식당으로 들어갔다. 사무실에 강영감이 있듯이 식당에는 산쨩이라는 어린소년이 있어서, 그는 이 안에 들어설 때마다 반가운 표정을 짓게 된다. 새로 빨아서 깨끗이 다린 흰옷을 입은 어린 소년은,

"어유, 최선생이 어쩐 일이유. 저녁 진지를 식당에서 다 잡수시구."

그의 뒤를 달랑달랑 쫓아오면서 생글거리기 시작한다.

무경이는 구석진 테이블에 앉아서, 눈이 마주친 손님들께 가벼운 인사를 나누는데, 상머리에 서서 나막신 끝으로 시멘트 바닥을 울리면서 말끄러미 무경이의 눈동자를 지키고 섰던 산쨩은,

"사진 구경 가실려구. 어딘지 맞히리까?"

하고 똥그란 눈을 삼빡거린다.

"사진 구경은 누가 산쨩인 줄 아는 게군."

유쾌로운 얼굴로 백을 식탁에다 놓고 웃어 보이니까

"오오라 참, 부민관, 내 참 음악횔 걸 까빡 잊었네."

쉴 새 없이 핑글핑글 돌아가는 전기시계를 언뜻 쳐다보더니,

"늦었수 어서 가세야지…. 무어 잡수실려? 라이스 모논 카레하구 하야시만 남았는데. 빨리 될 걸룬 가께운동."

무경이는 소년의 지껄이는 것이 재미나서,

"그럼 가께우동 하지."

마치 음악회나 가려는 것처럼 대답해 보내는 것이다.

음악회—참말 음악회의 표를 미리 사서 간직해두었던 것을 지금서야 생각한다. 깜빡 잊었다. 첫날치였으니까, 벌써 시효도 넘었다.

백에서 속갈피를 뒤적이니까 한편 구석에서 티켓이 나왔다. 일 년에 잘해야 한 차례씩이나 얻어들을 수 있는 교향악단의 밤이었다. 지금쯤은 차이꼬프스끼의 「파테티크」가 연주되기 시작하였을 것을. 그는 요즘 며칠 동안 제정신이 어디로 팔려버렸던

것을 새삼스럽게 생각해본다. 그러나 기뻤다.

어떤 숭고한 일이 정성을 썼다는 만족이 그의 마음을 느긋하게 어루만져준다. 음악회 티켓 같은 것, 열 장 스무 장이 무효로 되어버려도 그는 도무지 아깝지 않다고 생각해보는 것이다. 음악회라면 하찮은 학생들의 연주회에도 빠지지 않고 쫓아 다니던 것을…… 우동이 왔다. 두어 젓가락으로 빨간 국물만 남는 깜찍한 우동 그릇이 오늘처럼 그의 마음에 합당한 때는 없었다. 그는 따끈한 국물을 마시고 식당을 나왔다. 그길로 삼층을 향하여 올라가는 것이다. 복도를 돌아서 그는 하나의 도어 앞에서 발을 멈춘다.

방 앞에 서면 언제나 감격이 새로워서 가슴이 울렁거린다.

이 년이 되어온다. 그런데 아직 예심 종결도 나지 않았다. 예심이 종결되기 전에 보석운동을 하기란 여간 힘든 게 아니었다. 처음은 면회도 할 줄 몰랐다. 변호사를 대고 차츰 이력이 나서, 졸라보고, 떼를 쓰고, 계교도 꾸며보고, 갖은 예를 써서 면회도 비교적 잦아졌고, 그리고 두 달 전부터는 보석운동에 손을 댈 욕심까지 가져본 것이다. 그러한 정성이 지금 여기에까지 이른 것이다.

핸드백에서 열쇠를 꺼내 잠갔던 문을 여니까, 쌍긋한 꽃의 향기가 몸을 안기는 것 같아서, 그는 그것을 함빡이 들이마시면서 눈을 감고 한참 동안 문지방에 선 채 움직이지 못했다. 서편 창으로부터 맞은 언덕을 넘어가는 낙조가 푸른 문장에 비쳐서 은은한 광선이 꽃병이 놓인 나지막한 서가를 비스듬히 비추고 있다. 서가의 두 칸대는 텅비었으나, 가운데 칸대에는 신간과 새달의 종합잡지들이 가지런히 꽂혀 있다. 그 가운데 경제연보가 두 책, 하얀 바람벽에는 흰 테두리 속에 든 수채화가 한 폭. 흰 요를 깔아놓은 침대는 북쪽 바람벽에 붙어서 누워 있고, 침대 머리맡에 전기스탠드, 그 밑에 철필과 잉크를 놓은 작은 탁자, 양복장과 취사장이 지금 무경이가 서 있는 옆으로 나란히 설비되어 있으나, 물론 그 안에는 아무것도 들어 있지 않았다. 훤하게 유리알이 발린 남쪽 창문을 옆으로 하고 간단한 응접세

트와 사무 탁자. 응접 테이블 위에는 화분이 하나.

　무경이는 구두를 벗고 신장을 열어서, 거기에 들어가 있는 새 슬리퍼를 꺼내어 신고 방 안으로 들어선다. 이 커다란 건물 안에서 그 중 좋은 방이거나 제일 큰 방은 아니지만, 조촐하게 독신자가 들 수 있을 남향으로 된 아파트의 한 칸이다. 침대 위에 놓인 옷보퉁이를 한 옆으로 밀어놓고 그 옆에 털썩 걸터앉아서, 그는 벌써 한 주일째나 하루 두세 번씩은 해보곤 하는 마음과 눈의 작은 절차를 오늘도 세 번째나 되풀이해본다.

　무어 부족한 거나 없는가? 방 안을 쭉 둘러 살피는 것이다. 옷보퉁이에는 새 잠옷이 있고, 침대는 이만했으면 쇠약한 몸을 편하게 가로 눕힐 만큼은 편안하고, 방 안의 장치도 설비도 만족할 정도는 아니지만 간소한 대로 정성을 다한 것, 오랫동안 새로운 지식에 굶주렸으니 그동안의 사회 정세의 변동이나 추세나 짐작할 정도의 신간, 경제를 전문하던 터이니 경제연보의 새것을 두 권, 그리고 복잡한 세계의 분위기나 두루 살피라고 종합잡지를 사다 꽂았다. 꽃을 한 묶음 화병에 꽂고, 집에서 정성 들여 기르던 꽃화분을 한 탁자에 준비하고…… 이만했으면 우선 그를 맞아들이기에 시급한 준비는 된 것이라고 그는 거듭 생각하는 것이다. 그는 한참 동안 입술 가에 만족한 웃음을 그리면서 앉아 있다가, 갑자기 생각난 듯이 핸드백을 들고 그 안에서 사내의 회중시계를 하나 꺼내었다. 커다란 크롬 껍데기의 월섬이 재깍 소리를 울리며 기다란 쇠줄을 끌면서 나타났다. 손에 쥐어보면 묵직한 것이 믿음성이 있다.

오시형(吳時亨)이가 학생 시대부터 차고 다니던 것이다. 사건의 취조가 끝나고 검사국으로 송치가 된 뒤, 검사 구류기간 열흘이 지나서 드디어 예심으로 회부가 되어 시형이가 영영 영어의 몸이 되어버렸을 때, 입고 들어갔던 옷가지와 함께 취하(取下)해 가져온 물건 중의 하나였다. 그때로부터 이년 가까이, 이 묵직한 회중시계는 주인의 품을 떠나서, 언제나 무경이의 핸드백 속에서 시간의 흐름을 가리키고 있었다. 이 장침과 단침은 대체 몇천번이나 빤뜩빤뜩한 흰 판을 달리고 돌았는가? 초침이 한

초 한 초씩 시간을 먹어들어가는 소리를 물끄러미 듣고 앉았다가 그는 시계를 가만히 제 얼굴에다 비비어보았다. 차갑다. 그러나 가슴속에선 누르고 참았던 감정이 포근히 끓어올라서, 이내 그의 볼편의 체온은 크롬 껍질을 따끈하게 데우고야 만다. 가슴을 복받치는 울렁거리는 혈조를 가라앉히기 위해서 그는 한참이나 낯을 침대에 묻고 가만히 엎디어보았다.

어머니에게 저희의 관계를 승인시키기에 얼마나 애가 쓰였는가. 집과 인연을 끊듯이 한 시형이의 차입을 대고, 보석운동을 하느라고 얼마나 발이 닳도록 뛰어다니고, 뼈가 시그러지도록 일을 하였는가. 그 때문에 직업에도 나서보았다. 재판소, 변호사, 형무소로 통하는 길을 미친년처럼 쫓아도 다녔다.

그는 가슴속으로 맑고도 숭고한 쾌감을 포근히 느껴보면서 침대에서 낯을 들고 시계를 백에 챙겨 넣은 뒤 방을 나왔다. 내일, 내일 저녁이면, 그러한 정성이 하나의 보답을 받는다…….

밖은 벌써 땅거미가 꺼멓게 기어들고 있었다. 아

직도 채 식지 않은 공기가 바람에 불리어서 훈훈하게 움직인다. 그러나 땀발이 잡히려던 피부엔 넓은 언덕에서 흔들리는 저녁 바람은 선뜩하였다. 북아현정 쪽으로 푸른 주택지를 잠시 바라보고 섰었으나, 오랫동안의 습관으로 거리 위에 나서면 그는 늘 바쁜 사람처럼 종종걸음으로 서두른다. 감영 앞, 종로, 인사동 이렇게 세 군데서나 차를 바꾸어 타는 것도, 어쩐지 분주한 듯이 서둘러대고 싶은 마음에 합당한 것 같아서, 오늘 저녁의 그에게는 다시없는 가벼운 흥분으로 즐겁게 느껴지는 것이다. 화동 골목까지 치마폭에서 휘파람 소리가 날 지경으로 활개를 치며 걸어 올라간다.

어머니보고도 같이 가시자고 말해보리라. 처음엔 믿음직 못하다고 한사코 나무랐으나, 그런 것 때문에 이 년 만에 돌아오는 그를 대견하게 맞아주지 못할 것이 무엇인가. 인제 누가 뭐래도 장래의 사위가 아닌가. 어머니도 요즘엔 은근히 기다리고 계셨다. 같이 가시자면 기뻐하실 것이다. 나오는 당자의 기쁨은 말할 것도 없을 게구……

저의 집 대문을 들어설 땐 콧노래까지 흘얼거리고 있었다.

"엄마 있수?"

하고 응석을 담아서 불러본다. 꽃화분이 주런이 얹히어진 높직이 층계가 진 선반 옆에 선 채 무경이는 어머니 방을 향하여 불러보는 것이다. 그러나 대답이 없다. 식모방에서, 이 집에 들어온 지 겨우 한달밖에 안되는 식모가 툇마루로 뛰쳐나오며,

"아이구, 아가씨가 오셨네."

하고 얼굴에 크림이라도 바르고 있었는지, 당황히 옷 고의춤을 매만지고 섰다.

"마님은 손님이 오셔서 같이 나가셨는데, 인제 늦지 않게 곧 다녀 오신다구서…… 그런데 아가씬 웬일이세요?"

"내일 저녁으로 연기야."

하고 대답해주곤 무경이는 곧바로 제 방문을 열었다.

"대야에 물 좀 떠놔! 그러구 밥 있어?"

식모는 댓돌에서 해진 고무신을 발부리에 꿰면서 뜰로 내려선다.

"네. 그래두 찬이 시언찮으신데…… 아가씬 왜, 저녁, 밖에서 잡수신다구 하시군……"

수도에서 물을 받아서 놋대야를 대청으로 나르고 비눗곽과 수건을 갖다놓고는 부엌으로 들어간다.

무경이는 낯을 씻었다. 다시 제 방으로 들어가서 볼편에 크림을 바르고 있는데,

"진짓상 이리루 들일까요?"

하고 식모가 문지방 밖에서 엿보듯 한다. 안방 어머니 방에서 함께 모여서 먹는 것을 알고 있는 식모는, 밥은 역시 그곳에서 먹는 것을 정칙으로 생각하고라도 있는 것 같다.

"그래. 내 인제 건너갈게. 어머니 방으로 들여다 놔."

"찬은 머, 굴비허구 장아찌밖엔 없는데 어떡허실까……"

하고 걱정하는 것을,

"그게면 되지, 찬물에 풀어서 한술 들면 될걸 뭐."

분첩으로 볼편을 두어 번 두드리고 무경이는 어머니 방으로 건너가서 상 앞에 주저앉았다. 밥술을 막 들려고 하는데, 길마리 머릿장 밑에 뵈지 않던 부채

가 한 자루 있었다. 무경이는 그것을 잠시 물끄러미 바라보았다.

"아이, 손님이 부채를 놓시구 가셨네."

무경이의 눈길을 따라가본 식모는, 대청마루에 엎드리듯이 턱을 받치고 주인 아가씨의 진지 드는 모양을 바라보려다가, 눈에 띈 부채에 대해서 그러한 설명을 들려주었다. 그러나 벌떡 상반신을 일으키더니 부채를 들어서 책상 위에 올려놓고 다시 뜰로 나가버렸다.

무경이는 술을 든 채 밥그릇으로 손을 옮기진 못하였다. 그는 술을 놓고 일어서서, 지금 식모가 챙겨놓고 나간 부채를 가져다 펼쳐보았다. 틀림없는 사내의 소유물이었다. 곱게 색채를 써서 그린 산수화가 있고, "위 하곡대인청상(爲河谷大仁淸賞)"이라고 쓴 밑에 "청산(靑山)"이란 화가의 낙관이 찍혀 있다. 이것으로 보아, 청산이란 화가가 그림을 그려서 하곡이란 분에게 선물로 보낸 부채라는 것을 알 수 있었다. 이 부채의 임자는 하곡이란 아호를 가진 분이다. 그리고 어머니는 이 하곡이란 분과 함께 외출하신 것이다 그런 것을 알 수 있었으나, 무경이는 첫째 하곡이란 분을 알지 못하였다.

"하곡? 하곡."

하고 입으로 두어 번 뇌어보았으나 그러한 아호와 함께 나타나는 환상은 아무것도 없었다.

'낯도 잘 알고 이름도 잘 아는 분이면서도, 내가 그이의 호를 모르고 있는지도 모르지', 그렇게 생각하면서 부채를 다시 책상 위에 놓은 뒤에 밥상 앞으로 돌아왔고,

"많지두 않은 찬에 어란을 잊었었네."

하고 변명하듯 하면서 가지고 들어온 식모의 손에서 접시도 그대로 묵묵히 받아놓았으나, 어쩐지 마음은 말끔히 가시지 않았다.

어머니와 같이 나간 손님이 어떻게 생긴 분인가를 식모에게 물어 보려다가 그것도 그만두었다. 그는 잠시 더 멍청하니 상 앞에 앉아 있었으나, 식모에게 눈치 채일까 저어하며, 이내 밥통을 열고 물대접에 밥을 말았다. 그러고는,

"나 혼자 먹을게 나가 있어."

하고 식모도 밖으로 쫓아버렸다.

마른반찬에 얼려서 두어 술 떠넣고 그는 다시 방 안을 살펴보지 않을 순 없었다. 장롱과 의걸이, 문갑, 책상 위의 성격책들, 모두 다 놓았던 자리에 놓여 있다. 그러나 책상 밑을 들여다보았을 때 무경이는 다소 마음이 뜨끔했다. 치렛거리로 놓아두던 놋재떨이에 피우다 버린 담배꽁초가 하나 비비어 꽂혀 있기 때문이다. 손님은 담배를 피우는 분이었다는 것을 그것으로 알 수 있었다. 그리고 그것은 결코 대수롭지 않은 발견은 아니었던 것이다.

어머니의 아는 분으로서 담배를 피우는 이는 무경이의 기억 속에는 들어가 앉아 있지 않았다. 이십여 년 동안 예수교 풍속에 젖어온 분이고, 그 속에서 청상과 부를 지켜온 어머니로서 끽연히 습관을 가진 사내 손님을 가지고 있었을 리 만무하다.

"다 먹었으니까 상 치어."

하고 외치듯 하고는 무경은 제 방으로 돌아와버렸다.

부채, 하곡, 담배—이런 것이 함께 엉켜돌면서 종시 그의 머리를 놓아주지 않는다. 그리고 이러한 그의 의심은 다시금 얼마 전에 경험한 한 가지 사건을 그의 머리속에 불러내는 것이었다.

달포 전의 일이었다. 화창한 초여름의 공일날, 벌써 몇 해째의 습관에 따라 무경이는 오랜만에 만나는 휴일을 집에서 책을 읽었고, 어머니만 예배당에 가신다고 집을 나갔었다. 오정이 좀 넘으면 으레 예배당에서 돌아오셨으므로, 그는 돌아오시는 어머니와 함께 점심을 먹고, 잠시 본정이라도 다녀오려고 그 시간이 되기를 기다리고 있었다. 그러나 어머니는 어쩐 셈이신지 한시가 되어도 돌아오지 않았다. 강설이 길어져서 예배시간이 오래되는 것이라고 얼마를 더 기다렸으나 두시가 되어도 종내 돌아오지 않았다. 그래서 무경이는 혼자서 점심을 먹고 집을 나왔다. 안국동 네거리를 거진 나왔는데, 예배당 전도부인을 길에서 만났다.

"오래간만이올시다."

하고 이 근년에 신통치 않아진 '타락된 교인'은, 목사나 전도부인을 만나면 다소 면구스러워져서 그다지 기다란 인사를 늘어놓지 않는 습관이 있었다. 그러면 도회인답게 경위가 바른 목사나 전도부인도 이내 무경이의 태도를 눈치 채고, 그 이상의 긴 수작을 늘어놓으려고 하지 않았었으나, 오늘만큼은 간단히 인사를 마치고 돌아서는데,

"어머님이 예배당엘 안 오셨게 무슨, 몸이래두 편치 않으신가 해서, 난 이따 저녁녘에 잠시 들러보려던 참인데⋯⋯."

하고 무경이를 붙들어 세우려 들었다.

"아뇨, 별일 없으신데, 그리구 어머닌 예배당에 가신다구 오전에 나가셔서 여태 안 들어오셨는데요."

그러나 그 이상 이야기를 연장시키고 싶지 않아서,

"아마 도중에서 누굴 만나셔서 예배당에도 못 들르시구 어디 급한 일이 있어 그리로 가신 게구면요."

하고 간단히 처치해버렸다. 그러니까 전도부인도,

"글쎄 그러신 게구면."

하고 가버렸다.

초여름의 태양이 쨍쨍하고 유쾌해서 전차도 안 타고 본정까지 걸어가면서도 무경이는 그것에 관해서 별로 깊은 생각은 품어보려 하지 않았다. 그래서 볼

일을 보고 그는 두어 시간 만에 다시 집으로 돌아왔다. 어머니는 그때에도 돌아와 있지 않았다. 참말 무슨 일이라도 생겼는가 해서 궁금했으나, 어머니는 해가 질 녘에야 낯이 좀 발그레 하니 그을린 것처럼 되어서 총총한 발걸음으로 돌아왔다.

"가정 심방에 같이 따라나섰다가 진력이 났다."
하고 묻기도 전에 어머니는 변명한다. 무경이는 깜짝 놀라 어머니의 낯을 건너다보지 않을 순 없었다. 가정 심방? 예배당에도 안 가셨던 분이 전도부인과 목사와 함께 가정 심방이라니 어떻게 하시는 말씀일까? 어머니는 그때 옷을 벗어서 옷장 안에 들여 걸고 있었으므로 다행히 딸이 변해진 눈초리와 놀란 표정을 눈치 채진 못하였으나, 무경이는 한참 동안 마루 위에서 움직이지 못하고 굳어진 조각처럼 서있었다. 다시 어머니가 마루로 나오면서,

"난 김장로 댁에서 저녁을 먹었는데 너희들이나 어서 먹어라. 그리구 애, 나 물 좀 다우."
하고 서둘러댈 때엔 무경이는 낯을 돌리고 딴 쪽을 향하여 일부러 어머니의 얼굴을 피하였다. 어머니

의 하는 말이 지어낸 공연한 거짓인걸 아는 바엔, 당황하고 부끄러운 마음을 감추려고 벙뗑하니 서둘러 대는 어머니의 표정을 정면으로 추궁하기가 계면쩍은 것이다.

어머니는 어디를 갔었기에 이렇게 나를 속이시는 것일까. 따져보면 아무렇지도 않은 일일 것 같으면서도, 홀어머니의 자식으로서 믿고, 의지하고, 응석을 부려오던 어머니인만큼, 자기를 속였다는 그것 한 가지 사실만으로 그는 한없이 쓸쓸하고 슬퍼지는 것을 느끼게 되는 것이었다. 물론 그 뒤엔 그것을 깊이 기억하고 있지도 않았었지만, 그때로부터 달포나 지내었을까 한 지금, 추측할 수 없는 사내 손님이 어머니와 같이 외출을 하였다는 사실에 부딪히면, 민첩한 처녀의 예감은 벌써 어떤 길하지 못한 사태에 대하여 생각의 촉수를 뻗어 보게 되는 것이다.

무경이는 제 방에 와서도 일손이 잡히질 않아서 멍청하니 책상머리에 쭈그리고 앉아 있었다. 어젯밤처럼, 세상에 나올 오시형이를 생각하면서 즐거운 환상을 향락하고 있을 마음의 여유도 생겨나지 않는다. 상상력이 뻗을 수 있는 턱까지 공상을 거듭하면서 사정의 이면으로 파고들려 애써보나, 엉클어진 생각이 붙드는 결론은 언제나 그의 마음을 쓸쓸한 구렁텅이로 떨어뜨리고 만다. 그럴 때마다 그는 다투기나 하듯이 머리를 흔들었다. 설마 어머니가…… 그럴 리는 없다. 나 하나를 믿고 청춘을 짓밟아버린 어머니가 아닌가. 모든 잡념을 떨어버리고 유혹의 손을 물리쳐버리기 위해서, 젊은 감정과 정서를 송두리째 뜯어서 파묻어버리기 위해서, 살림에 군색하지는 않은 처지면서 스스로 원하여 병자를 다루는 직업 가운데 자기의 위치를 선택하였던 어머니가 아니었던가. 스물다섯의, 서른의, 서른다섯의, 어려운 고비를 성스럽게 넘기고 사십의 고개를 이미 넘어버린 어머니가 설마 그럴 리야 있는가.

제 생각을 채찍질하고 제 마음에 모욕을 주면서 어머니가 돌아오는 것을 기다렸으나, 열한시가 가까워서 어머니의 발자국 소리가 대문 밖에 들릴 때엔, 그는 기계적으로 전기스탠드의 줄을 낚아서 불을 끄고 캄캄한 방 속에 숨어서 어머니의 얼굴과 마주 대하기를 스스로 피하여버렸다. 식모가 어머니에게, 그가 일찍이 돌아오게 된 사연을 아뢰는 것을 귓결에 들으면서도, 그는 귀를 틀어막듯이 하고 방바닥에 엎드려서 숨을 죽이고 어깻죽지를 가느다랗게 떨고 있었다.

2

어디까지나 어디까지나 끝이 없이 뻗어나간 것 같은 붉은 벽돌의 높직한 담장에 위압을 느끼듯 하면서, 불광이 흐릿한 굳이 닫힌 출입구 앞에서, 최무경이는 벌써 한 시간 동안이나 왔다 갔다 하고 있었다. 너무 일찍이 찾아왔었다. 그러나 다른 데서, 언제라고 꼭 작정이 없는 시간이 오기를 멍청하니 보내고 있을 수는 없어서, 그는 해가 그물그물할 때 아파트의 구내식당에서 간단한 저녁을 먹고는 곧 영천행의 전차를 잡아타고 예까지 좇아와서, 이렇게 혼자서 문이 열리기를 기다리고 있는 것이다. 사람의 내왕도 드문 언덕이었으나, 그가 와서 기다리고 있는 한 시간 남짓한 동안엔, 오늘 검사국에서 간단한 취조를 마치고 새로이 이곳에 입소하는 피의자의 패거리와, 공판정이나 예심정에 취조를 받으러 나갔던 피고들을 태운 자동차가, 두세 차례나 이 커다란 문을 드나들었고, 낮일을 여태까지 보고 늦게야 집으로 돌아가는 간수들도 작은 문을 열고는 안으로부터 꾸부정하니 허리를 꾸부리고 불쑥 양복 입은 몸뚱어리를 나타내곤 하였다. 이럴 때마다 문 열고 닫는 소리는 깜짝깜짝 무경이의 신경을 때리고 가슴을 울렁거리게 하는 것이었다. 이 년 가까이 차입을 하느라고 드나든 관계로 그중에는 안면이나 어렴풋이 있는 간수도 있었으나, 문밖에서 만나면 그들은 언제나 처음 보는 사람들처럼 무표정한 얼굴로 그를 지나치곤 하였다.

밖으로부터 들어갈 사람이 다 끝났으니까, 인제 안으로부터 석방되는 사람이 나올 시간도 되었을 게다, 혹시 오시형이를 석방하라는 검사와 예심판사의 영장을 아까 재판소에서 돌아오던 간수부장의 커다란 가방이 가지고 들어간 것이나 아닌가, 지금쯤은 오랫동안 친숙해진 미결감의 한 방에서 영장을 받아들고 밖으로 나올 준비에 바쁘고 있는 것이나 아닌가—이런 공상에 취하였다가, 덜커덩하고 문에서 쇠 여는 소리가 나면 그는 깜짝 놀라서 그편으로 쫓아가보곤 하였으나 그때마다 문으로 나타나는 것은, 간수거나 사식집 사환아이거나, 그런 사람들이어서 그는 번번이 속아 떨어지지 않으면 안되는 것이었다.

아홉시가 넘어서 한참이 되니까 부탁하였던 자동차도 왔다. 자동차가 세가 나는 요즘 같은 때에 오랜 시간을 기다리게 하는 것이 미안해서 그는 자동차에서 내려서,

"안직 시간이 멀었습니까?"

하는 운전수에게로 가까이 가며,

"인제 얼추 시간이 되었을 거야요. 미터를 돌려서 시간을 계산해주세요. 바쁘신데 자꾸 무리를 여쭈어서 죄송합니다. 그러나 머 딱히 정한 시간이 아니니

까 따로 도리가 있어야죠. 대개 아홉시가량이면 나올 수 있다니까 인제 얼마 기다리지 않을 거예요."

자꾸만 시계를 불에다 비추어보면서 운전수에게 미안의 변명을 늘어놓아보는 것이었다. 아파트에서 특약하고 쓰는 곳이어서 안면이 있는 운전수는 아무 대꾸도 하지 않고 다시 운전대에 올라가선 카드를 들고 연필로 무엇을 끼적거려보고 앉았다. 미터의 시계가 짤각거리다가 딸깍하고 십 전씩 넘어서는 소리가 조용한 가운데서 무경이의 초조한 신경을 자극하고 있었다. 그러나 십 분이 넘고 이십 분이 되어도 아무러한 소식이 없었다. 이러다가 오늘도 또 헛물을 켜는 것이나 아닌가. 그렇게 생각하면 꼭 그럴 것만 같이 생각되어 그는 더욱더 초조하게 바직바직 타는 심정을 누를 길이 없었으나, 누구에게 물어볼 수도 없고, 저만큼 전찻길 있는 데까지 뛰어내려가서 변호사한테 다시 전화를 걸어보고 싶은 조바심까지 생겨나는 것을 인내성 있게 안타까이 참아보고 있는 것이다.

그러고 있는데 아래쪽에서 어떤 양복 입은 신사가

하나 휘우청휘우청 올라오고 있었다. 맥고자를 벗어 들고 조끼 입지 않은 가슴을 부채질하면서 자동차의 옆을 지나다가 가벼운 양장으로 몸을 꾸민 무경이를 발견한즉, 그곳으로 가까이 오면서,

"당신 누구요?"

하고 퉁명스럽게 물었다. 미처 대답할 말이 없어서 멍청하니 서 있으려니,

"당신 이름이 무언가 말요?"

하고 신사는 다시 제 물음을 설명하였다.

"최무경이에요."

"최무경? 누구 나오는 걸 기다리구 있소?"

"네, 오시형이란 사람이 보석으로 나온다구 마중 왔습니다."

신사는 수첩을 꺼내 들고 불빛 밑으로 무경이를 오라고 하였다.

"나는 서대문경찰서 고등계에 있는 사람인데 성함이 누구라구 했지요?"

그러고는 무경이가 말하는 대로를 수첩에다 옮겨서 썼다.

"주소는 화동정…… ×십오번지."

그렇게 나직이 흥얼거리다가,

"오시형이가 당신의 무엇이 됩니까?"

하고 말한다. 무경이는 돌연한 물음에 잠시 말문이 막힐 듯이 되었으나 이내,

"약혼한 사람입니다."

하고 대답한다. 그러니까 형사는 한참 묵묵히 붓방아를 찧고 있다가,

"나이엔노쯔마1)와는 그럼 다른 셈이죠?"

하고 묻더니, 대답도 별로 기다리지 않고 무어라고 수첩에 기록하고 있었으나,

"연령은요?"

하고 또다시 질문을 던졌다.

"스물넷입니다."

"그럼, 오시형이가 나오면 이 주소에 묵게 되는가요?"

빠끔히 무경이의 낯을 건너다본다.

---

1) 내연[內緣]의 처[妻]

"아니올시다. 죽첨정에 있는 야마도 아파트 삼층 삼백이십삼호실에 있게 되겠습니다. 바루 경찰서에서 마주 바라다뵈이는……."

그러나 형사는 연필을 든 채 머리를 끼우뚱하고 있다가 다시 무경이를 쳐다본다. 어째서 거처할 곳이 그리로 되는가를 채 이해하기 곤란하다는 표정이었다. 그래서 무경이는,

"아직 예식을 올리지 않았다구 조선 풍속에 따라 그때까지 아파트에 드는 겁니다."

하고 설명을 첨부하였다.

"그럼, 이 아파트에는 아무도 같이 있지 않는 거지요?"

"네."

"그럼 좀 곤란한데요. 이렇게 되면 당신이 책임 있는 신원의 책임자가 되기가 힘들게 됩니다. 물론 자기가 저지른 사간에 대해서 개전(改悛)의 빛이 확실히 나타났으니까 재판소에서도 보석 같은 걸 허가한다고 생각합니다만, 다만 일단 형무소 밖으로 나오면 책임은 그 시각부터 경찰에게로 옮겨지는 거니까요.

만약에 행방이라도 자세하지 않아지는 경우가 생기면 큰일이 아니여요? 똑똑한 인수자가 없으면 경찰서에서 당분간 신원을 보호해주어야 합니다. 주소가 다른 당신을 믿고 미가라(신병[身柄])를 석방하기는 힘들지 않습니까? 형식상으로라도……"

"제가 낮에는 거기서 사무를 보고 있습니다."
하고 무경이는 다시금 생기는 난관을 넘어서려고 열심한 태도로 말해본다.

"그런 게야 무슨 조건이 될 수 있습니까?"
하고 미소를 띠더니 잠시 어떻게 하나? 하는 자세로 머리를 끼우뚱 하고 생각한다.

"모처럼 재판소에서 허락해서 세상에 나오는 분이고, 또 몸도 몸이려니와 그만큼 판사나 검사도 인격을 신용하고 석방하는 것이니까, 나오는 날로 불쾌스럽게 다시 유치장 잠을 재운다든가 해서야 피차에 유쾌하지 못한 일이 아닙니까? 그러니까 이건 법칙상 위법이지만 내일 안으로 아파트의 책임자라든가, 누구 한 주소에 사는 분을 보증인으로 정해서 알려주시오. 그렇게 한다면 오늘 밤으로 최선생을 신용하고 그대로 데려내다가 맡겨버릴 터이니까요. 내일 아침에 보고서를 작성해서 주임께 바쳐야 하니까 그전에 알려주십쇼."

"아이. 고맙습니다. 내일 아침에 말씀하시는 대로 하겠습니다."

하고 마치 이 형사가 오시형이를 석방해주는 권리를 가진 거나처럼 무경이는 그에게 대하여 감사의 마음을 표하여 보였다.

"그럼, 잠깐 동안 기다리십쇼. 대개 준비하고 있을 테니까 인제 들어가서 곧 데리고 나요죠."

하고 수첩을 접어 넣고 문 있는 데로 걸어가는 뒤에서, 무경이는 다시 공순히 머리를 수그리었다.

형사는 문지기 간수에게 안내를 구하고, 문이 열려서 이내 안으로 사라졌다.

"인제 곧 나온답니다. 경찰서에서 오질 않아서 이렇게 늦었던가봐요. 너무 기대리게 해서 미안합니다."

무경이는 다시 운전수에게로 와서 사례의 말을 건네었다.

이러구러 한 십여 분이 지난 뒤에 형사와 함께 양

손에 짐을 들고서 휘뚝거리며 시형이가 문밖에 나타났다. 짐이 많아서 문안에 섰던 간수가 몇 차례씩을 내보내주는 것을 시형이는 허리를 꾸부리고 받아서 옮겨놓고 있었다.

무경이와 운전수는 그편으로 쫓아갔다. 운전수는 무거운 책꾸러미를 양손에 들고 그것을 자동차로 날랐으나, 무경이는 손으로 짐을 거들 생각도 미처 못하고 그곳에 서 있는 오시형이를 잠시 멍청하니 바라보고 있다. 시형이도 흐릿한 불광 밑으로 잠시 무경이를 건너다보았으나, 이내 형사를 향하여,

"그럼, 그렇게 하죠."

하고 말하였다. 그러니까 형사는

"최선생, 틀림없도록 해주시오. 난 그럼 여기서 갑니다."

하고 무경이 쪽만 바라보며 맥고자를 잠깐 들었다. 놓고 그곳으로부터 언덕밑을 향하여 사라져 없어졌다.

짐을 차에서 옮겨 싣고 두 사람은 나란히 자리에 앉았다. 시형이는 흥분을 고즈넉이 숨기고 가만히,

"아, 저 불 봐라!"

하고 웃는 표정으로 시형이를 쳐다본다. 사내는 눈을 떨어뜨려 옆에 앉은 애인의 눈길을 받아서 비로소 오래간만에 그의 얼굴을 자세히 바라보았으나,

"그럼."

하고 대답하곤, 이내 낯을 돌리고, 이어서 궁둥이께를 움칠거리면서 자리를 도사리고 창밖에 지나치는 거리의 풍경을 물끄러미 내어다보고 있다.

무경이는 나직이 숨을 짚으며 앞을 바라본다. 왼편 옆구리에는 안에서 보던 책들이 어깨에 닿도록 쌓여 있다. 창고에서 풍기는 냄새가 옷보퉁이와 책과, 그리고 시형이의 몸에서까지 흘러나오는 것 같았다. 흥분이 가슴속으로 가라앉고 안심과 만족이 포근이 떠오르는 것을 그는 향락하듯이 느끼고 있다. 이윽고 차는 커단 아파트의 앞에 와서 멎었다.

강영감이 자지 않고 기다리고 있다가 찻소리를 듣고 나와서 짐을 옮겨주었다. 그러나 승강기도 없는 수면시간에, 짐을 삼층까지 끌어 올리는 것은 여간만 거추장스러운 일이 아니어서 그들은 강영감이 생각대로 짐을 일단 사무실로 들여놓았다가 내일

아침에 끌어올리기로 하였다.

　자동차가 돌아간 뒤에 무경이는 오시형이를 강영감에게 소개하고, 그를 삼층 아파트의 한 칸으로 안내하였다. 오래간만에 걷는 걸음이라고, 생각처럼은 쇠약한 것 같지 않았으나, 후들거리는 다리가 못미더워 무경이는 시형이에게 높직한 층층계를 올라가는 동안 자기의 어깨와 팔을 빌려주었다. 삼층의 마지막 계단을 돌아 올라가면서,

　"제칠천국 같으네."

하고 무경이가 웃는 것을, 시형이는 그저 벌씬하니 감회가 깊은 미소로 대하였고, 복도를 돌아서 어떤 방 앞에 마주 섰을 때, 잠시 동안 주런이 나란히 하여 있는 문들로 하여 지금 다녀 나온 구치감을 연상하는 듯하다가,

　"가만, 내 문을 열게."

　사내의 어깨 밑에서 빠져나와서 쇠를 열고 잠갔던 문을 젖혔을 땐,

　"이런 좋은 방을 다 준비했어."

하고 판장문의 핸들께를 한 손으로 붙들고 의지하

듯이 서 있었다.

"인제 불을 켤게요."

무경이는 가볍게 뛰어들어가서 바람벽에 설비된 스위치를 켰다. 천장에서 드리운 불과 침대 옆 작은 탁자 위에 놓인 스탠드의 불이 일시에 켜져서 크지 않은 방 안은 구석구석까지 대번에 시형이의 두 눈 속에 들어왔다.

시형이는 잠시 동안 방 안과 방 안에 장식된 도구를 물끄러미 바라다보다가, 제 발을 굽어보며,

"이 년 전에 벗어놓은 구두를 맨발에 신었더니 발에 곰팽이가 묻었는걸."
하고 쪼그라진 구두 속에서 발을 뽑았다.

"가만 계세요. 내 걸레 갖다드릴게."

먼저 방 안에 들어가서 문을 활짝 열어놓고 시형이가 들어오는 것을 기다리고 있던 무경이는 취사장께로 가서 낡은 타월에 물을 축여들고 와서 발을 닦아주었다.

그러고는 신장에서 슬리퍼을 내놓고,

"이걸 신구……"

모시 적삼에 베 고의를 입은 사내를 이끌듯이 해서 침대에다 앉히면서,

"어때요? 비둘기장처럼 또 좁은 방으로 모시는 건 안됐지만 무경이가 한주일이나 걸려서 준비한 거래누."

하고 응석을 섞어서 제 두 손을 사내의 무릎 위에 얹는 것이다. 오시형이는 무릎 위에 손을 잡아서 만지면서,

"무경씨껜 너무 수골 시키구 욕을 뵈서 어떡허나."

하고 나직이 감격을 넣어서 말하였다.

"별소릴 다아."

그렇게 말하면서, 그때에 사내가 힘있게 쥐어주는 손을 저도 꼬 쥐어보고는, 두 손을 쏙 뽑아서 호들갑스럽게 두어 발자국 물러나선,

"내가 뭐, 그런 소릴 듣겠다누."

하고 일부러 샐쭉해 보인다. 그러나 그의 얼굴에 떠오른 칭찬에 대한 만족한 자긍은, 무엇을 쫓아가다가 놓쳐버린 때처럼 손 둘 곳을 모르고 멍청하니 쳐다보고 있는 젊은 사내의 눈에는 적지 않이 교태를

띤 것으로 느껴졌다. 시형이는 아무 말도 입 밖에 내지 못하고 가슴속으론 우심한 갈증을 의식하면서 무경이의 눈만 쳐다보고 있었다. 눈을 바라보던 시형이의 눈이 입술로, 그리고 턱밑으로 떨어져서 가슴패기로 이동할 때, 무경이는 영리하게 사내의 마음을 낚아채듯이 발딱 몸을 옮겨서 방 가운데 놓은 탁자 뒤로 돌아가며,

"이게 무슨 꽃인지 아시죠? 제가 봄부터 여름내나 손수 길른 거예요."

코를 꽃 속으로 묻고 발름발름 향기를 맡듯 하다가, 시형이가 나직이 한숨을 지은 뒤,

"수국이지, 내가 그걸 모를라구."

하고 대답을 하였을 때, 다시 낯을 들면서.

"아이, 수국을 다 아시네. 상당하신데."

사내가 픽 하고 웃으면서,

"그럼, 그것두 모를라구. 빨간 잉크를 부으면 빨개지구 푸른 물감을 쏟으면 파래지구 한다는 걸……"

하고 침상에 앉은 채로 말을 받을 때엔,

"아아주, 그런 식물학도 경제학에 있는감!"

무경이는 기쁨이 온몸을 붙든 때처럼 다시 책상 옆으로 가면서,

"이 테이블에선 편지 쓰구 공부하구, 저기선 세수하고 양치하구, 또 저기에단 책을 쭈루루니 꽂아놓구……"

양복장 있는 데로 가서는 잠옷 한 벌을 꺼내서 침상 위에 놓는다.

"웬 돈이 있어 이렇게 호사를 하구 치례를 했어."

시형이는 무경이의 애정에 대하여 감격하는 기쁜 마음을 그러한 핀잔으로 표현하고 싶었다. 그것이 더 무경이의 마음에 드는지,

"피."

하고 그는 침대에 앉으면서,

"아아주 주인인 체하시네. 허긴 인제 주인이지 머. 어머니도 금년부턴 진심으로 허락하셨으니까…… 인제 또 평양 댁의 허락이 있어야지만……"

또다시 시무룩해지다가 시형이의 왼팔이 제 어깨에 감기니까,

"평양 댁에서도 잘 말하면 허락하실 테지. 그렇죠?"

하고 낮을 들어 사내의 얼굴을 쳐다보았다.

"글쎄, 그 안에 있는 동안 아직 아버지 친필룬 한 번두 편지가 온 일이 없었구, 또 무언가 그전 그러든 약혼 이야기도 그러하고 있는 모양이니깐…… 그러나 그런 게 무슨 소용이 있수. 나를 그 속에 있는 동안 물질적으로나 정신적으로나 먹여 살린 게 무경씨구, 또 그속에서 이렇게 나를 내온 게 우리 무경인데……"

시형이는 감격조로 말하였다. 그리고 안았던 팔을 그대로 꽉 지리 싸면서 뜨거운 입김을 무경이의 얼굴에 퍼부었다. 오랫동안 기다렸던 감격 속에 휩쓸리듯이 취하여버리면서도, 무경이는 사내에게 입술만을 주고는 꽉 붙드는 두 팔뚝의 억센 포옹에서 빠져나왔다.

감정과 정서에 주리었던 사내는 미칠 듯한 어조로,

"왜? 왜 도망해? 내가 미덥지가 못해서 그리우?"

하고 침사에서 쫓아 일어났다. 무경이는 시형이의 감정과 신경의 상태에 깜짝 놀라면서, 그러나 열심스러운 낯으로,

"일어나지 마세요. 일어나면 전 가겠어요. 다시 거기 앉으세요."

하고 명령하듯 외친다. 이러한 기세에 질리어서 사내는 추춤하니 선채 잠시 동안 자신의 마음을 돌아보는 태도였다. 시형이는 다시 침상에 걸터앉는다.

흥분된 제 가슴의 불길을 끄려곤지 낯을 슬며시 외면한다.

무경이는 시형의 낯에 수치심의 색조가 떠오르는 것까지 보고는 그 이상 더 사내의 태도를 지키고 앉았을 수가 없어서 창문께로 몸을 피하였다. 그의 가슴도 달락거리는 소리가 들리리만큼 한없이 뛰고 있었다. 맞은편 캄캄한 언덕의 주택지에는 불빛이 빤짝거린다. 하늘에도 까만 호리쫀트 위에 뿌려놓은 듯한 별들. 마포로 가는 작은 전차가 레일을 째면서 언덕을 기어올라가는 것이 굽어보인다. 산뜻한 밤공기에 낯을 쏘이면서 천천히 가슴의 동계를 세어본다.

'역시 그렇게 하는 것이 온당하다. 건강도 건강이려니와, 결혼식까지는 무슨 일이 있어도 우리는 이

이상 감정의 닻줄을 늦춰서는 아니 된다.'

어느새에 땀이 났었는지, 블라우스의 속갈피를 스치는 바람에 등이 차랍다. 어떤 가볍지 않은 의무를 단행한 때처럼 그는 달콤한 자위 속에 안겨서 언제까지나 언제까지나 이렇게 높은 삼층의 들창으로부터 하늘과 길과 언덕을 바라보고 싶은 심리였다. 그런데 등 뒤에서,

"몇 시나 되었을까. 이 년 동안이나 시간을 모르구 지냈는데 밖에 나오니까 어느새 시간이 알구 싶어지는군그래."

하는 느직느직한 오시형이의 소리. 깜짝 놀라듯이 제정신을 부르며 무경이는 몸을 돌렸다. 시형이의 다정스런 미소.

무경이는 금시에 두 눈을 반짝거리며 핸드백이 놓은 테이블로 쫓아간다.

백을 들고 와선 시형이의 앞에 마주 서며,

"내, 무어 드릴려는지 아세요?"

하고 입술과 눈이 함께 생글생글 웃으려는 걸 꼭 참고 있다.

"거, 알 수 있나."

하고 능청맞게 대답하니까,

"피, 것두 몰라."

그러고는 백을 열고 크롬 껍데기의 묵직한 회중시계를 꺼내서 기다란 쇠사슬의 한끝을 쥐고 대롱대롱 쳐들어 보이고,

"이거! 이걸 제가 이 년 동안이나 갖구 다녔에요."

침판을 들여다보고는,

"아유, 열한시 반, 이렇게 늦었어!"

그러나 시형이는 학생시대부터 졸업한 뒤 여기, 증권회사 조사부에 취직한 후에까지 언제나 몸에 붙이고 다녀서, 그것을 꺼내볼 적마다,

"아유, 무겁지도 않은감!"

하고 무경이가 놀려먹던 것을 생각하고, 지금 소리를 내어 유쾌하게 웃고 있었다. 이윽고 무경이가 두 발을 모으고,

"그동안 덕택에 지각도 안하고 착한 사람이 되었습니다. 인제 관리인으로부터 소유자에게."

시계를 두 손으로 치켜들고 꾸뻑 인사를 한다. 시형

이가 건네주는 물건을 기쁜 웃음과 함께 받으니까,

"보관료는 톡톡히 내셔야 해요."

하고 또다시 웃음조로 다짐을 받고, 핸드백을 챙긴 뒤에 갈 차비를 차렸다.

"내일 아침 일르게 들를게요. 허긴 시계가 없어져서 지각할런지두 모르지만…… 이내 불 끄고 푸욱 쉬이세요."

그러나 시형이는 시계를 놓고 뒤따라 일어섰다. 잊어버린 것을 채근하려는 듯한 성급한 표정이다. 구두를 신고 섰는 무경이의 곁으로 쫓아올 때, 무경이는 그러나 그러한 것에는 일부러 신경이 미치지 못하는 척, 이내 도어를 열고 복도로 빠져나오면서 손가락을 제 입술에 대어 키스를 건넬 뿐, 이미 가라앉은 두 사람의 가슴에 다시금 불을 지르려 하진 않았다.

조용해진 아파트를 나와서 안전지대 위에 섰다. 전차를 기다리며, 삼층, 오시형이가 들어 있는 방을 쳐다보니 불이 꺼졌었다. 무경이는 안심한 마음을 품고 돌아갈 수가 있을… 것 같았다.

'아침 일찍이 짐을 올려다가 방을 정돈해주고, 의사를 불러다가 건강진단을 시키고, 어머니와도 정식으로 대면시키는 기회를 만들고, 옳지, 신원보증인으로 아파트의 주인을 교섭해서 경찰서로 알릴 일이 무엇보다 바쁘고……'

안국동에서 전차를 버리고 그는 그러한 생각에 잠겨서 집을 향하여 걸었다. 길에는 사람의 내왕조차 드물다. 그는 집이 가까운 것을 느낀 뒤에야 비로소 젊은 여자가 거리를 걷는 시간으로선 지나치게 늦은 시각인 걸 생각하고 걸음을 재게 놀리며 골목 어귀를 휙 돌았다. 그때에 어떤 신사와 마주칠 뻔하고, 그는 깜짝 놀라 비켜섰다. 노타이 셔츠에 회색 양복을 입고 파나마를 쓴 뚱뚱한 신사—그는 잠시 손을 모자 차양에다 대고 실례의 인사를 표하고는 무경이의 옆을 돌아 큰거리로 걸어나갔다. 그러나 무경이는 움직이지 못하고 한참 동안 자리에 서서, 신사가 섰던 곳에 신사의 환영을 붙들어 세워 놓고, 가슴이 받는 충격을 가라앉히기에 애를 쓰는 것이다.

골목 안에는 물론 저희 집만이 있는 것은 아니었

다. 스무남은 집이나 남아 주련이 문패가 달려 있
다. 지금 골목을 나간 신사가 어느 집 대문으로부터
나온 사람인지, 혹시 집을 찾으러 골목 안에 들어왔
다가 허물을 켜고 돌아나가는 사람인지, 그것은 모
두 무경이에게는 알수 없는 일인지 모른다. 그러나
무경이는 첫눈에 그 신사가 자기 집대문에서 나오
지 않았는가 하는 착각을 받았고, 긜고 지금 그 신
사는 하곡이라는 아호를 가진 부채의 주인공은 아
니었을까, 하는 엉뚱한 생각에 붙들려 있는 것이다.

무경이의 가슴은 다시 무거운 압력 속에서 불쾌스
런 동계를 시작 하였다.

대문이 저만큼 보인다. 문은 닫혀 있고, 문등은 떼
꾼하게 요강덩이처럼 달려 있…… 언제나 즐거움
을 가지고 드나들던 이 대문이 어쩐지 께름칙하게
느껴져서 견딜 수 없다. 그러나 그는 그쪽을 향하여
걷지 않을 순 없었다.

대문은 미니까 달랑달랑하는 종소리를 내면서 제
대로 열려졌다. 식모가 나왔다. 자던 눈이다.

"아가씨, 지금 오세요?"

무격이는 대답치 않고 대청으로 올라서서 어머니 방을 건너다보았다. 자리에 누었다가 일어난다. 아무 구석을 맡아보아도 사람이 다녀나간 기척이 없어서 그는 비로소 의심에 붙들렸던 가슴을 가라앉힌다. 그러나 제가 쓸데없는 억측에 붙들렸던만큼 제 마음에 대하여 염증과 혐오감이 따르는 것은 어떻게 할 수도 없었다.

　"지금 오니?"
하고 어머니는 푸른 등을 끄고 촉수가 강한 전등으로 실내를 밝힌다.

　"네."

　나직이 무경이는 대답할 뿐. 그러나 대청 한복판에 유쾌하지 못한 심화를 품고 서 있는 채 그는 움직이지 못한다.

　"그래, 오늘은 나왔니?"

　"네."

　"응, 참 잘 됐다. 그래 얼굴이 과히 못되진 않았든?"

　어머니는 자리에서 몸을 일으킨다. 잠옷도 입지 않고 얄따란 속옷만 입었다. 무경이는 머리가 헝클어진 어머니의 살을 처음으로 보기나 한 듯이, 안방으로부터 눈을 돌리고 캄캄한 제 방으로 뛰어들어갔다. 어머니가 또다시 무엇이라고 묻는 소리가 들려왔으나, 캄캄한 암흑 속에 떠오르는 것은, 여자로서의 살의 냄새를 잃지 않은 군살이 목과 배와 허벅다리에 알맞게 오르기 시작하는 어머니의 육체뿐, 만복한 식욕이 지방이 많은 음식물을 대했을 때처럼, 느끼한 군침이 입안에 돌고 비위가 불쑥 목구멍을 치밀어오르는 것을 무경이는 참을 수가 없었다.

3

이르게 나온다고 약속은 하였지만, 이러구러 집을 안온 것은 여느때나 다름없는 오전 아홉시였다. 세탁해두었던 시형이의 여름양복과 내의를 싸서 구두약과 함께 옆구리에 끼고 아파트에 이른 것은 반 시간이 넘어서였다.

잠시 사무실에 들렀다가 시형이의 방으로 올라가

보니, 그는 잠옷 바람으로 강영감이 급사와 함께 날라다준 것이라고 책을 풀어서 서가에 꽂고 있었다.

"제가 차입하지 않은 것도 많은가보."

하고 무경이는 그의 뒤에 가서 본다.

"어머니가 가끔 부쳐준 걸로 그 안에서 구입해 보았으니까……"

그러고는 마침 농이를 풀다가 맨 위에 놓여 있는 작은 암파문고를 툭툭 먼지를 털어서 보이며,

"그 안에서 읽은 것 중 내가 가장 감격한 책이 이게요."

하고 허리를 폈다. 무경이는 아무 말도 아니하고 책을 받아들었으나,

"아침을 잡수서야지. 그리구 내의하구 양복도 가져왔으니까 이걸로 바꾸어 입으시구, 인제 의사를 청해다 진찰을 받으시구, 그리면 어머니도 보러 나오실 거니까……"

"아침은 강영감이 안내해서 식당에 내려가 먹었구, 어머닌 내가 찾아가뵈어야지."

"으응, 인제 나오신댔는데……"

보꾸러미를 탁자 위에 놓은 뒤에야 의자에 손을 짚고 서서 무경이는 시형이가 준 책을 보았다. 플라톤의 『소크라테스의 변명(辨明)』, 『크리톤』이 한 책이었다. 무경이는 플라톤과 소크라테스이 이름을 들었을 뿐으로 책의 내용은 알지 못하므로, 그대로 표지와 서문 같은 것을 들춰보고 있는데, 오시형이는 잠옷 채로 침상에 앉아서 혼잣말처럼 이야기를 시작하였다.

"소크라테스의 사정이 나의 그때 환경과 비슷한 탓이라구도 말할 수 있겠지만, 오히려 글의 내용에서 오는 감명은 그런 것과는 달리, 나의 환경을 완전히 잊어버리게 하는 데 있는 것 같기도 해. 읽고 나서 나의 정신이 나이 환경으로 다시 돌아오면, 오히려 소크라테스의 그 훌륭한 태도는 나의 경우에는 직선적으로 통하지 않는 것 같애 불쾌한 느낌까지 주었으니까……"

물론 무경이에게는 이해되지 않는 독백이었다. 무어라고 대꾸할까를 몰라 멍청하게 서 있으려니 그는 자리에서 일어서서 옷보퉁이를 끌렀다.

"허허! 오래간만에 만나는 그리운 양복이로구나."
하고 그는 감개무량하게 나프탈렌 냄새가 풍기는
양복을 펼쳐 안았다. 그것을 잠시 보고 있다가 무경
이는 경찰서에 신원보증인을 통지한다고 아래층으
로 내려갔다. 이 아파트의 주인은 이 집에 살지 않
으므로, 대개 언제나 이 아파트에서 잠자리를 갖는
강영감에게 부탁하여 보증인이 되어달랬다. 그것을
경찰서에 알린 뒤에 다시 그는 오시형이의 방으로
올라왔다.

시형이는 셔츠 밑에 양복바지를 입고 다시 서가
앞에 서성거리고 있었다.

무경이는 신원보증인에 대해서 결정한 대로를 알
리고 구두약을 가져다가 꼬드러진 꺼먼 구두를 닦
기 시작하였다.

"그래, 그 안에서 그 책을 다 읽었수?"
하고 솔질을 하면서 무경이가 묻는다.

"어째! 절반이나. 대부분이 불허가니까……"

"불허가?"
하고 깜짝 놀라기나 한 듯이 무경이는 구두 닦던 손

을 멈칫하니 붙이고 시형이 편을 본다.

"경제 방면 서적은 전부가 불허가지."

그렇게 대답하면서 시형이는 다시 일어나서 침대에 걸터앉았다.

"그러나 생각해보면 다행이야. 경제학에 관한 서적을 읽었다면 생각을 돌려볼 길이 없었을런지 모르니까. 그런 의미에서 경제학은 나에게 있어서는 변통성 없는 완고한 학문인지도 모를지. 이렇게 무경씨 얼굴을 명랑한 여름날 아침에 다시 볼 수 있는 건 철학의 덕분인 것이 사실이니까."

시형이의 말하는 투는 보통 대화조가 아니고 어딘가 연설 같은 느낌을 주는 어조였다.

"경제학과 철학과의 차이가 있을라구요. 학문이야 같을 텐데……"

하고 무경이는 제 의견을 나직이 말해보았으나 시형이는 그러한 것에 개의치는 않고 다시 제 생각을 펼쳐보았다.

"내 자신이 서 있던 세계사관(世界史觀)뿐 아니라, 통털어 구라파적인 세계사가들이 발판으로 했던 사관은 세계일원론(世界一元論)이라구도 말할 수 있는 것인데, 이러한 경우에 동양세계는 서양세계와 이념을 달리하는 것이 아니라, 동양세계는 대체로 세계사의 전사(前史)와 같은 취급을 받아온 것이 사실이었죠. 종교사관이나 정신사관뿐 아니라 유물사관의 입장도 이러한 전제로부터 출발했단 말입니다. 그러니까 동양이란 하등의 역사적 세계도 아니었고 그저 저편의 적으로 부르는 하나의 지리적 개념에 불과했었단 말입니다. 그러나 만약 이러한 세계일원론적인 입장을 떠나서, 역사적 세계의 다원성 입장에 입각해본다면, 세계는 각각 고유한 세계사를 가지고 있다는 것을 알 수도 있고 증명할 수도 있지 않은가. 현대의 세계사의 성립을 이러한 각도에서 이해하려고 한다면 우리가 가졌던 세계사관에 대해서 중대한 반성을 가질 수도 있으니까……"

물론 남이 말하는데 구두를 닦고 있을 수도 없어서, 그대로 귀를 기울이고는 있으나 무경이로선 시형이의 하는 말을 어떻다고 생각할 준비가 없었다.

그래서 그저 뻐끔히 그의 얼굴을 바라보고 있을

뿐이었다. 그러나 시형이는 혼자서 저 저 자신에게 타이르기나 하듯이 창문을 바라보며 이야기에 열을 올려서 제 이론을 전개해보고 있었다.

"가령 동양이라든가 서양이라든가 하는 개념도 로마의 세계에서 성립된 것이고, 또 고대니 근세니 하는 특수한 시대 구분도 근세의 구라파 사학에서 성립된 구분이니까, 이런 것에서 떠나서 동양과 동양세계를 다원사관의 입장에서 새로이 반성하고 성립시킬 필요가 있지 않는가. 이것은 동양인의 학문적인 사명입니다. 동양인 학도가 하지 않으면 아니될 의무입니다.

그는 말을 뚝 끊었다. 그러고는 자리에서 일어났다. 창문께로 가서 오래간만에 맛보는 흥분을 고요히 식히고 있다. 무경이는 구두를 신장 안에 넣고 약과 솔을 치운 뒤에 수도에 손을 씻었다.

"의사를 부르지요. 너무 흥분하셔도 몸에 좋지 않을 텐데……"
하고 말하니까 시형이는 몸을 돌리고 소리 나는 편을 향하였다. 그러나 무경이의 물음에 대답하려 하지 않고 그는 창백해진 낯으로 이렇게 말하였다.

"독일이 파란, 노르웨이, 덴마크를 무찌르고 화란, 백이의를 정복하고 불란서를 항복시켰다는 건 결코 작은 사실이 아니니까. 이러한 세계사의 변동에 제휴해서 동양인도 동양인다운 자각이 있어야 할 것야."

그러고는 침대로 가서 몸을 눕히었다.

무경이는 무어라고 말할까를 몰랐다. 본시부터 오시형이가 어떠한 사상을 가지든 그것에 간섭할 생각이나 준비는 저에게는 없다고 생각하여왔다. 그에게는 오직 안에 있는 사람을 건강한 채로 하루라도 이르게 구하여내는 것만이 임무라고 생각되어졌었다. 그러니까 지금 오시형이의 열의 있는 독백을 들어도 그것에 관하여 이렇다 할 의견을 건네려 하진 않았다.

그러고 있는데 도어에 노크 소리가 들리고 어머니가 들어왔다.

시형이는 자리에서 일어나서 양복 웃저고리를 두르고 무릎을 꺾어 절을 하였다.

"그만두시게 고단한데 안하면 어떤가. 그래, 그 안

에서 얼마나 고생을 했었나. 어디 몸이 과히 말짼 데나 없나?"

"네, 건강은 아무렇지두 않은 모양입니다. 밖에 계신 분들께 너무 폐를 끼치구 근심을 시켜서 되려……"

"온 별말을 다 하시지. 이러니저러니 해도 안에서 고생하는 사람에게다 대겠나."

무경이는 바륵바륵 웃으면서 어머니와 시형이의 옆에 서 있다가,

"어머니, 그게 뭐유?"

하고 손에 든 것을 물어본다.

"이거 말이냐? 지금 한약국에 들러서 약을 한 제 지어갖구 오는 길이다. 건강이 아무렇지 않다구 해도 그대로 두어서야 쓰겠니. 몸을 보하구 그래야지. 그러구 아침은 일러서 할 수 없다. 쳐도 저녁일랑은 집에 와서 먹게 하구, 약두 여기 가스불이 있다군 하지만 그걸로 어대 대릴 수 있겠니. 다리가 처음은 고단하겠지만 내일부터래두 집에 와서 약을 자시구 끼니도 별건 없지만 집에서 자시게 해야지…… 남 의 눈도 있구 해서 한집에 있지 못하지만 운동 삼아

서…… 그렇지 않니, 무경아?"

시형이가 황송한 낯으로 사양의 말을 건네려 하는데 무경이는 이내 어머니의 말을 받아서,

"참, 그렇게 하시지. 아침두 전 일러서 시간에 대어 먹지만 오선생님은 어머님이랑 같이 좀 늦게 잡숫게 하시지. 그러구 거기서 책이라도 보시면서 노시다가 점심 잡숫구, 약 잡숫구, 저녁 잡숫구 밤에만 여기 와서 주무시지…… 그렇게 합시다. 며칠은 다리가 아파서 걸어 다니시기 힘들 테니까 오늘은 그저 요 근방에나 조끔씩 걸어보시구……"

저희들끼리 사귄 사이라고 불만해했고, 그다음은 '믿지 않는 사람'이라고 꺼려했고, 그가 법망에 걸려들어간 때에는 더욱이 완고하게 무경이의 생각을 탓하였다. 그러나 다른 일로는 어머니의 성미에 거역한 적이 없는 무경이도 이것만은 귀를 기울이려 하지 않았다. 차입을 대기 위하여 처음으로 직업전선에 나서는 것을 보고 어머니는 깜짝 놀랐다. 얼마간 모녀 새에는 의까지 상하였었다. 그러나 무경이는 들으려고 하지 않는 것이다. 밥과 옷은 여전히

집에서 얻어먹고 입고, 제가 버는 봉급으론 오시형이를 위하여 책과 밥을 차입하는 것이다. 이렇게 하기를 이 년―드디어 어머니는 딸의 열성에 탄복한 것이다.

어쨌든 어머니의 오늘의 태도를 무경이는 감동된 낯으로 바라보았다. 이러한 날이 꼭 찾아올 것을 믿기는 하였지마는 그동안 제가 겪은 곤욕이 큰만큼 지금 눈앞에 그러한 장면을 친히 경험하고 있으면, 그의 가슴속엔 짜릿한 전류가 흐르도록 기쁨은 감격을 자아내는 것이다.

"오정에 너 나올 수 있건 어디서 같이들 점심이라도 먹자. 요 근방엔 어디 식당 같은 게 없니?"

어머니는 시형이의 방을 나가면서 딸에게 말하였다. 무경이도 문지방에 선 채,

"이 부근에야 무어 벤벤한 게 있나요. 종로나 본정으로 나가야지. 그럼 내 자동차로든가 전차로든가 모시구 나가께, 어디서 시간 약속하고 기다리시구료."

그래서 결국 본정 입구에 있는 양식당으로 시간을

정하고 그들은 방을 나갔다. 방을 나갈 때 시형이는 종잇조각에 적은 것을 주면서,

"전보 한 장 급사 시켜서 쳐주시오. 집에, 나왔다는 소식이나 알려야죠."

하고 무경이에게 말하였다. 무경이는 어머니를 따라 아래층으로 내려왔다.

"틈나는 대루 박의사를 좀 와달랠까요? 그렇잖으면 데리구 나가서 뵈이든지."

딸이 어머니에게 의사의 진찰을 상의하니까,

"사정을 아니까 와달래도 오실 거다."

하고 어머니는 대답하였다.

일이 밀려서 다섯시를 칠 때까지 잡념에 머리를 쓰지 않은 것은 오히려 다행한 일이었다. 무경이는 점심을 먹고 돌아와서는 오시형이를 삼층으로 데려다주고 줄곧 사무에 골똘하였다. 그러나 한 가지 일이 끝나고 다른 일로 손을 옮길 때마다, 자꾸만 어머니의 약속이 머리를 스치곤 하는 것은 어떻게 뿌리쳐버릴 수도 없었다. 일이 바빠서 이내 머리를 털어버리고 장부 정리와 숫자 계산에 정신을 묻었지

마는 다섯시를 치는 소리에 장부를 접고 고개를 들면 다시 어머니의 말이 머리에 떠올랐다.

유쾌하고도 가벼운 흥분 속에 점심을 먹고 나오는데, 시형이를 앞세워놓은 뒤에서 어머니는 무경이에게 나직이 귀띔하듯이 말하였던 것이다.

"너, 오늘 몇 시에 나올 수 있니?"

"네시면 나오지만 일이 좀 밀려서 다섯시나 넘어야 퇴근할 거예요."

"그럼, 다섯시 반까지 경성호텔로 좀 나오너라. 이야기할 것도 있구……"

"혼자서?"

"응, 너 혼자만 나오너라."

이야기는 그것뿐이었다. 그리고 지금 다섯시 치는 소리를 듣고 장부를 접어 꽂은 뒤에도, 어머니의 이야기란 것을 도무지 상상할 수가 없는 것이다.

무엇 때문에 호텔로 나오라는 것일까. 저녁이나 같이 먹으면서 이야기하자는 뜻인 건 추측할 수 있지마는, 점심에 외식을 하였는데 다시 또 저녁을 사준다는 것도 이상하고, 단둘이 언제나 집에서 만나 조용히 이야기할 수 있으면서 새삼스럽게 장소를 밖으로 잡은 것도 알 수 없는 일이다. 오시형이와의 결혼에 대해서 무슨 색 다른 이야기라든가 의논이 있는 것일까. 도무지 어인 영문인 걸 상상할 수가 없었다.

"밖에 일이 있어서 나가는데 저녁은 오늘까지만 이 식당에서 잡수세요. 양식보다도 저녁 정식은 화식을 잘하니까 화식 정식으로 잡수세요. 내 일곱시나 여덟시경에 들르께⋯⋯"

시형이에겐 그렇게 말해놓고 무경이는 아파트를 나와 전차를 탔다. 호텔에 이르니까 로비에 어머니 혼자 앉아 있었다. 무경이는 그의 앞에 가서 아무 말도 건네지 않고, 힐끗 어머니의 표정을 엿보면서 위장에 앉았다.

"오신 지 오래유?"
하고 물으면서 다시 어머니의 낯빛을 살피니까, 시계를 쳐다보고는,

"응, 조금 지냈다."
그러고는 이야기를 시작하거나, 식당으로 들어가

잔 말도 없이 그대로 낯을 좀 외면하고 멍청하니 유리창을 바라보고 앉았는 것이다. 어려운 말을 시작하기 전에 사람들이 항용 가지는, 자리 잡히지 않은 태도였다. 얼굴에 무표정을 의장하지만 속에는 여러 가지 궁리가 오락가락하고 초조한 조바심까지 문풍지처럼 바람에 떨고 있는 것이다.

무경이는 질식할 듯한 시간을 오래 끌고 나가기가 안타까워졌다. 무슨 어렵고 놀라운 이야기라도 쏟아져 나오기를 기다리는 긴장된 자세가 오랫동안 계속해 나아가면 신경은 피곤에 시달려서 관자놀이께가 쑤시는 것 같은 착각까지 느껴진다. 그는 드디어 결심한 듯이 낯을 들고,

"무슨 말인지 어서 하시구려."

하고 어머니를 쳐다본다.

"응?"

하고 낯을 돌렸으나 다시,

"응, 인제 좀 있다가……"

그리고는 무경이의 뚫어지게 바라보는 눈초리를 피하여 낯을 외면한다. 그러나 무엇을 생각하였는

지 어머니는 결심의 표정으로 낯빛이 해쓱해진 얼굴을 다시금 무경이에게로 돌리면서,

"이야기랄 건 별로 없구, 어짜피 네게 알려야 할 일도 있구…… 그래서 오늘 누굴 네게 소개할련다."

하고 더듬더듬 말하였다. 이야기를 끝마치고 난 어머니의 얼굴에는 흥분 탓인지 혹은 부끄러움 때문인지 붉은 혈조가 볼편과 눈가에 엷게 떠오른 것 같이 보여졌다. 이야기한 것을 따지자면 내용은 분명치 않았으나, 그런 것을 천착해볼 겨를도 없이, 어머니의 태도와 표정에서 무경이는 대번에 사건의 핵심을 이해하는 것이었다. 그러나 그것이 무엇인지를 딱히 제 머릿속에 깊이 의식하지도 못했을 때에, 유리 밖으로 층계를 올라오고 있는 한 사람의 신사를 발견한 어머니의 두 눈은 벌써 당황의 빛이 농후해진 표정 속에서 적이 침착성을 잃고 있는 것처럼 무경이에겐 느껴졌다.

아래층 클로크에 모자와 단장을 맡겼는지, 맨머리 바람에 바른손에는 단장 들던 버릇으로 부채를 약간 치켜서 들고 흰 양복 입은 신사는 그들이 앉아

있는 곳으로 가까이 왔다. 기품 있게 갈라 재운 머리는 짧게 다듬은 수염과 함께 희끗희끗 흰 것이 섞여 있었다. 무경이는 얼른 그의 부채를 보았다.

어머니가 자리에서 일어났을 때 오십을 넘어 얼마가 되었을 점잖은 사내는,

"오래 기대리셨지요."

하고 미소를 띠어 어머니께 인사한 뒤에 다시,

"아, 이분이 무경양이시군. 이야기론 늘 들었었지만 여태 뵈온 적이 없었군요. 난 정일수(鄭一洙)라구 합네다. 바쁜데 나오시라구들 해서……"

하고 무경이를 바라보았다. 무경이는 지금 자기가 경험하고 있는 사태와 입장을 엉겹결에 의식하면서 굳어진 몸 자세대로 고개만 약간 수그려 보인다.

그러니까 정일수씨는 옆에 와 섰는 보이에게,

"준비가 되었지요?"

하고 물은 뒤,

"자, 그럼, 저리루들 들어가시지."

무경이와 어머니에게 뜰 안을 가리키었다.

따로 떨어진 방 안에서 그들은 광동요리를 먹었

다. 일이 고되지나 않은가, 아파트란 것도 새로 생
긴 경영 형태지만 요즘 주택난과 하숙난이 심하니
까 상당히 중요성을 띠겠다든가, 야마도 아파트엔
방이 얼마나 되는데 그것이 전부 꼭 찼는가 하는 등
속의 이야기로부터, 건축난, 주택난에 대해서 말이
옮아가고, 그러는 동안에 저녁이 끝났다. 그러한 정
일수씨의 말에는 어머니가 가끔 대꾸를 하였을 뿐,
무경이는 묻는 말이나 마지못해 나직이 대답하는
정도로 침묵을 지키지 않을 수 없었다. 먹는 것이
끝나니까 정일수씨는 시간 약속이 있다고 먼저 나
가고 모녀가만이 잠시 더 방 안에 남아 있었다.

무경이는 음식도 많이 먹지 않았으나, 단둘이 되
었어도 혼자서 무엇을 생각하고 있는지 별로 이야
기를 건네려 하진 않았다. 물론 어젯밤 집 앞에서
부딪칠 뻔하였던 그 신사는 아니었다. 그러나 정일
수씨가 하곡이라는 아호를 가진, 산수 그린 부채의
주인인 것은 틀림없는 사실이었다. 점잖고 단정하
고 기품이 있는 신사의 얼굴을 께름칙하게 생각하
여보기는 이것이 처음이라고 그는 막연히 제 심리

를 뒤적여보고 앉아 있다. 어머니는 혼잣말하듯이 뜨직뜨직이 이야기를 시작하였다.

"네겐 너무 돌연스레 된 일이 돼서 서먹서먹하구 어인 셈판인 걸 모를 게다. 그러나 벌써 오래전부터 있어왔던 이야기다. 내가 세브란스에 있을 때니까 십 년이나 되지 않니. 그때부텀 여태껏 사람을 다릴 놓아서 말을 붙이구, 또 스스로 대면해서 말하는 걸 나는 십 년을 여일하게 거절해왔었다.

사람이나 그 집 내력이야 무어 하나 탓할 데 없는 분이지만 내가 널 두구 새삼스레 무슨 결혼을 하겠니…… 그랬더니 어쩐 셈판인 걸 나도 모르겠다.

너희들 사일 허락하구 나니 마음이 갑재기 탁 풀려버리는구나…… 자식들이 있다지만 다 장성들해서 시집보낼 덴 시집보내구 아들은 세간까지 내서 딴 살림을 배포해주었단다…… 나이도 인제 사십을 넘으니까 어찌된 일인지 늙은 몸을 의탁하구야 살아갈 것만 같구나. 어쭙잖게 생각지 말구 에미 하는 짓을 웃구 쓰려쳐버려라. 너희들 예식이나 올려주군 천천히 어떻게 채비를 대일까 한다만……"

어머니는 죄지은 사람처럼 딸의 눈치를 살펴가며 간단히 그렇게 말하였다.

무경이는 여태껏 제가 품고 있던 생각이 다른 감정으로 뒤 바뀌는 것을 경험하고 묵묵히 앉아 있다. 눈시울이 따가워서 손수건으로 그것을 묻혀내었다. 마흔둘! 아직도 어머니는 젊다.

'나는 왜 좀더 이르게 어머니의 행복에 대해서 생각해보지 못하였을까. 딸 하나만으로 젊은 어머니가 행복될 수 있으려고 얼마나 많은 무리(無理)가 그곳에 감행되었을까. 그렇던 나마저 어머니의 옆을 떠남녀서 어째서 나는 어머니의 행복에 대해선 터럭만큼도 생각함이 없었을까. 스물에 홀몸이 되셔서 나 하나만을 위하여 청춘을 불사르고 화려한 꿈을 짓밟아버린 어머니가 아니냐. 이제 무슨 염치에 나는 어머니에 대해서 심술이나 투정을 부리려고 하는 것일까. 어머니도 나머지 여생을 행복하게 보내셔야 한다.'

무경이는 눈물을 숨기지 않고 낯을 들어 어머니를 건너다보았다. 젊은 시절의 사진처럼 어머니의 얼

굴엔 아름다운 살결이 아지랑이에 싸여 있는 것같
이 눈물 어린 눈에는 비치어졌다.

"엄마!"

하고 소리를 내어서 무경이는 어머니의 무릎에 낮
을 묻었다.

어제 좀 지나치게 걸었더니 발바닥이 솔고 다리가
아프다고 시형이는 식당에서 아침을 먹고는 이내
침대에 누워서 잡지와 신간 서적을 뒤적거리고 있
었다. 내일부터나 화동 집으로 약과 밥을 먹으러 가
겠다고 그는 말하고 있다.

무경이는 사무실에서 입금전표를 정리하면서, 어
떤 기회에 어머니와 정일수씨와의 결혼 이야기를
시형이에게 전달할 것인가 하고 가끔 생각에 잠겨
보곤 한다. 펜을 전표 위에 세운 채 가만히 생각해
본다. 이치로 따져보거나, 여태껏의 어머니의 생애
를 생각해보거나, 무경이로 앉아 응당히 기뻐하고
천성해드릴 일임에 틀림없었으나, 하루를 지내놓고
어머니가 없는 곳에서 문득 생각이 그곳에 미치면,
가슴이 뚱 하고는 지그시 심장을 압박하는 가슴의

동계가 마음을 한없이 설레게 하는 것이다. 그러고는 누를 수 없는 심술이 두 눈에 심지를 꽂아놓는 것이다.

'내가 왜 이럴까. 어머니와 나와의 평화하고 행복된 생활을 먼저 파괴하고 나선 것은 내가 아닌가. 어머니의 고백에 의하면, 어머니는 십 년 동안 나와의 행복을 지키기 위해서 정일수씨에게 고집을 세웠다고 한다. 나는 어머니를 위해서 무엇을 했나. 기독교의 신앙과 풍속 가운데서 안온한 생활을 이어나가려는 어머니의 마음을 슬프게 교란시킨 것은 내가 아닌가. 기독교율에 의탁해서 젊은 정열을 희생하고 속세적인 행복에서 자기를 격리시킨 뒤, 그 가운데서 성실한 생활을 설계해보려던 어머니에게 있어, 딸이, 단 하나의 딸이 예수교의 교율을 거역했다는 것은 얼마나 타격적이고도 슬픈 일이었을까. 어머니의 결혼이 만약 유쾌치 못한 성사라면, 그것의 원인을 이룬 것은 다른 사람 아닌 내가 아닌가?'

이렇게 수없이 자기 자신을 탓하면서, 이러한 생각을 고스란히 그대로 그에게 들려주면, 처음에는 놀라고 수상쩍게 생각할는지 모를 시형이도, 마지막에는 모든 것을 깊이 이해하게 될 것이라고 생각하는 것이다. 그렇게 생각하고 나면 그는 일이 유쾌한 상상을 머리에 그려보게 되기도 한다.

'우리 결혼식이 있은 뒤엔 또 한 쌍의 신랑 신부의 혼례식이 있을 텐데, 그게 누굴는지 아세요? 그게 바로 우리 엄마라나' 하고 말하면 아마 오시형이는 깜짝 놀라 경동을 할 것이다. 생각하면 우습기도 해서 그는 혼자 발씬하니 웃고 다시 장부를 들춘다.

"허허어, 생각하면 생각할수록 기쁜 일이렷다."

하고 멋도 모르는 강영감은 시형이가 출감한 것에다 둘러 붙여서 무경이의 웃음을 놀리려 들었다. 그때에 시계가 열한시를 쳤다. 그것이 다 치는 동안을 기다려서 무경이는 등을 돌리고,

"제가 무엇 때문에 웃는 줄이나 아시구 그러세요?"

하고 말하였으나, 그때에 사무실 밖에 한 사람의 신사가 자동차를 내려서 들어온 때문에, 강영감도 무경이도 함께 이야기를 중단하고 그 편으로 시선을

돌렸다.

신사는 아파트의 현관을 들어서서 그대로 위층으로 뻗어 올라간 층계를 잠시 바라보듯 하였으나, 이내 사무실 쪽으로 낯을 돌리고 가까이 오면서,

"이 아파트에 오시형이라는 사람이 있습니까?"

하고 밭게 앉은 강영감에게 물었다.

"네, 삼층 삼백이십삼호실에 계십니다. 삼층에 올라가셔서 그저 이십삼호실만 찾으면 되겠습니다."

하고 무경이가 의자에서 일어서면서 사무적으로 대답하였다. 신사는 흘낏 무경이의 낯을 건너다보았으나, 이내 의식적으로 시선을 피하듯 하고, 막연히 사무실 구멍을 향해서 사의를 표하듯 모자 끝에 손을 댄 뒤, 흰 단장 끝으로 복도의 바닥을 짚어서 위의를 갖춘 뒤에 알맞추 비대한 몸을 층계 위로 옮겨놓았다. 무경이는 첫눈에 오십을 넘었을가 말까 한 이 신사의 풍채에서 평양서 부회의원과, 상업회의소에 공직을 가지고 있다는 오시형이의 아버지를 간파하였다. 그럴수록 신사의 태도에는 자기에 대한 어떤 모멸감이 들어 있는 것 같은 느낌을 털어버

릴 수는 없었다. 무경이는 그의 찾아옴이 너무 돌연스럽고, 그의 태도에서 오는 위압과 모멸감이 너무 몸에 부치는 것 같아서 의자에 앉을 염도 못하고 멍청하니 그곳에 서 있었다.

"오선생의 춘부장 되는 양반이신가?"

하고 묻는 강영감에게 무어라고 대답해주어야 할 것인가 당황했으나,

"그런가봐요."

하고 새파랗게 질린 채 나직이 대답해줄밖에 딴 도리가 없었다. 자기네들의 사정을 알고 있기는 하지만 상세한 집안 내용까지는 모르고 있는 강영감이었다. 무경이와 시형이와의 관계를 평양 있는 그의 아버지는 인정하지 않으려고 하던 것, 그는 그대로 도지사를 지냈다는 지명 있는 명사의 딸과 약혼설을 진척시키고 있던 것—이러한 미묘한 사정은 아무것도 모르고 있는 강영감이다. 그러니까 시형이의 아버지의 방문과 그의 태도에서 받는 충격에 대해서 그는 아무것도 이해할 길이 없을 것이다.

무경이는 가만히 자리에 앉아서 다시 펜을 들었으

나 머리를 사무에 묻을 수 없었다.

이 년 동안 친필로는 편지도 안하였다던 아버지가 전보를 받고 아들을 찾아왔다. 물론 부자간의 정으로 당연한 일임에 틀림은 없으나, 사상과 여러 가지 가정문제로 의견을 달리하던 부자가 오늘 이 년 만에 만나서 다시 아름답지 못한 충돌이나 거듭하지 않을 것인가. 그동안 아버지는 아버지대로, 아들은 아들대로 제가 가졌던 생각과 태도와 고집에 대해서 반성하는 곳도 양보하는 곳도 생겼을 것이다. 아버지는 과연 아들의 결혼문제를 순순히 허락할 만한 준비를 가지고 올라온 것일까. 불안과 궁금증과 초조와 공포심과 의혹이 뒤섞이고 합치고 엇갈려서 무경이는 고개를 푹 수그린 채 정신없는 사무를 보고 앉아 있다.

한 삼십 분 만에 시형이의 아버지는 층계를 내려왔다. 그러나 단장도 모자도 두고 잠시 다니러 나오는 모양이었다. 얼른 눈을 유리창 밖으로 돌렸으나 그의 태도와 무표정한 얼굴로부터는 아무러한 암시도 받을 수가 없었다.

두 사람 사이에 이야기는 순조롭게 진척이 된 모양같이 느껴지기도 하였다.

그러나 그는 맨머릿바람으로 어디를 나가는 것일까? 그는 나갔다가 한 십분 만에 다시 돌아와서 역시 사무실 쪽을 보고 못 본 척, 무표정한 얼굴에 위엄기만을 나타내고 충계를 올라가버렸다. 무경이는 어디다가 발을 붙이고 공상의 줄을 뻗어볼 수가 없었다. 그런데 또다시 한 이십 분 만에 자전거 탄 양복장이가 쌤플을 보꾸러미에 싸가지고 아파트를 들어와서 꾸뻑 인사를 하고 위층으로 올라가려 하였다.

"어디로 가십니까?"

하고 강영감이 소리를 치니까, 양복점원은 멈칫하고 충계에 한 발을 올려 놓은 채 이편을 바라보며,

"삼층 이십삼호실입니다."

하고 말하였다. 이편에서 별로 말이 없으니 점원은 그대로 위층을 향하여 올라가버렸다. 열두시의 싸이렌이 울었다. 양복장이는 주문을 받았는지 인사성 있게 웃어 보이면서 사무실을 지나 밖으로 나갔다. 그러나 그와 엇바뀌듯이 하여 이번에는 구둣방

에서 찾아왔다. 자전거 뒤에다 커다란 트렁크를 두 개나 싣고 온 양화점원은 모자를 벗고 공손히 사무실 앞에서 안내를 구하였다. 강영감은 신이 나서 대답하였다. 양화점원이 올라가는 것을 물끄러미 바라보고는 무경이 쪽을 돌아보면서,

"아버지가 오시드니 양복 짓구 구두 사구 한 벌 미끈히 채려 내세우실 모양이군."

하고 반갑게 웃었다. 무경이는 펜대를 든 채,

"그런가봅니다."

하고만 대답한다. 그는 지금 속으로 적지 않아 불안스런 사태를 한 갈피 한 갈피 분석해보듯이 뒤적여보고 앉았는 것이다.

'아까 시형이의 아버지가 맨머릿바람으로 밖에 나갔단 것은 양복점과 양화점을 부르러 갔던 것임에 틀림없다. 여기서는 멀리 떨어져 있는 두 상점을 부르기 위하여 그는 전화를 걸었을 것이다. 전화를 걸러 밖으로 나갔던 것이다. 그는 어째서 일부러 전화를 걸러 밖으로 나갔던 것일까? 사무실 전화를 쓰지 않고 일부러 밖으로 나간 것은 무슨 때문일까?'

여기까지 생각해보고는 무경이는 잠시 멈칫하니 물러선다.

'나를 피하기 위하여, 나의 낯을 대하기 싫어서 나는 사무의 전화를 쓰지않기 위해서, 그는 밖으로 딴 전화를 찾아나갔던 것임에 틀림없다!'

이렇게 단장하기엔 여러 가지 주저가 따라왔다. 무경이로 앉아 차마 그렇게 생각해버릴 수가 없는 것이다.

'그것은 무엇을 의미하는가. 오시형이의 아버지가 무경이를 모욕하는 것으로 된다. 무경이와 시형이와의 관계를 인정하지 않겠다는 증거로 된다.'

그래서 무경이는 생각을 딴 데로 돌려보려고 애쓰는 것이었다. 그러나 시형이의 아버지가 밖으로 나갔던 것을 무엇으로 설명할 수 있을 것이며, 그의 무경이에 대한 태도를 어떻게 해석해볼 수 있을 것인가.

'정식으로 대면이 있기 전에 며느리 될 사람을 이런 처소에서 만나는 것을 꺼리는지도 모르지. 직업이 나쁜 것은 아니나 역시 그들의 습관으로 보아 이러한 처소에서 며느리 될 여자와 낯을 대한다는 것은 아름답지 못한 일일는지도 모르지. 그래서 그는 일부러 사무실 쪽을 못 본 척, 무경이의 존재를 무시하려고 애쓰는 것인지도 모르지.'

한참 만에 구둣방 점원도 나가고, 또 얼마 뒤엔 오시형이의 아버지도, 이번엔 모자와 단장을 쓰고 들고 시형이의 방으로부터 내려와서 밖으로 나갔다. 시형이는 그의 아버지가 나간 뒤 십 분이나 지나서야 아래층으로 내려와서 사무실에 얼굴을 나타내었다.

"아버지가 오셨어!"

그렇게 말하고는,

"이거 구두두 한 켤레 얻어 신었는걸! 이게 온 오십오 원이라니!"

번쩍 다리를 들어서 보이었다.

"어제 전보를 보시구 오신 게로군요."

하고 천연스럽게 무경이도 대꾸하면서 자리에서 일어났다.

"아침 차에 내리셨답니다."

"그럼 어디 여관에 들으셨게?"

"저, 무언가 비전옥에!"

무경이는 앞서서 사무실을 나와서 식당으로 갔다. 점심을 주문해 놓고 두 사람은 뻐끔히 마주 쳐다보았다. 묻고 싶은 사연이 한두 가지가 아니었으나 무경이는 그것을 토설하기가 어쩐지 무서운 생각이 났다.

"아버지가 종내 꺾이었지. 아무 말씀 없이, 몸이 과히 상한 데나 없니 하구 물으시던데……"
하고 벌쭉벌쭉 웃어서 무경이도 따라 웃었다. 그러나 무경이는 제 질문을 꾹 눌러서 억제하며 다시 시형이의 말을 기다리려는 자세를 취한다.

"부자간의 정리란 우스운 건가봐."
하고 시형이는 혼잣말처럼 지껄였다.

"이 년 동안이나 편지 한 장 없으시던 분이 나왔다니까 그달로 쫓아오신 걸 보면."

무경이는 그러한 말에도 별로 대꾸하지 않았다. 주문한 점심이 와서 두 사람은 덤덤히 식사를 덤덤히 식사를 마치었다. 다 먹고 나서 차를 마시며 시형이는 다시,

"아버지가 시굴로 내려가자는군그래."

하고 무경이의 낯을 건너다보았다. 무경이는 그때에 가슴이 뚱 하고 물러 앉는 것 같은 충격을 경험하였으나 애써 낯색을 헝클치 않으려고 노력하면서 입에 가져가던 찻종만 그대로 들고 있었다.

"몸두 쇠약했는데 서울 있어가지구야 치료가 되겠니, 집에 가서 몸이나 좀 추세거던 어디 온천에라도 가서 정양을 해야지, 그리군 또 재판소에서도 이런 데서 주소도 일정치 않구 옛날 친구라도 내왕이 있구 그러면 앞으로 예심 종결이나 공판에도 지장이 생기지 않겠느냐구……"

아버지의 말을 옮기듯 하고는 찻종으로 눈을 가리며 훌쩍 차를 마셨다.

무경이는 마음이 좀 진정되는 것을 느꼈으나 시형이의 말에 대해서 무어라고 대꾸할 만한 기력은 생기지 않았다. 그들은 식당을 나왔다. 테이블을 돌아 나오려고 할 때에 무경이는 가벼운 현기증을 느끼고 잠시 탁자 언저리를 붙든 채 서 있다가 간신히 시신경(視神經)에 힘을 주면서 시형이의 뒤를 따라 복도로 나왔다.

　복도에 나와서는 곧바로 층층계를 향하여 걸었다. '제칠천국'같다고 하던 계단을 하나하나 올라가면서 무경이는 덤덤히 생각에 잠긴다. 아파트에 들어와서 침대에 걸터앉는 시형이의 낯을 보고야 무경이는 의자에 앉으면서,

　"도횐 공기도 나쁘구 그런데, 갈 데만 있으믄야 조용한 데로 가셔야죠. 그리구 재판소에서도 역시 서울서 빈둥거리는 것보다는 가정이 있는 곳으로 가 계시는 걸 좋아할 거예요."

하고 비로소 명랑한 어조로 말하였다. 시형이는 힐끗 무경이의 웃는 낯을 건너다보았으나, 그의 심정을 모를 만큼 둔감도 아니란 듯이 침대에 눕더니,

　"옛날과는 모든 것이 다른 것 같애. 인제 사상범이 드무니까 옛날 영웅심리를 향락하면서 징역을 살던 기분도 없어진 것 같다구 그 안에서 어느 친구가 말하더니…… 달이 철창에 새파랗게 걸려 있는 밤, 바람 소리나 풀벌레 소리나 들으면서 잠을 이루지 못할 때엔 고독과 적막이 뼈에 사모치는 것처럼

쓰리구······"

그렇게 가느다랗게 독백처럼 말하고 있었다. 무경이는 돌아서서 창밖을 바라보는 척하면서 수건으로 가만히 눈을 닦았다.

그렇게 하고 사흘째 되는 날이다. 한 달을 두고 가물던 날씨가 물쿠고 무덥고 그러더니 드디어 장마가 시작되었다. 비가 내리다간 그치고 그쳤다간 또 맥없이 내리고 하는 오후에, 오시형이는 저희 아버지를 따라 평양으로 떠났다. 종내 그들은 무경이를 정식으로 알려고도 소개하려고도 하지 않았으나, 무경이는 그런 것에 개의하지 않고 정거장까지 나가서 시형이의 떠나는 것을 보았다.

정거장을 나와서, 아주 영영 돌아오지 않을 사람을 떠나보낸 것 같은 슬픈 심회를 가슴에 지니고 비 내리는 전차에 올라탔다. 후줄근히 젖어서 물이 흐르는 우장 외투를 그대로 입은 채 그는 사무실에도 들르지 않고 곧바로 시형이가 들었던 방으로 들어가는 것이다.

새 양복과 바꾸어 입은 뒤 아무렇게나 벗어던지고

간 세탁한 낡은 시형이의 양복이 침대 위에 뒹굴고 있었다. 신장을 여니까 무경이가 손수 닦았던 꼬드러진 낡은 구두도 초라하게 들어 있었다. 테이블 위에는 수국의 화분.

며칠째 물을 못 먹은 그것은 희끄무레하게 말라들고 있었다. 다시 물감을 부어도 빨개질 것 같지도 파래질 것 같지도 않게 시들어버리고 있었다.

'시형이를 위하여 얻었던 방이었다. 시형이를 맞기 위해서 저금통장을 빈털이를 만들면서 장식해보았던 방이었다. 그는 인제 가버리고 여기엔 없다.'

시형이를 위하여 나섰던 직업전선이었다. 시형이의 차입을 대기 위해서 선택하였던 직업이었다. 시형이도 나오고 인제 직업도 목적을 잃어버렸다.

무경이는 가만히 앉아서 빗발이 유리창 위에 미끄러지는 것을 물끄러미 바라보고 있다. 회색빛의 멍한 하늘이 얼룩하게 얼룩이 져서 보인다.

어머니에겐 정일수씨가 생기고, 인제 나는 어머니에게도 필요하지 않은 딸이 되었다.

울고 싶은 생각도 나진 않는다. 그저 제 몸에서 빈

껍질만 남겨두고 모든 오장과 육부가 몽땅 빠져나가는 경우가 있었으면 하고 막연히 그런 경지를 생각해보고 있었다.

그런데 똑똑 노크 소리가 나고 급사가 문을 열었다.

"주인님이 나오셔서 장부 좀 보시잡니다."

급사의 말에 그는 정신을 차려 몸을 일으키었다. 그는 문에 쇠를 잠그고 층계를 내려갔다. 내려가면서 점점 제 다리에 기운이 생기는 것을 느꼈다.

'방도, 직업도, 이제 나 자신을 위하여 가져야겠다!'

그런 생각이 사무실을 들어설 때에 그의 마음속에 이루어지고 있었다.

공장신문

1

　가을바람이 보통벌 넓은 들 무르익은 벼이삭을 건
드리며 논과 논 밭과 밭을 스쳐서 구불구불 넘어오
다가 들 복판을 줄 긋고 남북으로 달아나는 철도와
부딪치어 언덕 위에 심은 백양목 가지 위에서 흩어
졌다. 뒤를 이어 마치 해변의 물결과 같이 곡식 위
에서 춤추며 다시금 또 다시금 가을바람은 불리어
왔다.

　하늘은 파란 물을 지른 듯이 구름 한 점 없고 잠
자리같이 보이는 비행기 한 쌍이 기자림 위에를 빙
글빙글 돌고 있었다.

열두시의 기적이 난 지도 이십 분이나 지났다. 신작로 옆에 '평화 고무공장' 하고 쓴 붉은 굴뚝을 바라보며 벤또통을 누렇게 되어가는 잔디판 위에 놓고 관수는 마꼬를 한 개 붙여서 입에다 물었다. 점심을 먹고 물도 안 마신 판이라 담배가 입에 달았다. 한번 힘껏 빨아서 후 하고 내뿜으며 그대로 언덕을 등지고 네 활개를 폈다. 눈은 광막한 하늘을 바라다 보았다. 파랗게 점점 희미하여져서 없어지는 담뱃 내가 얼굴 위에 너울거리다 풀숲을 스쳐서 오는 바람을 따라 그대로 없어지곤 하였다. 그는 연거푸 그것을 계속하였다.

"염려 마라 우리에겐 조합이 있고 단결이란 무서운 무기가 있네."

신작로 위에를 뛰어가며 하는 직공의 노랫소리가 쟁쟁하게 들려왔다. 철롯길 옆이라 먼 곳에서 오는 듯한 기차의 소리가 땅에 울리어 왔다. 그밖에 이 넓은 보통벌에는 가을바람에 불리는 벼이삭의 소리가 살랑살랑할 뿐이다.

때때로 관수의 마음은 몹시 가라앉았다. 혼자서

담배를 빨며 앉았으면 초조하는 마음이 가라앉는 것을 느낄 수 있었다.

그는 최근에 이르러 자기가 완전히 초조하여 있다고 생각하였다.

이렇게도 해보고 저렇게도 해보고 자기 앞에 남겨 놓은 임무를 다하기 위하여 있는 데까지의 지혜와 경험을 털어서 모든 것을 해보았어도 일은 마음대로 되어가지 않았다.

어떻게 하면 조그만 불평불만이라도 잡을 수가 있을까? 어떻게 공장 안에서 일어나는 불평불만을 대표하여 그의 선두금은 하나도 없었다.

관수도 무엇인지 똑똑하게는 몰라도 자기에게 결함이 있는 것은 알고 있었다. 그러기 때문에 그는 그럴 때마다 누구의 가르침을 받고 싶었다.

지나간 여름, 파업이 완전히 실패에 돌아가고 몹시 전열이 혼란해져서 입으로 옮길 수 없는 악선전이 공장과 공장을 떠돌 때에 돌연히 잠깐 참말로 번개같이 잠깐 동안 만났던 어떤 사나이한테서는 그 후 지금까지 두 달이 되어도 아무 소식도 없었다.

그 사나이가 지금 있으면 얼마나 좋을까 하고 그는 생각하였다. 침착한 태도로 말하던 그 사나이는 말하는 품으로 보아서 결코 이곳 사람은 아닌데 그때 파업의 사정과 또 파업 수습에 관해서 일후에 활동할 것을 어떻게 그렇게 똑똑히 아는지 몰랐다. 평양의 모든 일을 환하니 꿰어두고 이곳서 사는 사람보다도 잘 알았다.

그를 만난 이후 관수는 혼자서 생각하였다. 물론 누구에게도 그것을 말할 수는 없었다. 자기에게 그 사나이와 만날 시간과 장소를 가르쳐준 일환이는 그때 벌써 폭○행위 위반으로 끌리어갔을 때였다. 좌우간 일환이와 어떤 관계가 있는 사람인 줄은 알 수 있었다. 그러나 일환이는 어떻게 이 사나이를 알았을까?

파업 때에 관수가 자기와 아무 면식도 없는 사람과 이렇게 만난 적은 여러 번 있었다. 그러나 이 방울 같은 눈을 가진 사나이는 그들과는 어느 곳인가 다른 곳이 있었다. 이 사나이를 다시 만난다는 것은 아무리 생각하여도 공상 같았다.

"아마 일 개월 안으로 어쩌면 좀 늦게 다시 만나게 되던가 혹은 서로 소식을 듣게 될 것입니다."

"………"

그 사나이는 잠깐 머리를 숙이고 생각하다가 다시 머리를 들고 말을 계속 하였다.

"일후에 누구를 만나서 인사를 할 때에 그 사람의 성명의 가운뎃자가 타탸 줄이고 열한 글씨, 즉 획수가 열한 개면 그 사람을 믿어주시요. 또 그러노라면 같이 일할 동무들이 생기겠지요!"

말을 끝맺고 힘있게 악수를 하고는 다시 뒤도 돌려다보지 않고 가버렸다.

일 개월이 지나고 이 개월이 지나도 아무 소식도 없었다.

이렇게 언덕 위에 누워서 가만히 생각하면 그 사나이를 만나던 생각이 머리와 눈앞에 떠올랐다.

'타탸 줄 열한 획수. 타탸 줄 열한 획수.'

공장에서 기적이 울었다. 관수는 궁둥이에 묻은 마른 풀잎을 털면서 벤또통을 들었다. 그리고 언덕길을 걸어서 공장을 향하여 걸어갔다.

"관수! 관수!!"

그는 그를 부르는 소리에 머리를 들었다. 그것은 공장 뒤였다. 두서너 직공이 손짓을 하며 **빨리** 오라고 하였다. 그러고 보니 신작로를 뛰어서 공장 문으로 모여드는 직공들이 많았었다. 무슨 일이 생겼나?

"뭐이가?"

"뭐이가 애?"

신작로를 뛰어오는 직공들이 지저귀었다.

관수는 벤또통을 덜거덕 소리 안 나게 바싹 쥐고 언덕길을 달음질쳐갔다.

2

벌써 작업실로 들어가는 낭하에는 남직공 여직공이 겹겹이 싸여 돌았다.

앞에 서 있는 자들은 얼굴이 노기가 올라서 붉으락푸르락하며 무엇을 소리 높여 고함치고 있으나 지금 달려온 맨 뒤에 선 직공들은 사건의 내용도 모르고 그대로 웅성웅성하기만 하였다. 어떤 젊은 직공은 앞에 선 직공의 뒤를 무르팍으로 떠밀고 후닥닥하고 뒤를 돌려다보는 놀란 얼굴을 하! 하! 하고 웃었다.

관수는 사건의 내용을 알려고 귀를 기울였으나 잘 들을 수가 없었다. 발을 곧추고 앞을 넘겨다보았다. 일은 결코 낭하에서 일어난 것이 아니고 낭하에서 수도가 있는 물 먹는 방으로 가는 그 사이에서 생긴 것 같았다. 그는 어떻게 해서든지 그 속으로 들어갈 것을 생각하였다. 이번에는 일을 삼아본다 하는 결심이 덤비는 가운데서도 생각되었다. 그는 몸을 틈에다 비여 꽂고 가운데로 뚫고 들어갔다.

"물을 먹어야 살지 않우!"

그는 그 속에 얼굴을 들었다.

"좌우간 덤비지 말고 조용들 해!"

대답하는 소리는 완전히 떨리는 목소리였다.

"그 구정물을 먹으라고 수도를 막다니! 직공은 개돼지란 말요?"

너무도 그 소리가 커서 웅성웅성하던 소리가 잦아

들고 그 목소리에 군중이 통일되는 듯하였다.

"좌우간 넓은 데 나가 이야기하지!"

"자, 넓은 데 나가서 합시다!"

최전무의 말을 받아서 군중에게 외치는 것은 고무 직공조합의 간부로 있는 김재창이의 목소리가 정녕하였다. 관수는 재창이 목소리를 듣자 벌써 간섭하기 시작한 그의 행동을 직각하였다.

"나가긴 뭘 나가! 여기서 하지!"

관수는 반동적으로 그와 대항하여 이런 말씨가 입을 뛰어나왔다.

"아, 그럴 게 없이 넓은 데 나가 잘 토의해!"

재차이이의 말에는 덤비지 않는 숙련된 곳이 있었다. 직공들은 관수의 말을 꺾고 재창이 말대로 돌아서서 마당으로 나갔다.

"밀지 마라! 넘어진다!"

"글쎄, 직공들은 개굴창 같은 우물에 가서 물을 먹으라니, 합쳐 수도세가 몇 닢이나 하겠나! 너머 직공들을 즘생같이 너겨!"

밀려 나오면서 관수와 앞뒤에 선 직공들이 침이

튀도록 지저귀었다.

"파업 때에 들어준 대우개선이란 뭐이야?"

"그러케 말이다!"

웅성웅성하며 마당 안에 꽉 차도록 몰리어나왔다. 여직공, 남직공, 늙은이, 젊은이, 시든 얼굴, 열 오른 눈…… '루라'실에서도 '노두쟁이' 고급노동자들이 배합사와 화부들과 같이 머리를 내밀고 '하리바'직공들의 이 행동을 보고 있었다. 마당에 나오지 못하고 창문에 방울 달리듯이 매어 달려서 마당을 향하여 있는 직공들도 있었다.

"물을 안 먹이겠다고 수도를 막은 것이 아닐세. 그건 결코 그런 게 아니고……"

최전무가 사무실에서 문을 열고 군중을 내려다보면서 지저귐을 억제하듯이 손을 내둘렀다.

"그럼 물 먹겠다고 수도를 틀랴던 직공의 **뺨**을 갈긴 건 누구요?"

비로소 한 개의 굵은 목소리가 군중을 대표하였다.

"그건 그 직공의 태도가 건방져서 일시 감정에서 나온 것이지, 결코!"

"듣기 싫다! 물 먹겠다는 것이 건방져?"

앞에서 누군가 소리쳤다. 일동은 그 소리에 가슴이 물컹하고 갑자기 피가 얼굴로 오르는 것 같았다. 지난여름 파업 이래 전무를 그렇게 욕해보기는 이것이 처음이었다.

"여러분―"

군중의 한중복판에서 관수가 쑥 머리를 올려 밀었다.

"전무의 말을 듣거나 전무와 말다툼을 할 것이 아니라 우리끼리 처리하는 것이 어떻소?"

"그게 좋수다!"

누군가 혼자서 손뼉을 자락자락 쳤다. 그러나 곧 한 사람이 두사람이 되고 그것이 일동에게 퍼져서 장 안이 박수소리로 찼다. 마당을 들썩하는 박수소리 속에 알지 못할 소리로 고함을 치는 자도 있었다.

그 바람에 기운이 나서 전무가 열고 섰던 문을 이편에서 쾅 닫쳐서 전무를 방 안으로 몰아넣은 자도 있었다. 그럴 때마다 다시 박수소리가 났다.

관수는 기회를 놓치지 않으려고 박수소리도 마치

기 전에 다시 말을 계속 하였다.

"여러분, 방금 일어난 일은 이태껏 먹어오던 수돗물을 막고 저 다릿목에 있는 우물에 가서 먹으라는 것입니다. 그 우물의 물이 감히 먹지 못할 만한 것인 것은 우리들이 잘 아는 배가 아니요."

"그렇죠!"

창문에 매달린 여직공의 목소리였다. 그 소리를 키득키득 웃는 이도 있었다.

"그런데 벤또를 먹고 물을 먹을려고 밀리워간 직공들의 앞에 서서 그 수도를 열라고 한 직공을 건방지다고 귀쌈을 때렸다니 그런 몹쓸 짓이 어데 있겠소!"

"그놈을 잡아오자!"

하는 자도 있었다.

"이건 완전히 우리 전직공의 힘이 약해진 것을 기회로 우리들의 조고만 이익도 **빼앗을라**는 악독한 술책입니다!"

"옳소!"

"그렇소!"

"여러분! 파업 때에 들어준 고나마 몇 조건까지 지금에는 하나도 지키지 않는 고주들의 행동을 보시요! 우리들은 종살이가 하기 좋와서 매일매일 내음새나는 고무를 만질까요?"

"결코 아니요—"

가늘고 높은 여직공의 목소리가 날 때에는 조금씩 웃는 사람이 있었다.

관수는 군중을 쭉 한번 살폈다.

"우리는 굶어 죽지 않을라고 살기 위해서 일하는 거요!"

못을 박듯이 힘을 주어서 뚝 말을 끊고 그는 다시 군중을 살폈다.

군중의 얼굴에는 붉은 기운이 띠었다. 저편 사무실 문 앞에 있는 재창이의 얼굴을 보고 침을 한번 삼키고 다시 말끝을 맺었다.

"우리가 지금 아무 대책도 생각지 않는다면 고주들은 하나씩 하나씩 우리들의 이익을 빼앗아갈 것이외다!"

●●●●●[2]이다 하는 자도 있었다. 관수의 말은

여기서 좀 끊어질 것을 보였다. 그때에 재창이는 곧 중을 향하여 말하기를 시작하였다.

"여러분—"

재창이가 군중의 눈알을 자기 얼굴 위에 모았다.

"이제 관수 동무가 말한 바와 같이 우리는 반드시 무슨 대책이 있어야 될 것이외다!"

"옳소!"

"그러나 우리가 지금 이렇게 흥분한 채로 일을 저지르면 죽도 밥도 안되고 맙니다. 그리구 또 이런 데서 이렇게 회합을 하면 곧 위험도 하고 그러니까, 우리에게는 조합이 있습니다. 조합에 보고하여서 그의 처결을 기대리는 것이 가장 상책이라고 나는 생각합니다. 노동자는 조합에 단결해야 됩니다. 조합이 있는 이상 우리가 우리끼리 어물거리다가는 크게 망치고 맙니다. 그러니까 새로이 위원을 선거할 것도 없이 조합집행위원이 있으니까 곧 보고하기루 내에게 다 일임해 주시요!"

---

2) 원문에서 5자 가량 삭제됨.

관수는 대단한 분함을 가지고 그의 말에 반박하려고 하였다.

"여러분! 우리는 우리끼리 일을 처리합시다!"

그는 힘을 주어서 주먹을 내흔들었다.

"관수! 여보, 자네는 법률을 모루누만! 이 이상 더 여기서 떠들문 위험해! 옥외집회로! 애, 야 쓸데없소. 같은 값에는 희생자 없이 일을 잘할 게지! 자, 그러니까 여러분 내에게다 다 맽기시요! 그리구 벌써 고주 측에서 알기웠는지 모르니까 곧 헤어지고 맙시다!"

3

관수는 저녁때가 되어도 저녁 먹을 기운이 나지 않았다. 또 한개 그 타락 간부에게 불평불만을 뺏기고 말았구나…… 그런 생각을 하면 몹시 분한 생각이 나면서도 그 간부한테 속아 넘어가는 직공 일동이 미워지기도 하였다.

내일이 되면 마치 아무 일도 없었던 것같이 기적은 다시 울고 직공들은 다시 묵묵히 신을 붙이고 그리고 그 재창이 놈은 조합에 보고했으니까 무슨 교섭이 있을 터이라는 간단한 한마디로 모든 것을 걷어 치울 것이로구나.

　관수는 오늘 그 좋은 기회에 조합 간부인 재창이를 폭로하지도 못한 것이 몹시도 분했다. 원통하도록 후회가 났다.

　재창이를 폭로하려면 조합도 글렀닥 하여야만 된다. 그러나 지금 조합까지 글렀다고 선전하는 것은 옳은 일일까? ……이런 생각이 마음에 걸려서 그는 항상 재창이를 폭로하기를 주저한 것이었다.

　조합!…… 아무리 노동자의 이익을 대표한다 하여도 이제는 그것을 폭로하여야 될 것이라는 것을 그는 지금 생각하고 있었다.

　어쨌든 오늘 일은 생각만 해도 우울해졌다.

　담배가 떨어져서 삿귀를 들치고 꽁초를 찾았다. 지질리어서 납작해진 조그만 꽁초를 주워서 곰방이에다 담아서 뻑뻑 빨았다.

"큰아야! 누구가 찾는데!"

부엌에서 그릇 부시던 모친의 소리에 문을 열어보았다. 한 공장 안에 있는 길섭이라는 직공이 문 앞에 서 있었다.

"들어오지 않구!"

"들어갈 것까지 없어. 좀 나오게!"

관수는 대를 톡톡 떨고 밖으로 나갔다.

"내가 좀 이르게 올걸, 시간이 촉박했는데. 공회당 앞에 큰 포플러 나무 세 주가 있을 텐데, 그 왼바른편 나무 아래에서 자네를 잠깐 만나보자는 자가 있는데……"

길섭이는 굴뚝 뒤로 가서 관수에게 그렇게 전하였다.

"내에게? 그런데 어떤 잔데?"

"좌우간 가보면 알지? 자네 알 사람일세…… 일곱 시 반인데 지금 곧 가야될걸!"

관수는 머리를 끄덕끄덕하였다. 그가 "그럼 가지!" 하고 대답했을 때 길섭이는 "그럼 늦지 않게 이제 곧!" 하고 다시 한 번 되풀이 하였다.

"저녁 안 먹고 어델 나가니?"

그가 고무신을 신을 때 그의 모친이 뜰에까지 쫓아 나왔다.

"괜찮아요. 곧 댄겨올걸!"

그는 공회당을 향하여 집을 나섰다.

관수는 길을 걸으며 생각하였다. 마음에 직각되는 것은 파업이 끝날 때 만났던 사나이의 생각이다. 그 사나인가? 만일 그 사나이라면 어떻게 길섭이가 전할까? 그것은 그러나 물론 가능치 못할 일은 아니었다. 그러면 그 방울 같은 하나인가? 그렇지 않으면 내가 알 만한 누구일까? 타탸 줄 열한 획수의 어떤 사나인가? 그는 여러 가지로 상상하며 저물어가는 교외의 길을 걸었다. 그가 공회당 가까이 가서 어떤 상점의 시계를 들여다보았을 때 바로 정한 시간에서 일 분을 남겨 놓았었다.

그는 마지막 일 분간을 뛰어갔다. 공회당 뒤를 휙 한 번 휘돌아서 포플러나무 선 곳을 본즉 아무도 없었다. 그러나 곧 어떤 허름한 옷을 입은 사나이가 그 앞에 와 서서 담배를 붙였다.

관수는 가슴에 뛰었다. 그래서 언덕을 뛰어내려가

며 본즉 그것은 자기 옆에서 일하는 창선이라는 직공이었다.

"여!"

그는 담배를 후 배뿜으며 그에게 손짓했다. 관수는 좀 견주었던 곳이 어그러진 듯한 낙망을 느꼈다. 창선이면 물론 잘 안다. 창선이는 파업 이후에 신직공 모집에 끼어서 들어와 자기네 공장에서 일하게 된 직공이다. 이 사나이는 물론 타탸 줄과는 아무 상관도 없었다. 이 사나이가 내게 무슨 말이 있단 말인가? 관수는 마음속에 좀 불평을 느끼면서 창선 가는 길을 따랄 묵묵히 걸어갔다.

"자네, 지난여름 파업이 끝났을 때 경상골서 어떤 사나이 만나본적이 있어?"

창선이는 담배를 훅훅 재뿜으며 그에게 말했다. 물론 창선이 말과 같이 그 사나이를 만난 것은 있다. 그러나 그는

"그런 일 없는데!"

하고 머리를 내흔들었다. 청선이 이름자는 타탸 줄도 아니고 열한 글씨도 아니었기 때문이다.

"없어?"

창선이는 잠깐 관수의 얼굴을 보았으나 곧 딴것을 생각한 듯이 벌쭉 웃었다. 그는 고개를 끄덕끄덕하며

"내 이름은 사실인즉 박태순일세!"

그리고 손뻭을 내밀고 그 위에 '泰[태]'자를 써 보였다. 타탸 줄 연한획수!

관수는 다시금 창선의 얼굴을 들여다보았다. 그리고 그 순간 창선의 손목을 꼭 쥐었다.

"신용하겠나?"

"믿고말구!"

길가에서 사람의 흔적은 적었으나 손목을 갑자기 쥐는 것이 이상했으므로 그들은 곧 손을 놓았다.

"자세한 말은 다음에 하구, 지금 곧 야듧시부터 같이 갈 데가 있네!"

창선은 길 어귀에 나선즉 선두에게서 왼편으로 굽어 돌았다.

창선에게 끌려서 여듧시 정각에 어떤 집을 찾아갔을 때 관수는 놀랐다.

거기에는 벌써 길섭이, 동찬이, 선녀, 창호, 보무

어미 둥둥의 사오인의 얼굴이 등불을 둘러싸고 있었던 것이다.

그는 성큼 방 안에 들어서서 문을 닫았다.

4

기역자로 지은 넓은 '하리바' 안에서 이백오십 명이나 되는 직공들이 고무신을 붙이고 있었다. 가을 햇발이 유리창을 가로 비추고 해뜩 해뜩하게 떠도는 먼지를 나타낸다.

오정이 가까워오는데 이 공장 안은 어저께 아무 일도 없은 듯이 침묵하였다. 베어놓은 고무를 틀에다 씌우고 풀칠을 하여 손으로 통통 치는 소리가 노둔하게 들려올 뿐이다. 그리고 직공들의 발자국 소리만이 공기를 더욱 무겁게 하였다.

관수와 창선이, 선녀, 길섭이 등은 몇 번인가 직공들과 섞여서 변소를 다녀왔다.

그들은 이따금 슬쩍 보고는 의미 모를 웃음을 남

몰래 하였다.

드디어 열두시 기적이 울었다. 그리하여 열두시가 되도록 아무 일 없이 그러나 기미 나쁜 공기 속에서 직공들은 일을 하였다.

아무 소리도 없이 떨거덕떨거덕하며 직공들은 벤또를 가지러 갔다. 그리고 자기 각자의 벤또를 골라 가지고 두서넛씩 패를 지어서 공장문 밖으로 나갔다.

관수는 다른 직공 세 사람의 틈에 끼어서 함께 벤또를 먹으러 갔다.

이 공장에서는 겨울이나 비 오는 날은 방 안에서 그대로 먹지만 대개는 들이나 벌에 나가서 먹었다.

"재창이는 조합에서 무슨 보고를 가지고 왔는지! 도무지 보이지 않누만!"

잔디판 위에 앉으며 관수가 직공들에게 슬쩍 말을 붙였다.

"아마 이제 무슨 보고가 있겠지!"

또 한 직공이 그렇게 대답하여 "에헤엠!"하고 무겁게 궁둥이를 놓았다.

"에케?! 이게 뭐이야?"

벤또를 풀던 한 직공이 벤또를 놓으며 여러 사람 앞에 종이 한 장을 내밀었다.

"내겐 없는데!"

"내게두 없는데!"

"건 내게두 없네! 좌우간 뭐이야?"

그들은 두 패로 갈려 그 종이를 둘러쌌다.

얇은 미농지 한 장에 복사지로 또글또글하게 하나 가득 써 있었다.

처음에 좀 예쁘게 굵은 글자로

'평화고무 공장신문 일호'하고 씌어 있었다.

"공장신문 오라 우리 ○○ 공장의 신문이란 말이로구나! 이건 또 누구 장난이야?"

직공 하나가 웃으며 그렇게 말했으나 그는 종이를 놓지 않고 좀 소리를 내어 읽기 시작했다.

"얘! 이건 무슨 그림인가?"

한 자가 아래쪽에 있는 그림을 가리켰다.

"요건 재창이 겉구나!"

"에키! 요건 최전무 같다!"

"이게 뭘 하는 게야?"

관수가 종이를 자기에게로 향하여 돌렸다.

"하하, 이게 지금 주는 건 돈이로구나!"

그 옆에 있던 직공이 그림 위에 쓴 글귀를 읽었다.

"최전무한테서 돈을 받는 몹쓸 놈 김재창이의 꼴을 봐라! 하하하!"

그는 종이를 놓고 웃었다.

"애, 거 재미난다. 좌우간 글을 읽어보자!

"지난여름에 우리들의 파업을 팔아먹은 놈은 누구냐? 그건 김재창이 같은 타락한 조합간부다! 우리들은 그건 놈에게 조금도 우리의 일을 맡기지 말자! 그는 우리들의 마음을 팔아서 자기 배를 채우는 놈이다. 어저께 일어난 일도 우리끼리 처리해야만 된다. 우리의 마음을 꺾고 고주에게 유익하게 하려고 재창이는 우리 편인 체하고 나서는 것이다. 어저께 아무 일도 없게 무사히 한 덕택으로 재창이는 전무네 집에서 술 먹고 요리 먹고 돈 먹은 것을 왜 모르느냐? 벤또를 빨리 먹고 곧 마당에 모이자! 그리하여 재창이를 내쫓고 우리끼리 지도부를 선거하자! 우리 편인 체하고 나서는 몹쓸 간부를 내쫓아라!"

"얘, 건 굉장하구나!"

"그대음 또 읽어라!"

"크게 쓴 글자만 먼제 읽자! 뭐이가 이게? 오라 공자로구나! 거 잘 썼는데, 꾸풀꾸풀하게 썼네!— 공장신문은 고무 직공의 전부의 것이다! 공장신문을 믿어라! 공장신문을 지켜라! 또 그 아래 ●●3) 들은 얼마나 이익을 보나? 전평화고무 직공 형제들아! ●●4)의 준비를 하여라! 다른 공장 형제들도 늘 ●●5) 준비를 하고 있다! 이제 곧 마당에 모여서 우리들끼리 지도부를 선거하자!

거기까지 읽었을 때에 관수는 공장문을 가리켰다.

"얘, 저것 봐라! 발써부텀 이걸 보구 모여드는 게다!"

"정말! 저것 봐라!"

관수가 후닥닥 일어섰다.

"벤또 싸가지구 우리두 다 가자!"

---

3) 원문에서 2자 삭제됨.

4) 원문에서 2자 삭제됨.

5) 원문에서 2자 삭제됨.

"가자!"

5

　박수소리가 마당 안에 가득 찼다. 모임은 지금 한 창 진행중이었다.
　"자, 그러면 우리끼리 준비위원을 선거합시다!"
　또 박수소리가 났다.
　"멫 사람이나 할까요?"
　한 사람이 번쩍 손을 들었다.
　"아홉 사람이 좋겠수다. 그런데 나는 창선이를 선 거합니다!"
　일동은 그 소박한 말을 웃으면서도 박수를 하였다.
　"아홉 사람 좋소!"
　"창선이 좋소!"
　"여보! 나는 박센네 합네다!"
　"박센네 여뿐이 만세!"
　남자들이 박수했다.

"여보! 나는 관수요!

"관수 좋소!"

이렇게 하여 아홉 사람 준비위원이 선거되었다.

"누구 연설해라!"

하는 소리가 나매 뒤를 이어 박수소리가 났다.

창선이가 쑥 머리를 내밀고 좀 높은 데 올라섰다.

"여러분, 이제야 두리들은 우리끼리 선거한 지도부를 가졌습니다. 우리들 아홉 사람 ●●[6]준비위원회는 죽을 힘을 다하여 끝까지 여러분들의 의견을 대표하야 싸우겠습니다. 여러분, 자 일동이 ○ 준비위원회 만세—"

"만세—"

"만세—"

---

6) 원문에서 2자 삭제됨.

맥(麥)

1

3층 22호실에 들어 있던 젊은 회사원이 오늘 방을 내어 놓았다. 얼마 전에 결혼을 하였는데 그 동안 마땅한 집이 없어서 아내는 친정에, 그리고 남편인 자기는 그 전에 들어 있던 이 아파트에 그대로 갈라져서 신혼 생활답지 않게 지내오다가 이번에 돈암정 어디다 집을 사고 신접 살림을 차려놓기로 되었다 한다. 오후 6시가 가까운 시각, 아마 회사의 퇴근 시간을 이용하여 양주(부부)가 어디서 만난 것인지 해가 그믈그믈해서야 회사원은 색시 티가 나는 아내와 함께 짐을 가지러 트럭과 인부를 데리고 왔다. 인부가 한 사람 있다고는 하지만 3층에서 밑바닥까지 세간을 나르고 그것을 다시 트럭에 싣고 하기에는 이럭저럭 한 시간이 걸렸다. 최무경이는 아파트의 사무원일 뿐 아니라 회사원이 있던 방이 바로 제가 들어 있는 옆 방이어서 여자의 몸으로 별로 손을 걷고 거들어줄 것은 없다고 하여도 짐이 다 실리는 동안 아래층 사무실에 남아 있어서 그들의 이사하는 모양을 바라보고 있었다. 사무실에서 일을 보는 늙은 강영감이 제법 위아래로 오르내리며 짐을 챙겨도 주고 양복장이며 책장이며 탁자며 하는 육중한 것은 한 귀를 맞들어서 인부와 회사원과 함께 운반에 힘을 도웁기도 하였다.

짐을 대충 실어놓고 회사원은 아내와 같이 사무실로 들어왔다.

"부금(敷金) 105원 중에서 이번 달 치가 오늘까지 28원, 그것을 제하고 77원이올시다."

미리 준비해두었던 지폐를 손금고에서 꺼내서 최무경이는 그것을 회사원에게로 건네었다. 회사원은 한 손으로 받아서 약간 치켜들듯 하여 사의를 표하고 그것을 그대로 주머니에 넣으려고 한다.

"세어보세요."

그러한 말에 회사원은, 무어 세어보나마나 하는 표정을 지어보았으나 다시 어떻게 생각하였는지 넣으려던 지폐를 꺼내서 불빛에다 대고 손가락에 침도 묻히지 않으면서 한 장 두 장 세어보고 있다.

"꼭 맞습니다."

하고 낯을 들었을 때 무경이는 펜과 영수증을 놓으면서,

"영수증이올시다. 사인하시고 도장 쳐주십시오. 수입인지는 아파트 쪽에서 한턱 내었습니다."

하고는 회사원의 아내를 바라보며 웃었다. 젊은 아내는 무경이의 웃음에 따라서 흰 니를 내놓고 웃었다.

"고맙습니다."

영수증을 받아서 서류와 함께 금고에 챙긴 뒤에 무경이는 두 신혼 부부의 낯을 새삼스레 쳐다보았다. 행복에 넘친 듯한 얼굴들이다. 진부한 형용이지만 역시 행복에 넘쳐 있는 표정이라는 말이 제일 적절할 것처럼 무경이는 생각하는 것이다.

"저어 돈암정 바로 삼선평이올시다. 거기서 바른
쪽으로 향해서 들어가면 새로 분할한 주택지가 있
습니다. 큰 골목으로 접어들어서 다시 셋째 번 골목
둘째 집이 저희들 집이올시다. 450번지의 17호. 한
번 교외에 산보 나오시는 일이 계시건 찾아주시기
바랍니다."

아무리 총명한 사람일지라도 이러한 지도의 설명
을 잊지 않을 사람이 없을 것이건만 사람들은 노상
에서 만난 친구들께 곧잘 이러한 방식으로 저의 집
의 주소를 가르쳐준다. 그러나 듣는 사람도 또 지금
말하는 설명을 모두 머릿속에 챙겨 넣기나 한 듯이,
"네 네, 한 번 나가면 꼭 들르겠습니다."
하고 대답하는 것이었다. 무경이가 들르겠다는 말
을 진심으로 믿는 것인지 아마 그들 자신도 똑똑히
그러한 모든 것을 의식하면서 건네는 인사는 아닐
것이나 두 부부는,
"고맙습니다."
하고 가지런히 인사를 하였고 다시 회사원은 문밖
으로 아내가 나가버린 뒤에도 문턱 안에 남아서,

"덕택에 참 내 집이나 진배 없는 생활을 할 수 있었습니다."

하고 사례를 말하였다. 두 사람은 어둠의 장막이 내려 드리우려는 길위로 가벼운 발걸음을 옮겨놓으며 무어라 나직히 소근거리고 있었다. 그것을 최무경이는 한참 동안 바라보고 서 있었다.

강영감은 빈 방의 뒷설거지를 마치고 비와 쓰레기통과 바케스를 들고 위층에서 내려왔다. 물을 담았던 바케스에는 버리고 간 찻그릇 곱부 등속 낡은 모자 같은 것이 그득히 들어 있었다. 신접 살림이라 무어든간 새로 준비했을 것이니 홀아비 살림 때에 쓰던 것으로 소용이 없을 것은 공연히 짐이나 된다고 이렇게 내버려두고 가는 것이리라. 강영감은 그것을 모아다가 넝마장수에게 팔기도 하고 저의 집에 가져다 쓰기도 하는 것이었다. 장부를 정리하고 저녁이 늦어서 손수 지을 수도 없으므로 무경이는 식당으로 갔다.

돔부리7)를 거의 다 먹었는데 전화가 왔다고 강영감이 부른다.

"방이 있냐구 물어서 한 방 비었다구 했는데……."

하고 식탁에까지 와서 강영감은 여사무원에게 말한다.

"어떤 사람이랍니까?"

차를 마시면서 무경이는 묻는다.

"글쎄, 그건 물어보지 못했는데 하여간 나가서 전화 받아보시지. 여자 목소리던데."

"여자요? 또 여급이나 그런 사람이 아닌가요? 그런 사람들에겐 애초에방이 없다구 거절하실 걸."

무경이는 앞서서 식당을 나왔다. 사무실로 와서 책상 위에 내려놓은 수화기를 들면서,

"여보세요, 오래 기다리게 하여서 미안합니다. 네 야마도 아파틉니다. 거기 어디신지요? 네? 명치정 청의 양장점이오? 네에 네. 그럼 방을 쓰실 분은 바로 양장점에 계신 선생님이신가요?"

잠시 저편의 설명에 귀를 기울인다.

"대학의 강사 선생님이시라구요? 네 그럼 친히 오셔서 방을 보시지요. 방세는 35원, 정지 가격이올시

---

7) 덮밥

다. 부금을 석 달 치 전불하기로 되었습니다. 그럼 들러주십시오, 네에 네, 고맙습니다."

　대학 강사로 논문 쓸 것이 있어서 임시로 몇 달 동안 방을 구한다고 한다. 전화를 건 분은 대학 강사의 무엇이 되는 여자인가. 그러나 그런 것을 오래 생각하지는 않고,

　"지금 찾아오마 했는데 방 구경 시키구 마음에 든다면 저에게 알려 주세요. 전 그럼 방에 올라가 있겠습니다."

하고 사무실을 나왔다. 강영감은 지금서야 벤또를 먹고 있었다.

　무경이는 제가 쓰고 있는 3층 23호실로 올라왔다. 대학 선생이 책이나 읽고 글이나 쓰고 있으면 뒤숭숭하지 않아서 좋을 것이라고 생각해보면서 그는 회사원이 조금 전에 나가버린 옆 방의 앞을 지났다. 잠갔던 문을 열고 스위치를 넣어서 제 방에 불을 켰다.

　방안에 들어와서는 언제나 하는 버릇으로 손을 씻었다. 슈트의 웃저고리를 벗고 얇다란 스웨터로 바꾸고는 가볍게 화장을 고친다. 오래지 않아 3월이라

지만 밤은 역시 추웠다. 스팀의 마개를 조절해서 방 안에 온도를 맞추고는 잠시 침대에 걸터앉아본다. 아까 아파트를 나간 회사원의 두 부부가 생각되었다. 그들은 행복에 취하여 있는 듯이 보이었다. 남의 눈에 그렇게 보였을 뿐 아니라 당자들도 그렇게 생각하고 있을 것이다. 트럭을 먼저 앞세워 놓고 나란히 서서 문밖으로 나가던 두 사람의 뒷그림자……. 그러나 그는 문득 생각해보는 것이다.

'그들은 끝끝내 행복할 수 있을 것인가. 젊은 회사원은 그의 아름다운 아내를 끝끝내 사랑할 수 있을 것인가. 그들의 사랑과 신뢰는 언제나 무슨 일을 당하여서나 변함이 없이 굳건한 것으로 지니어 나가고 지탱해 나갈 수가 있을 것인가?'

쓸데없는 군걱정이었으나 최무경이는 역시 그것을 믿을 수가 없는 것이라고 생각해보는 것이었다.

누가 그것을 증명할 수 있으랴! 저 회사원이 애띠고 어린 꽃 같은 색시를 언제나 변함없이 사랑하리라고 누가 감히 증명할 수 있을 것이랴!

이렇게 해서 최무경이는 조금 아까 행복된 낯으로

아파트를 하직하고 돈암정의 새 집으로 총총히 마음을 달리던 젊은 부부의 앞날에 불길한 예언을 던져보고 앉았는 것이다.

'안온한 일생을 평정하게 보내는 부부가 이 세상에는 얼마든지 있는 것을 나는 안다. 그러나 누가 아내의 마음을 보증할 수 있으랴! 누가 남편의 사랑을 보증할 수 있으랴! 아니 누가 감히 저 자신의 마음을 보증할 수 있을 것이랴!'

그는 떠오르는 흥분을 고즈너기 맛보면서 머리를 털고 침대에서 일어났다.

'나는 혼자서 산다. 혼자서 살아갈 수 있다.'

바람벽에 걸린 어머니의 사진을 쳐다본다. 무경이와 함께, 어머니가 시집가던 작년 가을에 박은 사진이었다. 둘이 다 뭉틀하고 서서 어딘가 쓸쓸해 보인다. 어머니는 흰 옷으로 몸을 단장하였다. 무경이도 금박이 자주 고름에 치렁치렁하는 남치마를 입고 나들이옷으로 몸을 가꾸었다. 스물에서 마흔 두살까지의 20여 년을 혼자서 딸 하나만을 데리고 살아오던 어머니도 정일수 씨에게 시집을 갔다. 생각해보면 혼자서 살겠다는 자기의 마음도 또한 보증할 수는 없으리라고 되새겨진다. 그러나 인제 다시 누구를 사랑하고 누구와 함께 그는 새로운 생활을 설계해볼 수 있을 것인가. 상처가 너무도 컸다. 아직도 완전히 끝이 났다고는 보아지지 않는 만큼 보증할 수 없는 저의 마음을 채찍질하면서라도 그는 지금 '혼자서 사는' 것을 다시금 또 다시금 결심하지 않으면 안 되는 것이었다.

지난 여름의 일이다. 2년 가까이 입감해 있던 오시형이를 그는 백방으로 서둘러서 보석을 시켰다. 오시형이와 무경이의 관계는 양쪽편 집이 모두 반대하였었다. 어머니는 오래인 장로교인으로서 오시형이가 '믿지 않는 사람'이라고 꺼려하다가 그가 사건에 걸려서 입감한 뒤에는 더욱더 완강히 그와의 결혼을 반대하였다. 물론 평양서 부회 의원을 지내면서 상업회의소에도 얕지 않은 지위를 가지고 있는 그의 부친이 반대하는 것은 아들이 선택한 최무엇이라는 여자뿐만이 아니었다. 대학을 졸업하고 서울서 증권회사 조사부 같은 데 취직해 있는 아들의 태도에 반대였고 사상이나 생활 태도 전체에 대해서 그는 아들의 생각과 뜻이 맞지 않았다. 그는 우선 아들이 평양으로 내려와서 자기 앞에서 친히 일을 보기를 희망하였고 자기가 생각하고 있는 도지사를 지냈다는 저명 인사의 총명한 규수와 약혼을 할 것을 바라고 있었다. 그는 그의 생각하는 길이 아들을 출세시키는 최단 거리라고 믿는 것이었다. 그래서 부자가 서로 옥신각신하던 통에 뜻밖에 아들이 그만 온당하지 못한 사건에 걸려서 입감을 하게 되었다. 이것은 아들의 장래를 자기의 연장으로서 설계해오던 아버지에게 있어 놀라운 일이었을 뿐 아니라 그의 명예와 지위를 위해서는 치명적인 사건이 아닐 수 없었다. 아버지는 세상을 향해서 당황하였다. 그는 노하였다. 그는 드디어 아들과의 관계를 통히 끊어버리듯 하였다. 나이라도 많으면 늙은 마음이 자식을 생각하는 정의에 이겨 나가질 못할 것이나 그는 오십 전후의 정정한 장년이어서 아들의 고생 같은 것은 보고 못 본 척할 수 있었다.

이렇게 해서 2년이 흘렀는데 이 2년 동안 무경이

는 오시형이를 위하여 직업에 나섰고 어머니의 마음을 움직여서 오시형이와의 관계를 인정하게 하였을 뿐 아니라 보석 운동이 주효해서 그에게 다시금 태양의 빛을 쐬게 만들었다. 지금 무경이가 쓰고 있는 야마도 아파트의 3층 23호실은 보석으로 출감하는 오시형이를 위하여 무경이가 준비해두었던 방이었다.

그러나 오시형이가 출감하면서 동시에 연달아서 뜻하지 않았던 사진이 튀어 나왔다. 우선 오시형이는 그 전에 포회했던 사상으로부터 전향을 하였다. 그의 전향의 이론을 그 자신의 설명으로 들어보면 경제학으로부터 철학에의 전향이요, 일원사관(一元史觀)으로부터 다원사관(多元史觀)에의 그것이라 한다. 이러한 결과로 하여 학문상으로 도달한 것이 동양학(東洋學)의 건설이었고 사상적으로도 세계사의 전환에 처하여 시시각각으로 변하는 국제 정국에 대처해서 하나의 동양인으로서의 자각이 있어야 한다는 것이다.

그러나 사상이나 학문 태도가 변하였다든가 전향

하였다고 하여서 그들의 사이에 어떠한 틈이 생길 리는 없는 것이었다. 본시 최무경이는 오시형이가 어떠한 사상을 품게 되든 그런 것에는 깊이 개의하지 않는 것이라고 믿어왔고 또 그러한 것에 대해서 깊이 천착(穿鑿)하고 추궁할 만한 준비나 여유가 없다고 생각해왔었다. 그러므로 오시형이의 이러한 전향이란 것이 어떠한 정신적인 내용을 가지고 있는 것인지 또 그러한 내면적인 정신상의 문제가 자기와의 관계나 혹은 생활 태도 같은 것에 어떠한 영향을 줄 것인지에 대해서는 아무러한 생각도 가지지도 못하였다. 그는 변함없는 애정이면 그만이었고 자기가 그 동안 실천한 불요불굴한 행동에서 오는 자긍과 도취로 해서 통히 그런 것에 생각이 미치지도 못하였다. 그러나 오시형이의 내면 생활은 무경이가 생각하는 것보다는 좀더 복잡한 과정을 경험하고 있었다. 2년 동안 독방 안에서 경험하는 내면 생활에 대해서 밖의 사람은 단순한 해석밖에는 가지지 못한다. 아버지, 여태껏 무슨 큰 원수나 되듯이 생각하여 오던 오시형이의 아버지가 아들의 출감을 듣고 상경하여 아파트를 찾아왔을 때에 시형이의 내부 생활의 복잡한 면모는 하나의 표현을 보였다. 그는 당장에 아버지와 타협한 것이다. 인정과 격리되어서 애정에 주린 생활을 영위하던 사람이 죽일 놈 살릴 놈 하던 아버지의 돌변한 태도에 부딪쳐서 감격과 흥분을 맞이한 때문만은 아니었다. 아들과 아버지의 사이란 하나의 혈통이니까 커다란 불화가 있었다 해도 칼로 물을 벤 것과 진배없어서 그들은 언제나 다시 화합해야 할 핏줄을 가졌다고만 해석하는 데도 다소간의 불충분은 없지 않을 것이다. 그런 것과 관련을 가지면서도 결정적인 원인을 지은 것은 오시형이의 가슴에 아버지까지를 포함시켜 그가 여태껏 상대해오던 일체의 '대립물(對立物)'을 받아들일 만한 준비가 되어 있었다는 점일 것이다. 여하튼 그는 아버지를 따라서 평양으로 내려갔다. 그러나 그것뿐만은 아니었다. 오시형이의 출감과 전후해서 무경이는 또 하나의 돌발 사건을 맞이하게 되었다. 그것은 어머니의 결혼이었다. 어머니가 어떤 남자와 교제를 가지고 있다는 것을 눈치 채었을 때 무경이는 커다란 실망과 함께 여자다운 질투와 어머니의 육체적인 체취에 대해서 늑찌한 구역을 느꼈다. 그리고 어머니를 잃어버리는 데 대해서 누를 수 없는 서러움을 경험하였다.

단 하나의 어머니도 잃어버리고 단 하나의 애인도 잃어버리었다. 직업에는 오시형이의 차입을 위하여 나섰던 것이요, 아파트의 방은 보석으로 나오는 그를 맞이하기 위하여 얻었던 것이었다. 의지하였던 것도 믿었던 것도 사랑하던 것도 희망하는 것도 일시에 없어져버린 것이다. 산다는 것의 의미와 생존의 목표를 어디서 찾아볼 수 있을까 하여 그는 잠시 동안 멍청하니 공허해진 저의 가슴을 처치해볼 길이 없었다.

그러나 그는 희망을 잃지 않고 살아 나아가겠다는 하나의 높은 생활력 같은 것을 천품으로서 가지고 있었다. 그러한 생활력은 제 앞에 부딪쳐오는 어떤 어려운 문제라도 꿰뚫고 나아가야 한다는 강력한 의지력으로 나타날 때가 있었다. 사람은 제 앞에 부딪쳐오는 어려운 문제를 회피하지 않고 그것을 맞

받아서 해결하고 꿰뚫고 전진하는 가운데서 힘을 얻고 굳세지고 위대해진다고 생각해본다. 어떻게도 할 수 없는 난관에 부딪치고 함정에 빠져서 그가 생각해본 것은 모든 운명의 쓴 술잔을 피하지 않고 마셔버리자 하는 일종의 능동적인 '체관(諦觀)'이었다. 그는 우선 어머니와 오시형이를 공연히 비난하고 시기하고 질투하지 않으리라 명심해본다. 자기 자신을 그들의 입장 위에 세워보리라 생각했다.

오시형이는 2년 동안 옥중에서 충분한 사색과 반성을 가질 수 있었을 것이다. 그의 생각은 섬세해지기도 하였고 치밀해지기도 하였고 풍부해지기도하였을 것이다. 그는 자기의 정신상 갱생을 사상과 학문상의 전향에서 찾으려 하였고 그의 육체와 생명은 다시금 빛 없는 생활에 얽매이지 않기를 본능적으로 갈망하고 있을 것이다. 아버지와의 관계에 있어서도 좀더 원만하고 원숙해지리라 명심하고 있을 것이다. 사실 그는 가정이 있는 평양으로 내려가는 것이 건강에나 또는 당국 관계에 있어서도 편리할 것이라고 믿지 않을 수가 없었을 것이다. 오시형이가 아버지를 따라 평양으로 가는 것 그것은 그의 생활을 영위하기 위해서 반드시 필요한 일이라고도 생각되어진다. 그렇다면 이까짓 방 같은 것이 합체 무엇이며 무경이의 마음이 다소 섭섭해지는 것 같은 것이 하상 무엇이냐고도 생각되어진다.

어머니의 입장도 이와 마찬가지였다. 어머니는 이십 전에 홀몸이 되어서 자기 하나만을 믿고 살아왔다. 자기가 어떤 사내와 결혼하면 어머니는 누가 모시며 어머니가 마음을 의지할 사람은 장차 누구일 것이냐? 어머니의 신뢰와 애정을 거역하고 나선 것은 딸이었다. 딸의 문제를 허락하였을 때 어머니가 그를 믿고 팽팽하게 당길 수 있었던 닻줄을 팽개쳐 버리면서 갑자기 독신 생활에 대해서 신념을 잃어 버렸다는 것도 넉넉히 이해할 수 있지 아니한가. 그렇다면 딸의 마음이 서운해질 것을 염려치 않고 어머니가 장래의 생애에서 행복된 설계를 가지려 하였다고 그것을 탓할 수는 없는 노릇이었다.

오시형이는 그의 앞날을 위하여 영위함이 있어 마땅한 일이며 어머니는 어머니의 남은 생애를 위하여 설계함이 있어 마땅한 일이 아니냐. 그러면 뒤에 남아 있는 최무경이 자기 자신은? 그는 생각해본다. '나는 나 자신을 위하여 생활을 가져보자!'—이것이 그를 구렁텅이에서 구하여낸 결론이다.

시형이를 위하여 얻었던 방에는 제가 들기로 하였다. 어머니가 결혼하여 정일수 씨와 동거하게 되었을 때 어머니와 무경이가 살던 집은 팔아버렸다.

마침 가옥 시세가 가장 대금이던 때이라 그리 새 집은 아닌 것인데 한 칸에 700원씩 받아서 1만 5천 원의 거액이 무경이의 저금 통장에 기입되었다. 살림도 간단히 추려서 대부분은 어머니한테 맡겨두고 신변에 필요한 몇 가지와 취사 도구의 간단한 것만 아파트로 옮겨왔다. 아직도 아버지의 명의대로 남아 있는 석 남짓한 땅은 70 으레히 무경이에게 상속이 되었으나 정일수 씨한테 관리시키고 1년에 2000원씩을 받아다가 저금 통장에 기입시키기로 작정하였다. 한 집안에 살기를 권하다가 그들의 뜻을 이루지 못한 정일수 씨와 어머니는 될수록 무경이에게 편의를 도와주려 힘썼고 딸에 대한 그들의 애정을 극진히 표시

하려고 애썼다. 무경이는 전과 다름 없는 여사무원의 직업을 그대로 가지고 있었다.

그러나 이러한 조처를 대어놓고도 오시형이와의 애정에 대한 신뢰만은 덜지 않으려고 생각하였다. 하기야 시형이가 아버지와 타협하고 평양으로 내려간다는 고백을 들었을 때에 이 사건을 통해서 맨 먼저 느낀 것은 여자다운 직관력만이 날카롭게 간파할 수 있는 애정의 동요이었다. 평양에는 진척시켜오던 약혼설이 있다. 도지사를 지낸 저명 인사의 영양이 있다. 무경이는 고백 뒤에 어물거리는 그림자로서 그것을 눈앞에 그려보았던 것이다. 그러면서도 그들은 한가지로 그 문제에 대하여는 아무러한 이야기도 나누려하지 않았다. 무슨 일이 있어도 오시형이의 마음만은 변하지 않으리라고 믿었던 것일까. 또는 아무리 따져놓고 약속을 굳게 하여두어도 흐르는 수세는 당해낼 재주가 없는 것이라고 단념해버렸던 것일까. 어떤 날 어머니는 딸에게 이런 말을 물었다.

"시형이 아버지가 그 무슨 도지사의 딸이라든가

허구 약혼하라라던 건 그 뒤 무슨 이야기가 없다든?"

이 날카로운 질문을 받고 무경이는 잠시 당황했으나,

"무슨 별 이야기 없던데요."

하고 대답하였다. 그러나 어머니는 마음을 놓을 수가 없다는 듯이 또 다시 무어라고 입을 나불거리다가 여러 번 주저하던 끝에,

"글쎄, 그렇다면 좋거니와. 손수 올라와서 데리구 가는 바엔 그런 이야기두 있었을 법헌데. 그럼 무어 너허구의 결혼에 대해서두 아직 이렇다 할 의사 표시는 없는 셈이로구나."

하고 나직이 말하였다. 무경이의 가슴속에서는 꿍하고 물러앉는 것이 있었다. 당황해지는 저의 마음을 부둥켜 세우며,

"마음대루 허라지요. 도지사 딸한테 장갈 들려건 들구 귀족의 딸한테 장갈 들려건 들구……."

어머니는 이러한 딸의 언행에서 적지 않은 경악을 맛보았으나 그 이상 이야기를 이어 나아가지는 못하였던 것이다.

서울을 떠난 오시형이한테서는 내려간 지 1주일

이 지나서 1장의 편지가 왔다. 윤택이 있는 다정스런 문구는 하나도 없고 적지 않이 고민이 섞인 생경한 문구로 적히어 있었다.

　지금 내가 생각하고 있는 것은 나의 장래에 대한 것이오. 내가 어떻게 하면 정신적으로 재생하여 자기를 강하게 하고 자기를 신장시킬 수 있을까 하는 문제입니다. 일찍이 나는 비판의 정신을 배웠습니다. 그러나 이러한 자기 자신에 대한 비판만 되풀이하고 있으면 그것은 곧 자학이 되기 쉽겠습니다. 나는 자학에 빠져버리고 싶지는 않습니다. 뿐만 아니라 외부 세계에 대한 준열한 비판만 있으면 모든 것이 그대로 이루어지리라는 요즘의 지식인들의 통폐에 대해서는 나는 벌써부터 좌단(左袒)을 표명할 수가 없었습니다. 비판해버리기만 하는 가운데서는 창조는 생겨나지 않을 것이기 때문입니다. 그러므로 설령 그러한 결과 도달하는 것이 하나의 자애(自愛)에 그치고 외부 환경에 대한 순응에 떨어지는 한이 있다고 하여도 나는 지금 나의 가슴속에 자라나고 있는 새로운 맹아에 대해서 극진한 사랑을 갖지 않을 수 는 없겠습니다. 새로운 정세 속에 나의 미래를 세워놓기 위해서 지금까지 도달하였던 일체의 과거와 그것에 부수되었던 모든 사물이 희생을 당하고 유린을 당하여도 그것은 또한 어떻게도 할 수 없는 일일까 합니다.

물론 결혼에 대한 문구는 아무데서도 찾아볼 수 없었다. 무경이는 애정에 대한 것만은 변치 않았고 또 앞으로도 변치 않으리라고 생각하여보았다. 그러나 무경이는 어떤 급처를 마치 보자기로 송곳을 싸들고 있는 것 같은 위태로운 심리로 가만히 덮어놓고 있는 것도 희미하게 느끼지 않을 수는 없었다. 보자기를 조금만 힘을 주어서 잡아당기면 날카로운 송곳이 보자기를 뚫고 벌처럼 폐부를 찌르기를 사양치 않을 것이다. 그것을 잘 알고 있기 때문에 보자기를 어름어름 가만히 덮어놓아 보는 것이다. 그러나 이러한 상태는 오래 지속될 수는 없었고 또 무경이의 성격이 그러한 상태에 어물어물 배겨 있도록 철부지도 아니었다. 드디어 오시형이의 편지 내용이 결코 추상적인 문구만이 아니고 실상은 생생

한 구체적 사실의 진행을 그러한 추상적인 문구로 표현해놓은 데 불과하다는 것이 명백히 밝혀질 시기가 왔다.

그 뒤 무경이의 몇 장의 편지에 대해서 오시형이에게선 도무지 회답이 없었다. 그러다가 어떤 날 짤막한 편지가 1장 왔는데 그것은 정양하러 어느 온천으로 간다, 통신 관계가 빈번한 것은 여러 가지로 재미롭지 않아서 아무에게나 여행한 곳은 알리지 않기로 되었으니 양해하라는 내용의 글이었다.

오시형이가 자기의 사상을 정비하고 정신을 통일시키는 데 방해가 되고 장애가 될 만한 이야기는 될 수록 삼가서 편지를 쓰던 무경이었다. 그의 문제를 그 자신이 처리하고 있는 데에 다른 사람의 수작이 하상 무슨 관계냐고 무경이도 생각해보았던 것이다. 그로 하여금 그의 문제를 처리케 하라!

새로운 사상의 체계를 세워서 생명의 구원을 받게 하라! 그것이 무경이의 진심이었다. 그러나 이 편지가 내용하는 것은 무엇인가. 그런 것과는 관계없이 최무경이라는 석 자의 이름과 그 이름으로부터 오는 기억 속에서 해방되겠다고 하는 하나의 전혀 별 개의 사실이 아닌가.

무경이는 보자기를 뚫고 올라온 송곳 끝이 제 심 장을 쓰라리게 찌르고 있는 것을 느끼며 얼마를 보 내었다. 가을이 왔다. 겨울이 왔다. 새 해가 왔다. 봄이 닥쳐왔다. 물론 오시형이의 소식은 그대로 끊 어진 채로. 그러나 이러한 가운데서 그가 가진 것은 '혼자서 산다'는 억지에 가까운 결심과 자기도 누구 에게나 지지 않을 정신적인 발전을 가져보겠다는 양심이었다.

나도 나의 생활을 갖자! 나의 생각을 나의 입으로 표현할 만한 자립성을 가져보자! 오시형이의 영향 으로 경제학을 배우던 무경이는 또 그의 가는 방향 을 따라 '철학을 배우리라' 방침을 정하는 것이다. '너를 따르고 너를 넘는다!'—이러한 표어 속에 질 투와 울분과 실망과 슬픔과 쓸쓸함과 미움의 일체 의 복잡한 감정을 묻어버리려 애쓰는 것이었다.— 무경이는 어머니의 사진 앞에서 머리를 털어버리고 이내 테이블로 왔다.

그는 몇 달 전부터 이와나미[岩波]의 ≪철학강좌≫를 읽어 내려오고 있었다. 알듯 한 곳도 모르는 대목도 많은 것을 이를 악물고 시험 공부하듯이 대들었으나 날이 거듭될수록 어쩐지 제가 점점 어른처럼 되어가는 것 같은 느낌을 금할 수 없었다. 그것이 무한히 반가웠다. 책을 접고 침대에 누우면서 또는 아침에 침대에서 일어나서 책을 들면서 그는 언제나 '나는 어른이 되어간다'는 생각을 되풀이하면서 빙그레 웃고 하였다.

9시를 친 지 한참을 지나서 강영감의 발자취 소리와 하이힐이 복도를 울리는 소리가 들리더니 옆의 방문을 열고 무어라고 중얼거리는 말소리가 희미하게 들려왔다. 방을 보러온 것이라고 생각하면서도 무경이는 그대로 책상 앞에 걸터앉아 있었다.

논문을 쓰는 동안이라면 무슨 논문인지는 모르나 길대야 3,4개월의 기간이 아닐까. 3,4개월밖에 들어 있지 않을 사람에게 순순히 방이 비었다고 말한 곳은 제의 입으로 한 말이었으나 되새겨보면 이상한 일이 아닐 수 없었다. 주택난이 우심한 요즘에 1,2

년의 장기간 동안 떠나지 않고 눌러 있을 손님을 골라서 두기도 그다지 어려운 일은 아닐 터인데……하고 역시 제가 한 대답이 경솔하였던 것을 느끼지 않을 수 없는 것이다. 지금 거절하여도 결코 늦지는 않다고 생각해보면서도 사람을 오래 놓고서 어떻게 점잖은 사이에 무책임하게 신의 없는 소리를 배앝아놓을 수 있을까고 망설여보는 무경이었다. 실인즉 그는 철학 공부를 시작하면서 은근히 대학이라는 존재에 대해서 마음이 움직이었고 읽은 책 가운데 모를 대문이 많으면 많을수록 학자라는 존재에 대해서 어떤 흠모의 마음이 은근히 동하게 되어 있던 것이다. 이랬거나 저랬거나 주판알처럼 사무에 밝은 그가 특별한 천착도 없이 방을 허락한 데는 이러한 요즘의 그의 심경이 은연히 움직인 데 까닭이 있다고 보지 않을 수 없을 것이다.

무경이의 방문에서 노크 소리가 난다. 뜨즉뜨즉이 두 번씩 두들기는 건 강영감의 노크다. 그는 책상 앞에서 떠나서 문께로 갔다.

"방 보시구 마음에 든다는데……."

하고 나직히 귀띔하듯이 말하였다. 무경이가 신을 신고 복도로 나가니까 양장한 여자는 앞서서 층계를 내려가고 있었다. 그의 뒤를 따라 강영감과 무경이도 아래층으로 내려왔다.

"이리로 들어오시지요."

하고 무경이는 복도로부터 사무실 안으로 안내하였다. 삼십이 넘었을 짙은 화장을 한 아름다운 중년 부인이었다. 양장점을 경영하는 여자이니만큼 옷도 기품이 있게 몸에 붙도록 지어 입었다. 화장이 좀 지나치게 야단스러워서 무경이와 같은 여자의 눈에는 마치 여배우나 여급과 같은 직업의 여자와 얼른 분간을 세우기 힘든 인상을 주었다.

"아파트에서 일보는 사람입니다. 최무경이라고 여쭙니다."

하고 인사를 드리니까,

"문란주올시다. 밤 늦게 소란스레 굴어서 미안합니다."

그러나 10시 전이니까 그다지 늦은 밤도 아니란 듯이 맞은 바람벽에 걸린 시계를 힐긋 쳐다보고는,

"방이 마음에 듭니다. 오늘 밤으루 이사해두 괜찮겠지요."

한다.

"그러시지요. 원체는 한 두달 계실 손님에겐 방을 거절하라는 것이 아파트의 정칙인데……."

하고 열쩍은 소리기는 하지만 한마디 끼어보지 않고는 태평할 수가 없었다.

"논문 쓰는 동안이라곤 하지만 또 얼마나 빌려놓구 이용하실는지두 모르지 않아요. 동경 같은 데선 소설 쓰는 사람들이 자기 주택 외에 모두 아파트 한 칸씩을 빌려갖구 있다든데요."

그러고는 익숙한 매무시로 '호호호' 하고 웃어 넘겼다. 웃음을 알맞게 끊고는,

"그럼 곧 이사하겠습니다. 시키킹8) 같은 건 내일 아침에 치르기루 헐까요?"

"그렇게 하시지요. 아침은 될수록 이른 편이 좋겠어요. 그럼."

---

8) 전세 보증금

하고 강영감을 향하여선,

"영감님 좀 늦으셔두 이사하시는 것 보아드리구 방문 잠그십시오. 그리구……."

다시 문란주 편을 향하여 낯을 돌리고는,

"특별히 규칙이랄 건 없지만 여러 사람이 단체 생활을 한다구 무어 이런 걸 만들어둔 게 있습니다. 참고삼아 틈 있거든 보아주십시오. 또 그리군 오시는 선생님의 성함자도……."

하고 인쇄물과 카드 조각을 내어놓았다. 문란주는 연필을 들어 종이에 이관형의 석 자를 써주고 인쇄물을 받아서 들고는 사무실을 나갔다.

"그럼 또 뵈옵겠습니다."

"안녕히 가세요."

한 여자는 밖으로 나가고 또 한 여자는 위층으로 올라갔다. 그때에 연회에서 늦게야 돌아오는 회사원의 한 패가 밖으로부터 몰려 들어오며 강영감에게,

"곰방와, 아아 늦어서 미안합니다."

하고 중얼거리는 소리가 들려왔으나 이내 또 아파트 안은 조용해졌다. 무경이는 다시 제 방에 들어와

서 문을 잠그고 책상 앞으로 갔다.

2

테이블과 양복장 같은 것은 방에 붙은 것이 있으니까 새로이 끌어들일 턱이 없다면 그럴 수도 있는 노릇이지만 참고 서적도 많을 것이요 침구라든가 신변 도구 같은 것의 운반으로 하여 적지 않이 시간을 잡아먹을 이사일 줄 예상하였고 어련히들 주의야 하겠지만 동숙인들이 잠든 시간에 혹시 안면방해가 되는 일이나 없을까고도 생각해보았던 만큼 자정도 되기 전에 발자국 소리 외엔 별반 요란스러운 음향도 없이 아주 쉽사리 간단하니 반이나 끝난 듯싶어졌을 때엔 무경이는 일변 안도하면서도 다소 실망을 느꼈다.

하기는 집이 서울 안에 있으니까 간단히 가방깨나 날라오고 뒷날 차차 소용되는 대로 짐을 날라 들일는지도 모를 것이므로 무경이는 그런 것을 오래 생각지는 않았다. 이관형이와 문란주의 관계가 어떻게 되는 것인지를 상상할 수가 없어서 다소 궁금하다면 궁금하였으나 이사 오는 사람이나 동숙인의 가정 관계를 소상히 알고 싶다는 필요하지 않은 악취미에서 벗어난 지도 이미 오래인 그이므로 이사가 끝나고 한참 있다가 하이힐이 복도를 지나 층계를 내려가버리는 것을 듣고는 그런 것에도 별반 오래 머리를 쓰지는 않았다.

하룻밤이 지나고 아침이 되어도 물론 새로운 일이 생겨날 리 만무였고 여느 때보다 출근하는 사람이 많은 이 집안은 아침이 가장 뒤숭숭한 시간이라 문소리 발자국 소리 말소리 같은 것이 어느 방 어느 사람의 것인지를 분간할 수도 없는 것이었다. 무경이는 어느 날이나 진배없이 일찌감치 일어나서 물을 끓여 세수를 하고 간단히 아침을 지어 먹었다. 9시가 출근 시간이므로 그때가 되기까지는 방안에서 책을 읽었다. 9시 치는 것을 듣고야 사무실로 나갔다. 무경이가 나가는 것과 교대해서 사무실을 치워놓고 스팀에 석탄을 지피는 일을 끝막은 강영감이 일단 집으로 돌아간다. 10시가 되어 점심 벤또를 끼고 강영감이 나타나고 조금 있다가 주인이 나타났다. 무경이에게 2년 동안이나 일을 맡겨둔 주인은 오전중에 아무 때나 잠시 얼굴을 내놓고 장부나 검사해보고는 다시 나가버리는 것이었다. 그래도 무경이는 그가 들어올 때를 기다려서 장부를 정비해 두었다가 하루 동안의 일을 소상히 보고하였다.

"어제 3층 22호에 있던 회사원이 나가고 밤 안으로 이관형이라고 하는 대학 강사가 새로 들어왔습니다. 나간 사람의 보증금 중에서 이번 달 치를 제하고 지출한 것이 이게고……."

하면서 그는 전표를 가리킨다.

"새로 들어온 사람의 회계는 아직 보지 않았으나 오전중에 계약이 끝날 것입니다. 오늘 들어온 걸루 헐라구요. 그리구 이건 각각 이번 달 치 방세들하고 또 이 지출은 전등료."

주인은 가느다란 도장을 들고 하나하나 장부와 전표 위에 인장을 눌러 치고는 아무말 없이 입금 중에서 얼마를 남겨놓고 사무실을 나갔다. 식당을 한 번

돌고 복도를 삥 시찰하듯 하고는,

"그럼 난 나가우."

하고 뚱뚱한 몸을 길 위로 옮겨놓았다. 주인이 나간
뒤 얼마가 지나서 보일러를 돌아보고 온 강영감이,

"어젯밤 새루 들어온 양반 회계 끝났었나?"

하고 물었다.

"글쎄 여태 아무 소식두 없구먼요."

강영감은 숙직실 앞으로 가다가 멈칫하고 서면서,

"그 양반의 직업이 무엇이라구 허셨지?"

하고 돌아다본다.

"대학 강사랍니다. 왜요?"

"대학 강사."

그렇게 다시 나직이 뇌이기만 하고는 그 이상 이
야기를 잇지 않았으나,

"그 한 번 채근해보시지."

하고 무경이 앞으로 걸어왔다.

"글쎄, 오늘 일찍이 회계를 보기루 일러두었는데
세상 물정에 어두운 학자님이시라 그런 건 통히 잊
어버린 게로구먼요. 그럼 영감님 수고스럽더래두

한 번 올라가보시구려."

강영감은 잠시 눈을 꿈뻑꿈뻑하고 서 있었다. 오래지 않아 봄이라는데 그는 여태 털 떨어진 방한모를 귀밑에까지 푹 눌러 쓰고 보일러 칸으로 드나든다. 바지 위에 작업복이 낡아서 푸르등등한 놈을 껴입고 윗저고리 위에도 털 떨어진 체부 옷을 단추가 2개나 떨어진 대로 껴 입고 있었다. 신발만은 아파트의 손님이 신다가 내버린 틀어진 것도 단화였다.

"그럼 내 올라가보지."

모자를 벗어서 놓고 맹숭맹숭하게 갓 깍은 머리를 갈구리 같은 손으로 한 번 써억 젖혔다. 그리고는 슬근슬근 복도를 걸어 나갔다.

무경이는 강영감의 태도에서 마땅치 않아 하는 눈치를 느낄 수 있었으나 제 비위에 맞지 않을 때엔 가끔 있는 일이므로 공연한 오해일 것이라고 생각해본다. 연세가 연세인지라 자기가 못마땅히 생각하여도 남의 앞에서 그런 것을 경솔히 지껄이지는 않는 성미였다. 그저 꿈뻑꿈뻑 눈을 감았다 떴다 하는 것이 그러할 때의 표정이었다. 어젯밤 찾아왔던 양장한 여자를 물끄러미 쳐다보면서도 강영감은 그런 표정을 지어 보였었다. 역시 그런 것이 원인이 되어서 일종의 오해까지도 품어보게 된 것일 게라고 생각은 해보는 것이나 아침 일찍이 회계를 보자고 언약해놓고서 일언 반구의 이렇다 할 말이 없는 것도 심상치 않은 일이거니와 11시가 되어오는데 식당에도 내려오는 기척이 없으니 어느 새 취사 도구를 정비해놓고 아침을 손수 지어 먹은 것인가 도무지 어인 일인지 감감 동정을 알 수가 없었다. 양장한 여자가 그런 사연을 통히 전달하지 않았다고 생각할 수도 없고 또 그랬었다면 그 양장한 여자라도 이르게 얼굴을 보이어야 하는 게 아니냐고도 노상히 생각되어지지 않는 바는 아니었다.

그러고 있는데 한참만에 강영감이 저으기 뚜우한 낯작을 하고 어슬렁어슬렁 위층으로부터 내려왔다. 하회가 궁금한데도 이내 입을 열지 않았다. 대단 불유쾌한 표정이었다. 잠시 책상 언저리를 빙빙 돌다가 혼잣말로,

"고오얀 친구여 젊은 사람이!"

하고 한마디 툭 배알았다. 무경이는 종시 말썽이 생기나보다고 내심 걱정이 되면서도,

"왜요?"

하고 입술 위엔 웃음을 그려본다.

"흥, 그 사람이 대학교 선생이라구? 원 참!"

또 한 번 그렇게 뇌더니 무경이의 앞으로 와서 이야기를 털어놓기 시작하였다.

"당최 어떻게 된 사람인 걸 알 도리가 있어야지. 자아 이거 보겠나. 늘 하는 본새로 떵떵떵떵 그 노크라는 걸 허지 않았나. 대여섯 번 겹쳐 해두 도무지 하회가 없겠다. 그래서 또 한 번 커다랗게 두드렸더니 그제서야 누구인지 들어오시오, 점잖다면 점잖고 또 거만하다면 거만하달 대답이 들리길래 문을 비틀어보았더니 참말 문을 잠그지는 않았어. 그래서 낯을 문틈으로 들여보내려구 허는데 방안에 자욱한 연기 그대루 곰을 잡을 작정인지 그냥 담배 연기가 눈을 뜰 수 없게시리 가득히 찼더란 말이여. 그러나 나아 또 무어 글이래두 쓰면서 딴 정신이 없어서 담뱃내 찬 것두 모르는 줄 알았지. 침대에 번

듯이 자빠 누웠는 줄야 알었을 도리가 있나. 그 입
은 것허며 그 머리라 낯짝이라……."

차마 입에다 옮길 수 없다는 듯이 주름살진 표정
을 잠시 쭈그려뜨려 보이고 말을 끊었다가,

"내 벌써 어젯밤부터 꼬락서니를 보고서 콧집이
찌그러진 줄 알었었지만, 자아 어젯밤 최선생 올라
간 뒤에 그 양반들 이사오던 꼬락서니 좀 보았나.
그저 가방 하나만을 들고 차에서 내려서 껑충껑충
들어오는데 그 야단스런 부인네는 조고만 보꾸러미
를 하나 들고서 앞서서 뛰어 들어가고 이 대학 선생
이란 양반은 모자를 썼겠다, 무어변변한 양복깨미
나 허긴 낡아빠진 외투는 꺼칠하게 뒤집어 썼으면
서두…… 어쨌던 벌써 콧집이 틀려먹은 걸…… 그
런데 이 사람이 오늘은 번듯이 침대에 누워설랑은
그저 담배만 죽여대인 모양이지. 그래서…… 저 여
기 규칙대로다 보증금 석 달 치하구 한 달 치 선금
일랑을 치르셔야 하겠는뎁쇼 하고 말했을 것 아니
여. 그랬더니 그저 암말 않고 나가 있어 한마디뿐이
라. ……아니올세다, 규칙대로 한다면 보증금과 선

금 치른 뒤에야 이사하는 건뎁쇼. 선생님껜 특별히 규칙 위반으루다 대접해드린 것이올세다. 이렇게 또 한 번 공손히 설명해드렸는데도 그러게 잔말 말구 내려가 있으라는군 그래. 부아가 나서 견뎌배길 도리가 있나. 아니올세다 규칙대로 이행하시기 싫은 분은 부득불 방을 내기로 되어 있는뎁쇼. 하구서 한 번 을러놓았더니 허 허어 거참! 영감은 소용없으니 주인을 보내래눈! 돈은 사무실에 내려오셔서 치르게 되었는뎁쇼. 하고 또 한 번 빈정거렸더니 벌떡 일어나면서 잔말말고 나가서 주인을 보내! 하구 호령이겠지. 난 당최 그 입은 것하며 낯바다기가 무서워 수작을 걸기두 싫어서 앵이 문을 찌끈 닫고 내려와버렸지. 거참! 그 무슨 오라질 대학교 선생이람! 대체 어저께 왔던 그 여편네가 잡년야, 그게 바루 여급 아냐, 술집에서술 따르는 그렇잖으면 활동 사진 박히는 광대년이든지……."

"양장점 경영하는 부인네랍니다."

별로 변호해준다는 의식은 없었으나 좀 과장하는 버릇이 있는 강영감인지라 무경이는 나직이 그렇게 설명해주었다.

"양장점?"

"네 부인네들 양복 짓는."

그랬더니 강영감은 기가 좀 사그러지는지,

"양장점을 허는지 무얼 허는지 모르지만……."

하고 숙직하는 방으로 갔다.

"수고하셨습니다. 내 그럼 올라가 만나보지요. 허긴 나두 주인은 아닌데."

무경이는 농말을 지껄여서 가볍게 취급해버리며 사무실을 나왔으나 물론 강영감의 보고는 그를 적지 않게 불쾌하게 만들었다. 22호실 앞에 서니까 제법 마음이 긴장되었다. 노크를 하니까 강영감의 이야기처럼 참말 '누구신지 들어오시오'하는 느린 목소리가 들려왔다. 남자가 혼자 들어 있는 방이라 주저도 되었지만 가만히 핸들을 비틀고 얼굴보다 스커트 자락과 구두를 먼저 안으로 들여보냈다. 찾아온 사람이 여자라는 것을 알고 그에 합당한 예의를 갖추라는 예고로서 하는 것이다. 잠시 동안을 두고 밖에서 기다리는데 연기에 찬 방안의 공기가 문 틈으로 새어 나왔다. 이윽고 그는 얼굴을 나타내고 열어젖힌 문으로 몸을 완전히 방안에 들여 세웠다. 그러나 침대 위에 누워 있는 사내는 그대로 번듯이 천장을 바라보며 담배만 피우고 있을 뿐 이편 쪽으론 눈길도 보내지 않았고 그러니 무경이가 구두나 스커트를 먼저 들여놓았다든가 하는 세밀한 기교도 알아줄 턱이 만무하여 통히 들어온 사람이 젊은 여자라는 것에도 생각이 미치지 않은 모양이었다. 얇다란 차렵이불을 배퉁이께로부터 발치 위에 덮었고 상반신은 여자의 것이기 확실한 화려하고 화사한 가운을 두르고 있었다.

"아이 연기."

나직이 그렇게 말하면서 사내의 귀에 들리도록 인기척을 만들었다. 사내는 뻐끔히 머리를 들어 보았다. 여태껏 여자인 줄을 몰랐었던지 이윽고 벌떡 자리에서 상반신을 일으킨다. 머리가 뒤설켜서 구숭숭한데 면도를 넣은 지 오래되는 얼굴 전체에는 지저분한 반찬 가시 같은 수염이 쭉 깔렸다. 얼굴은 해사했으나 몹시 창백한 것 같았다. 옆구리에 놓았던 빵 조각이 침대에서 굴러 떨어진다.

사내는 자기의 모양하며 옷 주제하며가 여자의 앞이라 다소 부끄러웠었던지 잠시 당황하는 듯한 표정을 지어보았으나,

"아파트의 주인은 안 계시고 제가 그 대리를 맡아보는 사람입니다."

하는 침착한 젊은 여자의 목소리를 듣고는 다시 무뚝뚝한 낯색으로 표정을 고치고,

"당신네 집에선 어째 손님에 대한 예의가 그렇습니까."

하고 외면을 한 채 항의 비슷한 트집을 쏟아놓기 시작하였다.

"글쎄올시다. 여러 분을 대하게 되는 관계상 소홀하게 되는 수도 많으리라고 믿습니다마는 지금 올라왔던 영감님께서 어떤 실수를 하셨던가요?"

무경이도 지지 않고 따질 것은 따져놓자는 뱃심이었다. 사내는 잠시 말을 끊었으나,

"집세고 보증금이고 치르면 될 거 아닙니까. 손님에게 무례한 짓을 하지 않고도 받을 돈은 받을 수

있지 않아요?"

"그야 그렇겠습지요. 그러나 말씀하셨던 언약이 잘 지켜지지 않고 또 어젯밤에 하신 말씀과는 잘 부합되지 않는 곳도 있으니까 아마 영감님의 욱된 생각에 그만 실수가 된 것 같습니다."

"언약이 잘 지켜지지 않았다든가 어젯밤에 하던 말과 부합되지 않는 곳도 있다니 대체 내가 당신네들과 무슨 굳은 맹서를 하였단 말이오?"

무경이는 잠시 말을 끊었다. 사내는 침대에 다리를 뻗고 앉은 채 자기는 문 지방에 선 채 이런 다툼을 서로 건네고 있는 것이 우습기도 하였지만 아파트를 대표해서 이야기하는 이상 따질 대로는 따져본다고 다시 생각한다.

"선생님과는 지금이 초면이니까 그런 약속이 있었을 리 만무하지만 어저께 오셨던 부인네의 말씀을 신용하고 방을 빌려준 것이지 본시부터 선생님을 친히 뵈옵고 언약이 된 것은 아니었습니다."

사내의 자부심을 다소 건드려주는 말투였다. 사내는 침대에서 내려섰다.

양복 위에 여자의 가운을 입은 품이 어쩐지 우스웠다.

"대체 어떤 내용의 언약입니까. 손님에게 아무런 무례한 짓을 하여도 움찍달싹 않겠다는 약속이라도 했었던가요?"

사내는 면바로 무경이를 쳐다보았다.

"어제 부인네의 말씀에는 손님의 직업은 제국대학의 강사요, 방을 빌리는 목적은 논문을 쓰시는 데 있다 하였고 방세와 보증금은 오늘 새벽에 치르기로 되어 있었습니다."

사내는 갑자기 말문이 막혀버렸다. 말문이 막혀버렸을 뿐 아니라 몸 자세에서도 기운이 쑥 빠져버리는 것이 옆의 사람의 눈에도 현저하게 보이었다.

그는 가만히 외면하고 침대 옆으로 가 섰다.

"대학 강사"

하고 나직하니 외듯 하는 것이 들려왔다. 그러나 그는 이내 다시 몸을 돌리어 이편 쪽을 보면서,

"내 직업이 대학 강사라든가 내가 이 방안에서 논문을 쓴다고 말했다면 그건 거짓이었으니까 내 입

으로 취소하겠습니다. 그러나 중요한 건 결국 보증금과 방세 문제 아냐요. 남에게 방해되는 일이 아닌 이상 논문을 쓰던 글을 읽던 그런 것에 관계할 필요는 없을 테구 또 직업 같은 것두 대학 강사라야 된다는 규정이 있을 턱은 없을 거구……."

"글쎄, 그렇게두 말씀하실 수 있겠지요."

"그럼."

하고 사내는 양복 주머니에다 손을 넣었다.

"돈은 오늘 안으루 해드릴 터이구 또 그때까지 믿으시기 힘들다면 나를 인질로 잡아두는 겸 내가 몸에 지니구 있는 소지품이라곤 이 금시계가 하나 있을 뿐이니까 이걸 그럼 그때까지 맡아두십시오."

시계를 꺼내서 보이었다.

"온 별 말씀을! 여기가 무어 전당폰 줄 아십니까?"

"그럼 어떡하라는 겁니까? 몇 시간의 여유도 할 수 없으니 당장에 나가라는 말입니까?"

이렇게 저으기 난처한 장면이 벌어지려 할 때에 마침 층계에서 발자국 소리가 나고 어저께 왔던 양장한 여자가 커다란 물건 꾸러미를 들고 또 한 사람

운전수에게 이불 보퉁이 같은 짐을 들려갖고 올라오고 있는 것이 무경이의 곁눈에 띄었다.

"아이 안녕하십니까. 늦어서 죄송합니다."

하고 문란주는 문지방에 서 있는 최무경이에게 인사하였으나 그들의 소 닭 보듯 하고 서 있는 엉거주춤한 몰골을 보고는,

"어째 이러십니까. 무어 말썽이 생겼습니까?"

무경이를 향해서는 유쾌한 웃음을 보내면서 일변 운전수의 손에서 보꾸러미를,

"영치기."

소리를 내어서 옮겨놓고 눈살을 찌푸리고 뚜우해서 서 있는 사내에겐,

"왜 이렇게 장승처럼 서 있수."

그러나 곧 무경이 쪽을 보면서,

"내 인제 곧 내려갈께요."

하고 말하였다.

무경이는 어떻게 또다시 이야기를 이어 나갈 멋도 없고 부인네에게 지금 지낸 사연을 옮겨 들려주고 따져볼 맛도 없어서 그대로 멍청하니 서 있었고 또

이관형이라고 하는 방안의 사내도 어떡하라는 것이냐고 따지는 것도 한낱 실없는 일이었다. 생각이 든 것처럼 시무룩해서 침대에 가서 벌떡 누워버린다. 어이가 없어서 무경이는 그대로 문을 닫아주고 아래층으로 내려왔다. 사무실에 돌아오니까 강영감은 보이지 않았다. 그는 마음이 불쾌하고 노엽다느니보다도 우스꽝스런 생각이 들어서 견딜 수가 없었다. 대체 어떻게 된 판국인지 저도 한몫 끼긴 하였으나 정신을 차릴 수가 없는 것 같다.

이관형이라는 사내는 어떠한 부류의 사람일까, 모양이나 차림차림은 그 지경이지만 물론 강영감이 보는 바와 같은 인상만을 주는 사람은 아니었다.

그렇다고 대학 강사가 아닌 것도 확실하고, 그러면 문란주는 어째서 거짓직업을 주워 부르면서 하필 대학 강사를 골라 대게 되었던 것일까. 회사원이래도 그만이요, 광산가래도 그만이요, 그밖에 어떠구레한 직업으로 손쉽게 불러댈 것이 많은 중에서 하필 대학 강사이었던지 알 수 없는 일이었다.

문란주가 내려왔다. 그는 사무실로 들어오며서 대

강한 사연은 들었는지,

"늦게 와서 미안합니다."

하고만 말하고는 상냥스레 웃어 보였다. 오늘도 역시 화장은 짙으게 이쁘장스럽게 하였다. 눈과 입술과 턱 밑으로 자세히 보면 퍽 솜씨 있고 능숙한 화장이었다. 그는 그 이상 아무말도 않고 핸드백을 열어서 지갑을 꺼냈다.

가느다란 흰 손가락 끝이 빨간 에나멜이어서 이상스레 연약하고 화사스런 인상을 주었다.

"보증금이 석 달 치니까 105원이죠! 그리군 1개월분 방세가 35원, 140원이면 되겠지요?"

무경이는 별로 대구도 하지 않고 펜을 들어 서류를 꾸미고 돈을 세어서 금고에 넣었다. 그러고도 숙박기를 꺼내서 정식으로 이관형이의 이름을 기록하였다.

"직업은요?"

하고 새삼스럽게 물어놓고는 직업란 위에 펜 대를 세운 채 가만히 기다려본다.

"글쎄, 직업이 생각해보니 우습게 되었군요."

하고 머리 위에서 문란주가 말하였다. 시방 위층에서 그것 때문에 말썽이 있었던 것인지,

"실상인즉요, 얼마 전꺼정 대학 강사루 있었는데 그만 그 방면에서 실패를 하셨답니다. 그래서 어저께는 그냥 대학 강사라구 했었는데 그러니 지금이야 따져 말하자면 무직이지요. 당자두 무직이 좋다니까 그대루 무직이라구 적어두세요. 연령은 스물 일곱 아니 작년에 스물 일곱이었으니까 지금은 이십 팔······."

3

독신용의 방이 서른 여섯에 가족용의 두 칸씩 맞붙은 방이 스물 다섯이나 되어서 100명이 훨씬 넘는 식솔이 살고 있는 집이고 보니 들고 나는 사람의 얼굴을 하나하나 따져서 기억해둘 수도 없고 또 그 이상 그 사람들의 성품이나 생활 습속 같은 것에 대해서 눈여겨볼 겨를이나 흥미도 없으므로 일단 사

람을 들여놓은 뒤에는 특별한 일이나 없으면 그다지 밀접한 교섭은 이루어지지 않았다. 하기야 무경이가 한집안에서 자고 먹고 하였고 또 출입구가 있는 옆에 사무실이 있어서 손님들 측으로 보면 눈에 익은 존재였으나 무경이 편으로 보자면 한 달에 한 번씩 방세나 받고 난방비나 전등료나 급수료 같은 것이나 받아 치우면 규칙을 문란하게 하지 않는 이상 아무러한 교섭이나 간섭 같은 것을 가지게 될 리 만무하였다. 사무실 밖에서 상서롭지 못한 일로 무경이가 그들과 직접 대면하는 일은 거의 없어 그런 때마다 강영감이나 주인 자신이 나서서 처리해왔으므로 무경이는 복도에서 오래된 사람이 아니고는 그대로 인사조차 나누지 않고 지내는 사람이 많았다. 이관형이도 응당히 그러한 사람 중의 한 사람이 되었을 것임에 틀림이 없다.

그러나 며칠 동안 한집 옆 방에 같이 지내면서 그의 낯을 다시 대해본 적도 없었으나 어쩐지 그의 생각만은 이내 머리에서 떠나지 않았다. 들어오는 날부터 교섭이 이상해졌고 또 사람된 품이 보통 평범

한 사람이 아니라는 것도 이유가 되겠지만 하루 한 두 번씩 그를 찾아오는 문란주를 주목해보는 때마다 역시 이관형의 존재는 언제나 머리에 떠올랐다. 그래서 자기 방으로 돌아갈 때엔 대체 이 사람은 나의 옆 방에서 하루 종일 무엇으로 소일을 하는고 하는 생각을 가지게 되곤 하였다.

대학 강사에서 실패한 사람, 그대로 대학 강사래도 모르겠는데 그것에서 실패하고 그리고 수염을 지저분하게 기르고 여자의 가운을 걸치고 번듯이 침대에 누워서 담배만 피우고 빵조각이나 씹다가는 머리맡에 팽개쳐 두고…… 이런 것이 가끔 이상하고도 우스꽝스러워서 무료할 때마다 때때로 머리에 떠오르곤 하는 것이다. 그런데 또 강영감은 강영감대로 문란주가 나타나는 것만 보면 으레히,

"양복점 주인 아씨가 또 오셨군, 대학교 선생 심방하러."
하고 말하곤 하여서 무경이는 책상에 머리를 묻고 사무에 열중하다가도 그들의 관계로 생각이 미치게 되었다.

"영감님은 그 여자완 기쓰구 해봅니다그려."

하고 웃는 말로 하면,

"흥."

하고 콧방귀를 뀐 뒤엔

"무어 그럴 일도 없지만 난 그 부인네와 사내의 관계가 이상스러워서 그러지 않나. 친척이라든가 그런 관계는 아니여, 내 눈은 속이지 못하지. 대학교 선생이라구 뻐기면서두 내 눈이야 어디 속였나."

무경이의 대답이 없어도 입 안으로,

"심상하잖아! 내 눈이야 속이나."

그렇게 중얼거리면서 보일러 칸으로 내려가는 것이다. 그래서는 무경이도 영감의 이끄는 대로 문란주와 이관형이의 관계로 생각을 달리게 되는 수가 있었는데 남들의 남녀 관계에 젊은 여자가 무슨 참견이냐고 낯을 붉히면서도 가끔 그러한 것을 천착해보고 앉았는 저 자신을 발견해보게 되는 것이었다.

이관형이가 이 집으로 이사를 온 지 엿새째 되는 날이었다. 여느 날처럼 출근 시간에 사무실로 내려가니까 그와 교대해서 저희 집으로 가는 강영감이,

"거 이상허지. 하루에 한두 번씩은 꼭 오군 하는 그 양복점 아씨께서 어제는 결근을 허셨어. 밤에나 올런가 했더니 거 웬 셈일까."

하고 혼잣말처럼 중얼거렸다. 무경이는 그저,

"그래요."

하고만 대답하고 그러한 이야기에 깊이 생각을 묻지는 않았다. 그런데 오정이 넘고 1시가 되었을 때였다. 사무실 안에서 별로 할 것도 없고 하여 잡지를 들고 앉았는데 이 집에 이사온 지 처음으로 이관형이라는 그 사내가 휘우청휘우청 층계를 내려오고 있었다. 머리와 낯바닥은 그대로였으나 옷은 양복뿐으로 물론 여자의 가운 같은 것은 둘렀을 리 만무하였다. 무경이는 잡지를 든 채 그의 거동을 눈여겨보았다. 그는 층계를 내려오더니 우선 복도를 한 번 쭉 살펴본다. 아래층은 절반 이상이 식당과 당구장과 목욕탕이 되어 있으므로 그런 것을 패 쪽을 따라서 하나하나 살펴보는 것이었다. 그러고는 흥미가 있는지 느린 다리를 이끌며 패 쪽 밑으로 가서 기웃기웃 방안의 설비 같은 것을 엿보듯 하더니 다시 제 방으로 올라갔다.

한참만에 그는 편지 봉투를 하나 들고 내려와서 이번에는 곧바로 사무실로 들어왔다.

그는 문 안에서 꺾뜩 머리를 수그리었다. 무경이도 자리에서 일어나서 인사를 받았다.

"전화 좀 빌려주십시오."

무경이는 아무말 않고 전화통을 옮겨주었다. 그는 다시 전화번호 책을 찾아서 뒤적거리더니,

"여기서 가까이 대두구 쓰는 용달사가 있습니까?" 하고 묻는다.

"있습니다."

그러고는 번호를 가르쳐준 대로 번호를 부르고 메신저 하나만 보내달라고 말하였다. 전화를 끊고는 메신저가 오는 동안 제 방에 올라가 있을 것인가 여기서 기다릴 것인가를 망설이는 듯이 잠깐 주춤하고 서 있다.

"여기 앉으시요, 곧 올 겁니다. 그리구 전화는 삼층에두 하나 설비해놓았으니까 스위치를 돌리시구 인제부터 거기서 이용하시지요."

"아, 네에, 그렇습니까. 미처 몰랐습니다."

이관형이는 의자에 앉았다. 무경이는 사내와 낯을 마주 대하고 앉았기가 면구스러워 잡지에 눈을 묻었으나,

"거 어째 이발소가 없습니까?"

하고 사내가 물어서 그는 얼굴을 들었다. 그러고는 사내의 시선과 부딪쳐서 이상스럽게 웃음이 나오려고 하는 것을 참았다. 인제 이발할 생각이 나는 게로군 하고 생각해보니 웃음이 나왔던 것이다.

"이발소는 처음에 시작했으나 요 바루 맞은편에 오래된 이발소가 있어서 도무지 영업이 되질 않았답니다. 이 집 사람들만 가지구야 영업이 성립되겠어요. 일백 이삼십 명 된다구 허지만 그 중엔 부인네두 많구 한 사람이 두 번씩 깎는다 쳐두 한 달에 오륙십 원 수입밖에 더 되겠어요. 이발사 한 사람을 채용해두 수지가 맞질 않습니다. 그래 가까운 데 이발소두 있고 해서 폐지를 했답니다."

"하하아 그렇겠군요."

이관형이는 감탄하는 듯이 목을 주억거렸다.

"그 이발소 자리는 오락장이 되었지요, 바로 목욕

탕 옆 방.”

“예에.”

그러고 있는데 메신저가 들어와서 이관형이는 편지를 그에게 맡겼다.

“이 윤선생이 안 계시다면 아무한테두 보이지 말구 그대루 갖구 돌아와.”

하고 타일렀다.

“돌아오건 좀 제 방으루 보내주십시오.”

부탁하고 이관형이는 위층으로 올라갔다. 한 40분 걸려서 메신저가 돌아왔다. 윤아무개한테 편지는 전한 모양이었다. 그리고 또다시 한 30분 지난 뒤에 둥실둥실하게 생긴 멀끔하고 정력적인 젊은 신사가 아파트를 찾아와서 이관형이를 물었다. 무경이는 그에게 방을 가르쳐주면서 이 사람이 아까 용달을 보냈던 윤아무개가 아닌가 하고 생각하였다.

인제 오래인 잠을 깨어나서 차차 움직이기 시작하는구나 하고 생각해보면 어쩐지 이관형이의 거동이 탈피(脫皮) 작용을 하고 있는 동물처럼 생각되어 웃음이 났다. 그러나저러나 대학 강사가 되었다가 실패하곤 저런 판국을 경험하게 되는 것인가고 생각하면 어떤 엄숙한 인생의 문제에 부딪치는 것 같아서 마음이 적지 않이 침울해졌다. 그럴 때마다 그는 오시형이를 생각해보게 되었다. 사내들이란 어떤 커다란 문제 앞에 서면 저렇게 평상되지 않은 행동을 가지게 되는지도 모른다. 그러다가 아주 그러한 구렁텅이에 굴러 떨어져버리면 타락자가 되고 낙오자가 되어버리고 마는 것일까. 이관형이의 오늘 행동이 그러한 구렁텅이로부터 정상된 생활 상태로 복귀하려는 사람의 몸부림 같아서 그는 지금 아까와 같이 웃음이 떠오르지도 않는 것이다.

얼마해서 윤아무개는 나갔다. 한참 뒤에 이관형이가 다시금 층계위에 나타난 것은 그때에 마침 강영감이 사무실에 있어서,

"어유 저 사람이 어떻게 된 셈판인가, 목욕할 생각을 다 내구."

참말 밖을 내다보니까 이관형이는 수건을 들고 복도에 내려서고 있었다.

잠시 목욕간을 넘겨다보고는 이편 쪽으로 낯을 돌

리고 사무실로 들어온다.

"이거 자주 들러서 사무 보시는데 죄송합니다. 미안하지만 은행 시간이 넘었구 해서 말씀 여쭙는데 소절수 1장 바꾸어주실 수 없을까요?"

시계는 3시 반이 넘었었다.

"글쎄, 얼마나 쓰시려는지요. 돈이 많지는 못한데."

"1000원짜리지만 우선 있는 대루 돌려주시지요. 적어두 좋습니다."

"한 200원."

"네 그게믄 충분합니다."

그는 양복 안주머니에서 소절수 1장을 꺼내서 무경이에게 넘겼다. 윤갑수라는 사람의 소절수였다. 무경이가 금고를 여는 동안 이관형이는 무료히 서 있다가, 문득 강영감을 발견하고,

"일전 일루 영감께선 여태 노하셨습니까?"

하고 처음으로 소리를 내어 껄껄 웃었다. 강영감은 관형이가 웃는 바람에 적지 않이 겸연쩍어져서,

"온 천만에 말씀을, 고만 일에 노헐 나입니까."

하고 제법 여태까지의 일은 잊어버린 듯이 대답하

였으나 그래도 그다지 마땅하지는 못 한 것인지 슬며시 문을 열고 복도로 빠져 나갔다. 그것을 보고는 무경이도 함께 미소를 입술가에 그려보았다.

"200원이올시다. 세어보십시오. 그럼 이 소절수는 맡아두었다가 내일 찾아다드리지요. 식산은행이시죠?"

관형이는 돈을 받아서 넣으며,

"고맙습니다."

그러곤 휙 낯을 돌리다가 시계 밑에 붙여놓은 길쯤한 거울 속에 비친 제 얼굴에 놀란 듯이 여자가 옆에 있는 것도 불구하고 잠시 그것을 들여다보고 있었다. 그는 손으로 터거리를 한 번 쓱 쓸어본다. 그리고는 무경이를 곁눈질하고 씨익하니 웃었다.

"면도를 빌려드릴까요?"

그러니까 사내는 머리를 극적극적 긁으며,

"에이 뭐 면도는요."

하고 뎌석을 설레설레 털었다. 그러나 잠시 더 멍청하니 서서 거울을 바라보다가,

"제 면도가 아마 여기 있을 거예요."

그러니까 힐끗 무경이를 본다. 남의 남자에게 면도를 빌려준다는 것도 생각해보면 수상쩍은 일이어서 나직이 변명하듯이 서랍에서 면도를 찾으며 중얼거린다.

"이사올 때 잊었다가 핸드백에 넣었더니 배가 불러서 꺼내두었었는데…… 여기 있습니다. 잘 들는지 모르지만 써보시지요. 전 통이 쓰지 않습니다."

그래서 이관형이는 면도를 얻어 들고 비누곽을 타월로 잘라 맨 것을 디룽궁디룽궁 휘저으며, 욕탕 있는 데로 갔다. 그 뒷모양이 우스워서 무경이는 욕탕 안으로 사라질 때까지 그것을 창문 너머로 바라보고 있었다.

4시가 가까워서 사무실은 강영감에게 맡겨놓고 무경이는 다녀온 지도 얼마 되고 하여 어머니한테로 갔다. 어머니와 정일수 씨는 장충단 이편 앵구장이라는 주택지에 살고 있었다. 가면 언제나 반가워하고 쓰다듬어 줄듯이 고맙게 친절히 해주었으나 한 시간쯤 앉았노라면 으레히 인제 아파트의 사무원은 그만두는 게 어떠냐는 권면(勸勉)이 통겨 나오곤 하였다. 먹을 것이 없니 입을 것이 없니 방 한 칸을 빌려갖고 사는 건 살림이 간편해서 네 말마따나 좋을는지 모른다 쳐도 무엇 때문에 남에게 구속받는 생활을 하면서 뭇사람의 시중을 드느냐 하는 것이 언제나 판에 박은 듯이 나오는 어머니의 말이었다. 어머니나 정일수 씨가 그렇게 생각하는 것도 무리는 아니었고 무경이 자신조차도 그러한 생각을 먹어볼 때가 있으므로 그런 말이 나올 때마다 그는 그저 좋은 말로 어루만져두는 것이었으나 오늘은 기어이 속 시원히 동경 같은 데루 학교나 가보는 것이 어떠냐는 말까지 나오고야 말았다.

무경이는 저녁도 얻어 먹지 않고 붙잡는 어머니를 바쁜 일이 있다는 핑계를 대서 뿌리쳐버리고 앵구장을 나섰다. 교외에 나가보면 봄이 한 걸음 한 걸음 닥쳐오는 것이 눈에 띄었다. 그는 해질 무렵의 거리를 걸으면서 생각에 잠긴다.

어머니와 아버지는 오시형이와 자기와의 관계가 이미 파탄이 나버린 지 오래다고 생각하고 있는 것이 분명하였다. 입 밖에 내지는 않았으나 속 시원히 공부나 더 해보라는 권면 뒤에는 벌써 그러한 눈치가 숨겨져 있는 것을 알 수 있었다. 사실 오시형이와 나와의 관계는 남들이 생각하듯이 완전히 끝이 나버린 것일까, 시형이가 들었던 방과 시형이를 위하여 얻었던 직업을 이렇게 놓아주지 않고 있는 것은 남들이 보듯이 쓸데없는 고집에 불과한 것은 아닌 것일까.

맥이 풀려서 그는 지나가는 자동차를 잡아타고 아파트로 돌아왔다. 돌아와서 빈 방안에 앉아보아도 마음은 그대로 침울하였다.

시형이의 애정을 인제는 믿지 않는다고 제 마음에 타일러온 것은 벌써부터의 일이었다. 그러나 그렇게 스스로 타이르고 뇌보고 하는 것을 지금 새삼스럽게 인정하려 들면 역시 마음은 어느 귀퉁이에선가 도리질을 계속하는 것이다.

사람의 일이 설마 그럴 수야 있을까. 설마 그럴 수야— 이 설마에 매달려서 그것을 생활의 유일한 기둥으로 나는 생각하고 있는 것이나 아닐까.

그는 머리를 털고 일어나서 전등을 켰다. 열심히

방을 정돈하였다. 문을 활짝 열어젖히고 먼지를 털고 걸레를 치고…… 그러면 가슴이 좀 후련해졌다. 그는 식당으로 가서 오래간만에 정식을 먹었다. 거의 다 먹었는데 이관형이가 아주 딴판인 모습으로 식당엘 들어오고 있는 것이 보였다. 손님이 더러 있어서 그는 이내 무경이를 발견하지는 못하였으나 식당 안에 들어와 본 것이 처음인지 방안을 한 번 휘둘러 살피다가 무경이가 밥을 먹고 앉았는 것을 발견하였다. 옷은 별것이 아니었으나 면도를 하고 안 하는 데 사내의 얼굴이란 저렇게 달라지는 것인지 불빛 밑이라 낯빛은 의연히 창백했으나 그럴수록 부드럽게 감아서 말린 머리카락 밑에 백석(白晳)이란 형용이 들어맞을 온후하면서도 날카로운 얼굴 모습이 뚜렷하게 들어나 보이는 것이었다. 면도를 빌려주길 잘 했다고 생각하면서 밥 먹던 손을 놓고 그가 가까이 오는 것을 맞아주듯 하였다.

"진지 잡수러 오십니까?"

"네, 처음으로 식당을 좀 이용해보려고요. 참 면도는 선생님이 안 계셔서 제 방에 가져다두었는데 선생님께선 오늘 늦게까지 사무 보십니까?"

이관형이는 옆의 테이블에 앉으며 말을 건네었다.

"저두 이 집에서 기거합니다. 바로 선생님 옆 방인걸요."

그걸 여태 몰랐다는 듯이 사내는 '네에' 하고 놀라면서,

"그런 걸 모르구 1주일 가까이 지냈으니……."

따라온 보이에겐,

"나도 저 선생님 잡숫는 걸루 갖다주게."

하고 일러놓곤 무경이의 시선과 마주쳐서 허허어 하고 웃었다.

"그러시면 이십 삼 호든가 사 호든가!"

"네, 이십 삼 호요."

"그래서 면도가 다 있으셨군 그래."

그러고는 또 웃어 보였다. 식사 끝이 화려한 것 같아서 무경이는 유쾌하였다.

"전 그럼 먼저 실례하겠습니다."

하고 관형이의 시킨 것이 오기 전에 그는 자리를 떴다. 방으로 돌아와서 찻잔을 부시고 가스에 물을 끓

였다. 불을 밝히고 마음을 가라앉히어 책이나 읽으리라 생각하는 것이다. 한참만에 주전자의 물이 끓어서 그는 잔을 내어놓고 홍차를 만들었다. 그러고 있는데 노크 소리가 났다. 문을 여니까 이관형이었다.

"면도 가져왔습니다. 난 또 남의 방에 잘못 들어오진 않나 하구서……."

"그대루 두시구 쓰실 걸 그랬지요. 그러나저러나 좀 들어오세요. 지금 막 홍차를 만들던 중입니다. 들어오셔서 한 잔 잡수세요. 립턴이 좀 남은 게 있어서 자아 방은 누추하고 좁지만."

관형이는 문지방에서 잠시 머뭇머뭇하였으나,

"방을 아주 깨끗이 정돈하셨군요. 이렇게 청결해야만 되는 건데 우리 같은 사람은 도시 이런 아파트 생활에 부적당합니다."

침대가 있는 데와 취사상이 있는 데는 모두 두터운 커튼을 쳐서 여자의 방 같은 화사한 색채는 그다지 눈에 띄지 않았다.

"그럼 한 잔 얻어 먹을까. 오래간만에……. 이거 너무 실례가 많습니다."

그러고는 문을 닫고 방안으로 들어섰다. 응접 의자로 안내하고는 조그만 앞치마를 스웨터 위에다 두르고 무경이는 홍차를 만들었다.

"선생님 공부하십니다그려."

하고 놀란 듯이 뒤를 놓은 서가와 그 옆으로 쌓아놓은 많은 서적을 굽어본다. 무경이의 것 외에 오시형이가 미결감에서 보던 것이 대부분 그대로 있어서 서적은 의외로 많았었다.

"그저 허는 시늉이나 합니다."

"아니 거 대부분이 철학이 아닙니까."

그는 참말로 놀라는 표정을 지어 보였다. 차를 가져다 앞에 놓아도 무경이의 얼굴만 감탄하는 낯으로 뻐언히 쳐다보고 있었다.

"너무 그러시지 마세요. 부끄럽습니다."

그러나 열심히 공부한다는 칭찬을 받는 것은 그다지 불쾌한 일은 아니었다.

"어서 식기 전에 차 드세요."

관형이는 깊이 감동된 듯한 얼굴로 가만히 앉았었으나 이윽고 차를 들어서 맛보듯이 입술로 가져갔다. 무경이도 마주 앉아서 차를 들었다.

"선생님은 대학에서 무엇을 가르치셨어요?"

"나요?"

그러고는 찻잔을 놓았다.

"일전에 대학 강사라구 사칭했던 건 취소하지 않았습니까."

그러나 입술은 빙그레 웃고 있었다.

"그렇게 놀리시지 마십시오. 그때엔 사정이 그렇게 되어서 실례를 했었지만."

무경이도 그때의 일을 회상하면서 그렇게 말했다.

"가르쳤달 것까진 없지만 영어를 좀 강의했습니다."

"그럼 영문학이 전공이세요?"

"네, 선생님의 철학으루 보면 아주 옅은 학문이올시다."

"온 천만에, 제가 또 철학이니 무어 변변히 공부헌 줄 아시구 그러세요. 저 책두 대부분이 제 것이 아니랍니다. 어찌어찌 그렇게 될 사정이 있어서 요즘 좀 뒤적거려보지만."

관형이는 다시 서가 있는 쪽을 돌아다본다.

"니체, 키에르케고르, 베르그송, 뒤르켕, 딜타이, 하이데거, 셰렐, 페기, 올테가, 짐멜, 슈미트, 로젠베르크, 트레루치, 듀이……."

그렇게 책 이름의 밑을 따라가며 입 속으로 중얼중얼하다가,

"어유우 이거 뭐 굉장한 거물들이 아주 뭇별처럼 찬연히 빛나고 있습니다그려. 모두 세계 정신을 저저끔 떠받들고 구라파를 구해보겠다는……."

그러고는 낯을 돌려 찻잔을 다시 들면서,

"나두 인제 저 사람들을 좀 공부해야지……."

저의 여태껏의 생활이 엉망이었던 것을 부끄러워하는 낯으로 가만히 그렇게 뇌었다. 그러나 무경이는 어쩐지 낯이 간지러웠다. 책은 쪼르르니 꽂아놓았지만 저는 아직 그 뭇별처럼 빛나는 구라파의 사상가들이 무엇을 하는 사람인 것도 알고 있달 자신이 없었다. 자기를 무슨 큰 공부꾼이나 되듯이 착각하고 있는 젊은 학자를 눈앞에 앉혀 놓고 그는 난데없는 부끄러움을 맛보고 있다. 그럴수록 오시형이의 생각이 난다. 그이에게 구원을 준 사람은 그의

말에 의하면 저 철학자와 사상가들이라 한다. 하긴 저 사람들은 오시형이의 애정까지도 무경이에게서 빼앗아갔지만.

그런 것을 마음속으로 생각해보다가 무경이는 낮을 들었다.

"선생님, 제가 하나 여쭈어볼 말씀이 있습니다."

"무어 말입니까? 저는 그런 방면은 아무 것도 모릅니다."

무경이는 그러한 사내의 겸사의 말엔 귀도 기울이지 않고 열심스러운 태도로 물어본다.

"동양학이라는 학문이 성립될 수 있을까요?"

동양학은 어떻게 해서 오시형이를 저토록 고민 속에 파묻히게 만드는 것일까, 동양학으로 가는 길이 무엇이건대 그것은 오시형이와 최무경이의 관계를 이토록 유린하고 무시해버릴 수 있는 것일까. 그의 질문에는 학문과 애정의 문제가 함께 얽혀져서 마치 그의 생활의 전체를 통솔하고 지배하는 열쇠 같은 것이 관측되어 있는 것이다. 사내들 세계는 알 수 없는 수수께끼라 한다. 사실 그는 오시형이가 평양으로 내려간 뒤부터 그를 이해하고 있달 자신이 없어졌다. 지금 그의 앞에 앉아 있는 이관형이라는 사내 역시 정체를 붙들 수 없는 사람이 아닌가. 이렇게 마주 앉아 있는 것을 보면 교양 있고 얌전한 지식인 같으다. 그러나 한편으론 문란주와 같은 나이 먹은 여자와 강영감의 말은 아니지만 심상하지 않은 관계를 맺어놓고 질서 없는 비위생적인 생활도 버젓하게 벌여놓을 수 있는 사람.

무경이의 묻는 말에 처음은 농말조로 받아 넘기려다가 그의 태도가 지나치게 진지한 데 눌리어서 이관형이도 잠시 제 머리를 정리해보듯 한다.

"전문 부분이 아니어서 상식적인 것밖에는 대답할 수 없겠습니다. 그리구 그런 정도로도 잘못된 해석이나 또 엉터리 없는 추상이 많을 줄 압니다마는. ……내 생각 같애선 서양 사람이 자기네들의 학문적 방법을 가지고 동양을 연구하는 것과 동양인이 구라파의 학문 세계에서 동양을 분리할 생각으로 동양을 새롭게 구성해보려는 노력과 이렇게 두 가지루다 나누어서 생각해볼 수가 있는데 어느 것이나 독자적인 학문을 이룬다든가 하는 것은 어려운 일인 줄 생각합니다. 서양학자가 구라파 학문의 방법을 가기고 동양을 연구한다고 그것을 동양학이라고 말한다면 그것은 지역적인 의미밖에 되는 게 없으니까 별로 신통한 의미가 붙는 것이 아니고 그저 편의적인 명칭에 불과할 것이오, 또 동양인인 우리들이 동양을 서양 학문의 세계에서 분리해서 세운다는 일에도 정작 깊은 생각을 가져보면 여러 가지 곤란이 있을 줄 압니다. 가령 동양학을 건설한다지만 우리들의 대부분은 구라파의 근대를 수입한 이래 학문 방법이 구라파적으로 되어 있지 않겠습니까. 대학에서 공부한 사람의 거의가 구라파적 학문의 방법을 배운 사람들이니 그 방법을 버리고서 동양을 연구할 수는 없지 않겠습니까. 그렇지 않다면 동양이 가지고 있는 고유의 학문 방법으로 동양을 연구하여야 할 터인데 내가 영국 문학을 한 사람이라 그런지 사회 과학이나 자연과학이나 철학이나 심리학이나 구라파적 학문 방법을 떠나서는 지금 한 발자국도 옴짝달싹 못 할 것입니다. 그러니까 니시다 같은 철학자도 서양 철학의 방법을 가지고 일본 고유의 철학 사상을 창조한다고 애쓴다지 않습니까. 한동안 조선학이라는 것을 말하는 분들도 우리네 중에 있었지만 그 심리는 이해할 만하지만 별로 깊은 내용이 없는 명칭에 그칠 것입니다. 요즘에 율곡 같은 분의 유교 사상을 서양 철학의 방법을 가지고 연구해보려는 분들이 생기고 있는 모양이지만 이런 의미에서 본다면 동양학의 성립이란 애매하고 또 내용 없는 일거리가 되기 쉽겠습니다."

"그러나 서양 학자들이 동양을 연구하는 데는 좀 더 다른 의미도 들어 있지 않을까요? 말하자면 서양의 몰락과 동양의 발견이라든가 하는."

"네 잘 알겠습니다. 요즘 그렇게들 말하는 분이 많습니다. 그리고 물론 그것은 결코 거짓이 아니겠지요. 구라파 정신의 몰락이라든가 구라파 문화의 위기라든가 하는 소리는 이 쭈루루니 책장에 꽂혀 있는 뭇별 같은 사상가들이 오래 전부터 떠들어오는 말이고, 구라파 정신의 재생이나 갱생책을 생각해보는 과정에서 동양을 발견하는 일이 많다고도 말할 수 있겠는데 그러나 그들은 결코 구라파 정신을 건질 물건이 동양의 정신이라고는 믿지 않고 있습니다. 뿐만 아니라 그들은 한가지로 세계를 건질 정신은 역시 구라파 정신이라고 깊이 확신하고 있습니다. 이것은 서양 사람으로서는 물론 당연한 일이고 우리 동양 사람은 감정적으로래도 항거하구야 견뎌 배길 일이지만 그러나 구라파 학자의 동양 발견이라는 것은 그 이상의 것은 아닙니다. 서양 학자가 동양에 오면 도시의 근대 건축이나 그런 것에는 조금도 감탄하지 않고 고적이나 유물 앞에서는 아주 무릎을 친답니다. 그를 안내한 동양 학자는 이것을 설명해서 서양 사람들은 위안으로밖엔 감탄하지 않는다고 말합니다. 유물이나 고적에서 서양을 건져낸다든가 세계정신을 갱생시킬 요소를 발견하고 감탄하는 것은 아니란 것입니다. 이런 점은 우리 동양 사람이 깊이 명심할 일입니다."

무경이는 가만히 듣고 앉아 있다. 그러나 마지막으로 오시형이의 이론을 그대로 옮겨서 또 한 번 질문을 던져본다.

"앞으로의 현대의 세계사를 구상해보는 데 있어서 서양사학에서 떠나 다원 사관에 입각하여 여러 개의 세계사를 꾸며놓는 것은 어떨까요?"

학문적인 술어가 마음대로 입에 오르지 않아서 그는 더듬더듬 자기의 의사를 표현해놓는다.

"동양에는 동양으로서 완결되는 세계사가 있다, 인도는 인도의, 지나는 지나의, 일본은 일본의, 그러니까 구라파학에서 생각해낸 고대니 중세니 근세니 하는 범주를 버리고 동양을 동양대로 바라보자는 역사관 말이지요. 또 문화의 개념두 마찬가지 구라파적인 것에서 떠나서 우리들 고유의 것을 가지자는 것. 한번 동양인으로 앉아 생각해 볼 만한 일이긴 하지마는 꼭 한 가지 동양이라는 개념은 서양이나 구라파라는 말이 가지는 통일성을 아직껏은 가져보지 못했다는 건 명심해둘 필요가 있겠지요. 허기는 구라파 정신의 위기니 몰락이니 하는 것은 이 통일된 개념이 무너지는 데서 생긴 일이긴 하지만. 다시 말하면 그들은 중세를 가지고 있지 않습니까. 그 중세가 가졌던 통일된 구라파 정신이 자주 깨어져버리는 데 구라파의 몰락이 있다고 하지 않습니까. 그러나 그들이 그들의 정신의 갱생을 믿는 것은 통일을 가졌던 정신의 전통을 신뢰하기 때문이겠습니다. 불교나 유교는 이러한 정신적 가치로 보면 훨씬 손색이 있겠지요. 조선에도 유교도 성했고 불교도 성했지만 그것이 인도나 지나를 거쳐 조선에 들어와서 하나도 고유의 사상이나 문화의 전통을 이룰 만한 정신적인 힘은 가지고 있지 못하지 않았습니까. 허기는 그건 불교나 유교의 탓이라기보다는 우리 조상들의 불찰이기도 하지만."

어느 한귀퉁이를 비비고 들어가볼 틈새기도 없을 것 같았다. 이관형이의 이러한 생각을 듣고 있으면 그가 비위생적인 생활태도를 가지는 데도 어딘가 이해가 가는 듯이 느껴졌다. 동양인으로서 동양을 저토록 폄하(貶下)하지 않을 수 없는 것도 하나의 비극이라고 생각되어지기도 하였다. 그는 잠시 오시형이의 편지를 생각해보았다. 비판만 하면 자연히 생겨나리라고 생각하는 것이 요즘의 지식인들의 하나의 통폐라고 말하면서 비판보다도 창조가 바쁘다고 한 것은 이러한 것을 두고 말하였던 것일까.

잠시 말을 끊고 앉아 있던 이관형이는 주머니를 뒤져서 담배를 꺼냈다.

"미안하지만 담배 한 가치만 피웁시다."

그러고는 성냥을 그어서 담배를 붙였다. 한 모금 깊숙이 빨고는,

"요즘 내가 가장 사랑하는 말이 하나 있습니다. 반 고호라는 화가의 말인데."

다시 한 모금 빨아 마신 뒤에,

"인간의 역사란 저 보리와 같은 물건이다. 꽃을 피우기 위해서 흙 속에 묻히지 못하였던들 무슨 상관이 있으랴, 갈려서 빵으로 되지 않는가. 갈리지 못한 놈이야말로 불쌍하기 그지 없다 할 것이다. 어떻습니까?"

그러고는 또 한 번 뜨즉뜨즉이 그것을 외고 있었다. 무경이도 그의 하는 말을 외가지고 다소곳하니 생각해본다. 그러나 한참만에,

"그게 어떻단 말씀이에요. 흙 속에 묻히는 것보다 갈려서 빵이 되는 게 낫다는 말씀입니까. 그렇잖으

면 흙 속에 묻혀서 많은 보리를 만들어도 그 보리 역시 빵이 되지 않는가 하는 말씀입니까?"

하고 물어보았다. 이관형이는 싱글싱글 웃으면서,

"여러 가지루 해석할 수 있을수록 더욱더 명구가 되는 겁니다. 해석은 자유니까요."

"그럼 전 이렇게 해석할 테예요. 마찬가지 갈려서 빵가루가 되는 바엔 일찍이 갈려서 가루가 되기보담 흙에 묻히어 꽃을 피워보자."

이관형이는 여전히 싱글싱글 웃었다.

"구라파 정신이 막다른 골목에 처했을 적에 그들이 니힐리스틱하게 던져 본 말입니다. 이렇게 구라파가 몰락해버리는데 정신을 신장해보는 사업에 종사해본들 무엇하랴, 이건 하이데거 같은 철학자의 해석이랍니다. 선생님의 해석은 건강하고 낙천적이고 미래가 있어서 좋습니다."

"선생님께선 그런 사상을 가졌으니까 대학에서두 실패를 보신 거예요."

"대학에서 실패를 보구 그런 사상을 가졌다는 편이 진상에 가깝겠지요."

"영국 문학을 하셨구 그런데 바로 그 정신의 고향인 자유주의와 개인주의 영국이 지금 망하게 되었으니까 선생님이 그런 생각을 가지게 되시죠."

관형이는 담배를 껐다.

"그런 것만도 아닙니다. 대학에서 실패한 건 되려 자유주의적이 못되기 때문이었구, 또 내 정신의 고향이 결코 영국인 것도 아닙니다. 우린 동양 사람이 아니예요. 대학에서 몇 년 배웠다구 그대루 영국 정신이 터득된다면 큰일이게요. 오히려 병집은 그 반대인 데 있습니다. 구라파 문화를 겉껍질루만 배운 데. 그럼 내 자신의 이야기를 하지요. 그러나저러나 내 자신의 이야기를 털어놓는다고 하면서도 여태 서루 통성두 없었군요. 저는 이관형이라고 부릅니다."

그래서 무경이도 제 이름을 가르쳐주고 인사를 하였다. 그리고는 마주 보며 웃었다.

"그러면 내 정신의 비밀을 들어보십시오. ······아까 동양을 여행하는 외국 사람들이 우리 서양식 건축과 문명을 구경하고는 감탄은 샘스러 그저 누추한 모방품을 본 듯이 유쾌하지 못한 낯짝을 한다는 의미의 말씀을 드렸지요. 바로 그 서양식 건축 같은 가정이 우리 집이라구 해두 과언이 아닙니다. 내 아버지는 서울서두 손꼽이에 들 수 있는 무역상입니다. 말하자면 브르주아올시다. 아버지의 세 자식은 모두 근대적인 교육을 받았습니다. 나는 보시는 바 영문학을 하였고 내 누이 동생은 음악 학교를 나오고 내 끝 동생은 금년 봄에 삼고(三高) 독문과를 나옵니다. 모두 문화의 가장 찬연한 정수를 전공했습니다. 우리 가정은 그것 자체로 하나의 현란하고 난숙한 부르주아의 가정이올시다. 그런 의미에선 티피컬한 가정이라구 해두 과언은 아니겠습니다. 그런데……."

그는 잠시 숨을 돌리듯 하며 말을 끊었으나 다소 침울한 빛이 눈가장에 떠올랐다.

"그런데 우리 조선이 근대를 받아들인 상태를 이것과 대조해보면 우리 집 가정의 타입이 더 뚜렷해지리라고 생각합니다. 개화가 있은 지 가령 70년이라고 합시다. 이때부터 구라파의 근대를 수입해왔다고 쳐도 실상은 구라파의 정신은 그때에 벌써 노쇠해서 위기를 부르짖고 있던 때입니다. 우리들은 새롭고 청신하다고 받아들여온 것이 본토에서는 이미 낡아서 자기네들의 정신에 의심을 품고 진보라는 개념 자체에 회의를 품어오던 시대입니다. 그러니까 우리는 남의 고장의 노후하고 낡아빠진 문명과 문화를 새롭고 청신하게 맞아들인 것입니다. 구라파가 결단이 났다고 우리들이 눈을 부실 때엔 벌써 이미 시일이 늦었습니다. 받아들인 문명과 문화는 소화도 하지 못하고 있는데 벌써 구라파 정신은 갈 턱까지 가서 두 차례나 커다란 전쟁을 경험하고 있습니다. 나 같은 사람이 영국 문학을 하였으나 조금씩 조금씩 깊은 이해를 가져보려고 노력하면 노력할수록 나는 어떻게도 할 수 없는 그들의 답답한 정신 세계에 자꾸만 부딪치게 됩니다. 우리 아버지란 그러한 아들을 가지고 있는 상인입니다. 무역상이라고 하니까 앞으로 자유주의 경제가 완전히 통제를 당하고 보면 당연히 결단이 나겠지요. 지금은 상업적 수단이 있어서 되려 시국을 이용하고 있는지도 모르지만. 우리들은 이층에서는 양식을 잡숫고 아래층에 와서는 깍두기를 집어 먹는 그런 사람들이요, 또 그 정도로 아주 될 대로 되어버려서 모두 권태와 피로를 경험하고 있습니다. 노인네들 말대로 하면 우리 집도 장차 쇠운에 빠지고 말 것이 분명합니다. 누이 동생은 음악이 전공이지만 그것에 몰두할 수 없은 지 오래고, 고등학교 다니는 학생은 벌써 학문이나 학업에 권태를 느껴온 지 오랩니다. 내 매부는 비행가였었는데 이 용기 있고 참신한 청년은 얼마 전에 향토비행을 하다가 울산 부근에서 안개를 만나 불시 착륙하였으나 바위와 충돌해서 비행기와 함께 세상을 떠났습니다."

"얼마 전에 신문에 났던?"

"네 아마 그것이겠지요. 그러한 가운데 나는 살고 있었습니다. 그런데 또 한 가지 이상한 건 작년부터 약 1년 가까이 내 주위에는 참말 아무 짝에도 쓸모가 없는 사람들이 욱적거리고 있었습니다. 가령 문란주 같은 여자가 그 중의 한 사람입니다. 이 사람은 약 1년 전에 우연히 알게 된 사람인데 처음부터 나는 이 여자를 데카당스의 상징처럼 느껴왔습니다. 그 사람이 들으면 노할는지 모르고 또 그 자신 그렇지 않은 사람인지도 모르나 나는 그를 볼 때마다 퇴폐적이고 불건강한 것의 대표자처럼 자꾸 느껴진 것입니다. 그러니까 나는 자꾸 그를 피하고 물리쳐왔지요. 또 오늘 나를 찾아와서 소절수를 주고 간 양반, 이 분은 내 아저씨 뻘 되는 분인데 몸도 건장하고 정력도 좋고 돈도 먹을 만큼은 있고 한 청년 신삽니다. 그는 하나의 정복욕을 가지고 있습니다. 그러나 그 정복욕은 여자를 정복하는 데만 쓰였습니다. 그는 그 방면에 레코드 홀더가 된다고 스스로 말하고 있습니다. 또 백인영이라는 은행가가 있었는데 이 양반은 잔 재주를 너무 부리다가 그것 때문에 은행에서 실패했습니다. 그의 첩은 바로 저 문란주의 지기지우입니다. …… 이런 분위기 속에서 나는 1년 동안 싸워왔습니다. 그러나 그렇던 내가 교내의 파벌과 학벌 다툼에 희생이 되어서 아주 실패를 보게끔 되었습니다. 요얼마 전입니다. 나는 그 날 술에 취하였습니다. 술에서 깨어보니까 문란주네 이층에가 누웠습니다. 이야기를 들으니까 명치정에서 문란주가 오뎅 해서 한잔 먹고 나오는데 내가 비틀거리고 오더라나요. 나는 4,5일 동안 이층에 번듯이 누웠었습니다. 아주 기력이 없고 수족을 놀리기도 싫어진 겁니다. 무슨 정신에 집에는 여행 가노라는 엽서는 띄워놓았지요. 나는 집에 들어가기도 싫어졌습니다. 또 문란주 씨네 집에 그대로 묵고 있는 데도 싫증이 났습니다. 그래서 옮아온 것이 이 아파트올시다. 이사하자 막 늙은 영감과 또 최선생과 말다툼을 하였고……."

"잘 알겠습니다."

하고 무거운 머리를 들어 관형이에게 인사를 하듯 하고 무경이는 일어나서 다시 가스 불을 열어놓았다.

"그러나 나 같은 사람은 비위생적인 데도 철저히 빠져 있을 수 없는 사람인 모양입니다. 빵 가루가 되기보담 어느 흙 속에 묻혀 있기를 본능적으로 희망하는 인물인지도 모르지요. 그것이 더 비극이지만."

물이 사르르 하고 더워오는 소리가 들려온다.

"실상은 저도 그것과는 다르지만 그 비슷한 정신

적 비밀을 가지고 있습니다."

남의 신변의 비밀을 듣고나니 어쩐지 제 비밀도 털어놓아야 할 것처럼 생각되어졌다.

그러나 이관형이는,

"그러시겠지요. 요즘 청년치고 그런 것 가지고 있지 않는 분이 쉽겠습니까."

할 뿐 그 이상 이야기를 듣고 싶은 표정은 없었다. 무경이는 일어나서 홍차를 한 잔씩 더 만들었다. 차를 쭉 마시고는,

"이거 이야기가 너무 길어졌습니다. 공연히 방해되셨지요?"

관형이는 의자에서 일어났다.

"그럼 안녕히 주무십시오."

하고 인사하였을 때 방을 나가려는 사내는 작은 약병을 꺼내 잘랑잘랑 흔들면서,

"잠이 안 오면 이걸 먹고 잡니다."

그러고는 시니컬하게 웃어 보였다. 이관형이를 보내고난 뒤 책을 펴놓았으나 물론 읽혀지진 않았다. 침대에 들어가 누워도 잠도 이내 오지 않았다.

늦게야 잠이 들었으나 아침은 또 이르게 눈이 뜨였다. 침대에 누워서 일어나기가 싫다. 어젯밤에 들은 이관형이의 이야기를 생각한다. 인간의 역사란 보리와 같다고! 비밀을 털어놓고 샅샅이 들어보면 그러한 생각에 찬성을 하건 안 하건 이해는 가질 수가 있다. 오시형이도 지금 그런 것을 생각하고 있는 것일까, 그러한 정신 세계를 헤매고 있는 것일까. 이관형이보다 복잡하였지 단순할 것 같진 않아 보인다. 그럴수록 그를 만나고 싶다. 만나서 모든 것을 들어보고 싶다. 그는 지금 어디 있는 것일까. 그러나 오시형이를 만나고 싶다는 그의 욕망은 곧 이루어질 수 있게 되었다. 오시형이는 지금 무경이가 사는 이 서울에 올라와 있다고 한다.

아침도 먹기 전이었다. 어디서 전화가 왔다고 하여서 그는 전화통 있는 데로 갔다. 오시형이를 보석시켜준 변호사한테서 온 것이었다. 오시형이가 공판에 올라왔을 텐데 어디서 유하는지 모르느냐는 전화내용이다. 무경이는 당황하였다. 차마 모른다고 말하기는 창피하였으나 역시 그렇게 대답할 밖에

도리가 없었다.

오늘이 공판인데 좀 상의할 일이 있다고 하면서 변호사는 전화를 끊는다.

오늘이 공판? 그러면서 어째서 오시형이는 나에게 그런 것조차도 알려주지 않는 것일까. 서울에 올라왔으면서도 어째 여관도 알리지 않고 한 번 찾아도 오지 않는 것일까.

아침도 먹을 수 없었다. 사무실에는 잠시 나갔다가 머리가 아프다고 들어와버렸다. 아무리 생각하여도 공판정으로 찾아가볼 밖에 도리가 없었다. 시간이 퍽 지났을 것이지만 그는 이내 아파트를 나와서 재판소로 달려갔다.

정정(廷丁)에게 물어서 공판정에 들어가니까 재판은 퍽 진행이 되어 있었다. 방청객이 더러 있었으나 그런 것엔 눈이 가지도 않았다. 공범 여섯이 앉아 있는 앞에 머리를 청결하게 깎은 국민복 입은 청년이 서 있었다. 그것이 오시형이었다. 심리는 얼추 끝이 날 모양이었다.

"피고가 학문상으로 도달하였다는 새로운 관념에

대해서 간명히 대답해보라."

재판장은 온후한 얼굴에 미소를 그리고 질문을 던진다. 서류 위에 법복 입은 두 손을 올려놓고 그는 오시형이를 내려다보고 있다.

"구라파 사람들은 역사에 대한 하나의 신념을 가지고 있다고 생각합니다. 그들은 역사란 마치 흐르는 물이나 혹은 계단이 진 사다리와 같은 물건이라고 믿고 있습니다. 맨 앞에서 전진하고 있는 것은 구라파의 민족들이요, 그 중턱에서 구라파 민족들이 지나간 과정을 뒤쫓아 따라가고 있는 것은 아시아의 모든 민족들이요, 맨 뒤에서 쫓아오고 있는 것은 미개인의 민족들이라는 사상이 그것입니다. 고대에서 중세로 근대로 현대로 한줄기의 물처럼 역사는 흐르고 있다 합니다. 그러니까 설령 그들이 가졌던 구라파 성신이 통일성을 잃고 붕괴하여도 새로운 현대의 세계사를 구상할 수 있고 또 구상하는 민족들은 자기들이라고 생각하고 있습니다. 이것이 역사에 있어서의 말하자면 일원사관일까 합니다. 그러나 이러한 생각에서 떠나서 우리의 손으로 다원 사관의 세계사가 이루어지는 날 역사에 대한 이 같은 미망은 깨어지리라고 봅니다. 역사적 현실은 이러한 것을 눈앞에 보여주고 있습니다."

"그러면 피고의 그러한 생각으로 현재 진행되고 있는 전쟁과 세계사적 동향은 어떻게 포착할 수 있다고 생각하는가?"

피고는 말을 끊고 숨을 돌릴 듯하고는 다시 이야기의 머리를 잠깐 돌려보듯 하였다.

"저의 사상적인 경로를 보면 딜타이의 인간주의에서 하이데거로 옮아갔다는 느낌이 듭니다. 하아데거가 일종의 인간의 검토로부터 히틀러리즘의 예찬에 이른 것은 퍽 깊은 감명을 주었습니다. 철학이 놓여진 현재의 주위의 상황으로부터 새로운 문제를 집어올린다는 것은 최근의 우리 철학계의 하나의 동향이라고 봅니다. 와츠지 박사의 풍토사관적 관찰이나 다나베 박사의 저술이 역시 역시 국가, 민족, 국민의 문제를 토구하여 이에 많은 시사를 보이고 있습니다. 제가 과거의 사상을 청산하고 새로운 질서 건설에 의기를 느낀 것은 대충 이상과 같은 학문상 경로로써 이루어졌습니다."

재판장은 만족한 미소를 입술에 띠었다. 무경이도 숨을 포 내쉬었다. 그러나 바로 그때였다. 피고석 뒤에 놓인 방청석으로부터 젊은 여자가 약간 허리를 드는 것이 그의 눈에 띄었다. 이윽고 재판장은 오후에 심리를 계속 하고 일단 휴식에 들어간다는 선언을 하였다. 젊은 여자는 완전히 일어섰다. 흰 두루마기를 입은 키가 날씬한 여자였다. 무경이는 가슴이 뚱하고 물러앉는 것을 느꼈다. 그 여자의 옆 자리엔 오시형이의 아버지, 그리고 또 그 옆자리엔 어떤 늙은 신사. 피고석으로부터 돌아온 오시형이는 긴장한 얼굴을 흐트려놓으며 그 여자가 서 있는 곳으로 가는 것이 보였다. 무경이는 뒤숭숭해진 공판정의 소음에 앞서 복도로 나왔다. '그 여자이다! 도지사의 딸!' – 그리고 이것으로 모든 문제는 끝이 나는 것이 아닌가. 복도 가운데 서보았으나 몸을 유지할 수가 없어서 그는 무턱대고 걸어본다. 뜰로 나왔다. 날이 쨍쨍하다. 몹시 현기증이 난다.

어떻게 그래도 용하게 아파트는 찾아왔다. 문밖에

서 지금 막 아파트를 나오는 문란주와 만났다. 그는 겨우 인사를 하였다.

"사무실에서 들으니까 몸이 편하지 않으시다더니……."

하고 말하는 문란주의 얼굴도 핏기가 없어 보인다.

"네, 그래서 병원에 다녀옵니다."

문란주는 잠깐 동안 가만히 서 있었으나,

"그럼 잘 조리하세요."

하고 걸어 나갔다. 데카당스의 상징 같다고 하는 문란주와 그는 차라도 마시고 싶은 충동을 느껴보았으나 그대로 제 방으로 올라왔다.

'인제 나는 어떻게 할 것인가?'

침대에 누우니까 처음으로 눈물이 나서 그는 실컷 울었다. 그런데 얼마가 지나서 노크 소리가 났다. 두들기는 품으로 보아 어젯밤에 찾아 왔던 이관형이의 것이 분명하다.

"네에."

하고 대답해놓고는 낯을 고치고야 문을 열었다.

"어젯밤은 실례했습니다. 어데 편하지 않으시다고

요.”

“아뇨 괜찮습니다.”

“글쎄 그러시면 다행이지만…….”

잠시 말을 끊었다가,

“지난 생활을 청산해보려고 어데 훨훨 여행이나 떠나보렵니다. 방은 그대루 두고 다녀와서 정리하기루 하겠어요. 우리 집엔 실상은 아저씨한테 돈 취해 갖고 지금 경주 방면에 여행하는 중이라고 알려두었는데 헛소리를 참말로 만들어볼까 합니다.”

“그럼 경주로 가십니까?”

“뭐 작정은 없습니다. 휘 한바퀴 돌아보면 마음이 좀 거뜬해질까 해서 보리 알을 또 한 번 땅 속에 묻어볼까 허구서.”

그는 껄껄거리며 웃었다. 아까 다녀 나가던 문란주의 얼굴이 눈앞에 떠올랐으나,

“잘 생각하였습니다. 그럼 어저께 소절수를 마저 찾아드리지요.”

“죄송합니다.”

소절수를 찾으러 강영감을 은행으로 보내고 무경

이는 사무실 의자에 혼자 앉아 있었다.

'나두 어데 여행이나 갈까?'

'아예 어머니 말마따나 동경으루 공부나 갈까?'

그런 것을 생각해보았으나 원기도 곧 솟아나지 않았다.

무자리

1

학교에서 집으로 돌아오면서 운봉이는 적지 않이 긴장하였다. 마지막 시간에 치른 담임 선생의 태도에 분개에 가까운 흥분을 품은 때문이다. 시간 마감이 가까워서 선생은 교과서를 접더니 느닷없이 상급학교 지원할 생도들은 손을 들라고 한다. 늘상 제 혼자 일망정 생각해 오던 바가 있으므로 운봉이도 바른손을 창칼같이 기운차게 뽑아 들었다. 60명 넘는 중에서 단 다섯 아이뿐이다. 누구라고 돌아볼 것도 없이 금융조합장의 아들, 양조소 하는 집아이, 의사 아들, 이 고을서 제일 부자라는 김좌수 손자, 그 틈에 뜻밖에도 김운봉이의 바른팔이 섞인 것이다. 이 선발된 행운아 다섯 명 중에서 김운봉이의 야무진 얼굴을 발견한다는 것은 선생뿐 아리라 여러 아이들도 뜻밖으로 생각하는 바이었다. 선생은 안경 낀 눈으로 대충 껀듯껀듯 세어보다가 운봉이의 얼굴 위에서 한참 동안 눈을 떼지 않았으나 이윽고,

"요로시[9]—."

하고 잠깐 창밖을 내다보았다. 운봉이도 손을 내리고 그의 얼굴 위에 많은 눈총이 들이 쏠리는 것을 귀따갑게 느끼면서도 헛눈을 팔지 않고 면바로 칠판 쪽만 바라본다.

"김움뽀—."

선생의 나직하나 밑힘 있는 부름에 운봉이는 '하이'하고 기척하였다.

"운봉이는 어느 학교를 지원할 생각인가?"

"경성 제일고등보통학교올시다."

선생은 말 대답도 뜻밖이란 듯이 고개를 기우뚱한

---

9) 좋습니다

다. 반의 모든 아이들도 숨을 죽이고 긴장하여 있다. 방안의 긴장한 기분이 압력이 되어 운봉이의 작은 몸을 향하여 육박하는 것 같은 착각에 운봉이는 숨이 가쁘고 눈이 곯아오고 목이 마르는 것 같다. 누가 뭐라고 부드럽게 등이라도 두드려주면 금시에 눈물이 콱 솟쳐질 것만 같다.

"아버지와 어머님과두 다— 의론했을 테지."

이 물음에 운봉이는 선뜻 대답하지 못한다. 경성 제일고보 지망이 온전한 제 생각뿐이었기 때문이다. 머릿속이 혼란하여 횃불 같은 것이 두서너 개엉켜 돌고 거반 깎게 된 머리칼 밑이 때끔때끔하여 안타깝게 괴로웠으나 운봉이는 암짓도 안 한다. 입술을 약간 떠는 듯하다가 제 귀에도 유난히 높으리만큼 '하이!'하고 대답해버렸다.

선생은 운봉이의 태도에서 눈치를 챈 모양이나 그 이상 더 묻지 않고,

"그럼 아부지께 오늘이든 내일이든 될수록 빨리 학교로 한번 오십사고 여쭈어."

다시 잠깐 생각하는 듯하는데 하학종이 우니까 명

하니 그것이 끝나는 것을 기다려,

"이제는 가을도 중추로 접어 들었으니까 입학 시험 준비하는 사람은 물론, 그렇지 않은 제군들도 열심히 공부하여주기를 바랍니다. 그리구 상급학교 지원하는 생도는 사무실에 잠깐 들려주시오."

경례가 끝나고 단에서 내려서려다가 다시 운봉이 쪽을 향하여,

"운봉이는 안 와두 좋으니까 아버지께 말씀만 여쭈어 응?" 하고 교실을 나가버린다.

교실에서 일어난 일이란 이것뿐이다. 이 작은 사건이랄 것도 없는 조그만 일이 운봉이에게는 대단한 흥분을 일으키는 원인이 되는 것이다.

첫째로 그는 선생을 속였다. 물론 속인 것이 발각이 안 될 수는 있다. 아버지께 미리 가서 일러놓으면 그만이다. 그러나 그가 흥분하고 또 그 흥분이 분개에 가까운 것으로 옮아가는 데는 다른 이유가 있었다. 지원한 생도 다섯 명 중에서 자기를 따로 취급하는 것이 그에게는 단순하지 않았다. 그리고 아버지를 학교로 오시라는 것도 그에게는 원치 않

는 일이다.

아버지는 폐인에 가까운 사람이기 때문이다. 학교서 부른다고 쉽사리 올 사람도 아니거니와 외려 학교나 선생을 욕지거리나 안 하면 용할 형편이다.

물론 운봉이가 상급학교를 가느니 안 가느니 같은 건 그에게는 문제도 안 된다. 이런 아버지를 학교로 오시라는 건 선생님이 모르시고 하는 소린지는 모르되 운봉이에게는 여간 불쾌한 일이 아니다.

어머니 역시 운봉이가 경성으로 유학을 가느니 어쩌니 한 것을 찬성한 적도 없고 또 찬성할 건더기도 없었다.

이런 형편이고 보니 담임 선생이 운봉이의 지망을 뜻밖으로 생각하는 것도 무리가 아니고 또 한반 아이들이 곧 터져 나오려는 조롱인지 선망인지도 모를 웃음을 참고 두리번두리번 운봉이의 상판때기를 유심히 바라보는 것도 결코 이유 없음이 아닌 것이다.

그러나 운봉이로서는 누가 뭐란대도 꼭 한곳 믿는 곳이 있었다. 서울 간지 이태가 가까워오는 동안 한 달에 20원씩은 꼭꼭 송금해오는 누이를 믿는 것이다.

서울로 떠나갈 때에 '내가 서울루 가는 건 너 공부 시킬 준비루다 미리 가는' 게라고 한 말도 있지마는 1년 전에 친히 제게루 한 편지도 있다.

　　네 공부 하나는 '뼈가 가루되는 한이 있어도 내가 맡어 시킬 것이니 공부만 열심히 하야라. 네가 서울서 바루 내가 볼 수 있는 눈앞에서 고등학교에 댕길 생각을 하면 몸에 벅차는 괴로움도 낙으로 변한다.'

　　육학년도 이학기로 접어 드니 특별히 전 같은 입학 준비는 없다 쳐도 자연히 마음 설레고 졸업 후의 일이 이야기되었다. 아무개 아무개가 평양 어느 학교를 지망하느니 서울 어느 학교를 지원하느니 하는 소리는 벌써부터 들어온 지 오래다. 그 애들은 그 애들로서 넉넉히 그만 공부를 시킬 만한 집안이므로 별다른 이야깃거리가 될 것도 없다. 이런 소리를 귓등으로 들을 때마다 운봉이는 누이의 편지만 혼자서 뇌보고 속으로 뱃심만 단단히 먹을 뿐이다. 운봉이보고는 어느 학교에 가려느냐고 묻는 놈조차 없다. 그는 가만히 ≪중등학교 입학시험 문제집≫을 사다두었을 뿐이다.

오늘 비로소 선생의 물음에 그는 기운차게 손을 뽑아 들고 여태껏 마음으로만 새겨두었던 것을 발표해놓았던 것이다.

다시 한번 어머니에게 다짐을 받아보고 서울 있는 누이에게로 똑똑히 기별을 해둘 것, 그리고 선생에게는 아버지나 어머니는 사정 때문에 학교에 올 수는 없으나 이러저러한 이유로 자기의 상급학교 지원은 틀림없다고 말해버리리라고 혼자서 생각해본다. 아버지에겐 말했자 소용도 없을 뿐더러 오히려 분경이나 일으킬지도 모르니 어머니에게만 물어보자. 그러나 어머니도 누이가 알지 내가 아니 하고 씽긋이 웃어버리고 말 것이 분명하다. 에이쿠소! 꼬라 백성, 양 꼬라사. 시험쳐서 들은 놈은 나 하나밖에 없다. 누이에게 하가키[10]로 편지를 쓰자.

그는 갑자기 유쾌해지기나 한 듯이 바른 팔을 내두르며 소래기를 질러본다.

"완, 투, 트리, 꼬라, 백성, 양, 꼬라사!"

---

10) 엽서

뛰다보니 거리 어귀다. 좀 점직해서 길 건너를 쳐다보니 완일네 자전거 포다.

마침 완일이는 펑크한 걸 때우느라고 기름 묻은 당꼬 즈봉에 툭 튀어나도록 궁둥이를 싣고 연신 개꿉 서서 도야지같이 돌아간다. 운봉이는 죽어라하고 달음박질을 하여 그 집 앞을 지나갔다.

본시 운봉이가 완일이를 송충이처럼 꺼려하기 비롯한 것은 누이가 서울로 가기 바로 전 아직도 담홍이라는 이름으로 이곳서 기생 노릇을 할 때부터였다. 하루는 자전거 살로 작살을 만들려고 완일네 가게 밖에 서서 컴컴한 골속 같은 데를 들여다보고 있었다. 파쇠로밖에 못 쓸 낡은 자전거가 집게와 모루 옆에 다섯 틀이나 먼지에 파묻혀 있는데 새 자전거는 한 틀밖에 없다.

선반 위에 부속품들이 널려 있고 조그만 유리창 안에는 빤뜩빤뜩하는 쇠바퀴가 몇 개 걸려 있다. 광고 포스터를 발라서 구멍이 띠군띠군한 낡은 바람벽을 감추어놓았다. 운봉이는 나무 상자 안에 그득히 담겨 있는 자전거 살을 물끄러미 바라보다가,

"완일이 사이상 나 쟁곳살 하나 주구레."

하였다. 코로 홍얼홍얼 수심가를 넘기며 자전거를 만지던 완일이는 훌적 얼굴을 돌리며 이쪽을 보더니,

"응? 너 누구가? 응— 너 담홍이 오래비로구나. 쟁곳살은 뭘 할란?"

운봉이는 싱끗이 웃으며 그러나 얼굴이 발개져서 대답하였다.

"쏠쟁이잽이 할라구 작살 맨들래요."

"작살을 맨들래. 작살을 쯔꾸루까. 요씨 주지 내주지."

그러더니 한뭉텅이 아마, 한 여남은 개 덤석 들고 그의 곁으로 온다. 그는 기뻐서 손을 내밀었다. 쇠줄로 작살을 만들려고 여러 번 못을 거꾸로 꽂고 뾰죽한 놈을 밑으로 하자니 동그란 대가리가 거치적거려 방망이로 귀를 죽이느라다가 손만 다치고 만 일이 있기 때문에 운봉이는 오랫동안 자전거 살이 그리웠었다. 그걸 지금 듬씩 10개나 집어주려는 것이다.

완일이는 어슬렁어슬렁 그의 옆으로 오더니 꺼멓

게 기름과 때에 그을린 손으로 운봉이의 손을 잡고
또한 손에 들은 자전거 살을 움켜쥐어주었다. 받아
가지고 손을 뽑으려고 하니 완일이는 그의 귀에다
입을 대고,

"나 너이 매부디?"

하면서 담뱃진에 걸은 이빨로 닝글닝글 웃었다. 운
봉이가 팩 그의 손을 뿌리치니 자전거 살이 쫘르르
흩어져서 널장판 위에 떨어진다. 운봉이는 그 길로
입을 감물고 강 있는 골목길을 도망치듯 장달음을
놓았다.

이런 일이 있는 뒤부터는 줄창 운봉이를 볼 적마
다 '야 쟁곳살 줄라'하든가 누이가 서울로 간 뒤에
는 '학구 보구 싶다고 핀지 완네?' 하고 놀려대었다.
학구란 건 한오래 옆집 기생의 오빠로 지금은 광산
에 다니는데 처음 완일이가 하는 말이 무슨 뜻인지
몰랐으나 그뒤 차츰 알아보니 학구가 담홍이에게
마음이 있었던 모양이었다.

그러던 중에 어느덧 완일이한테 놀리는 날은 재수
없는 날이고 무사히 지나친 날은 재수가 있다고 운

봉이는 혼자서 작정해버렸다. 이 푼수로 치면 오늘도 재수가 좋아야 할 게다. 그런데 그는 집 대문을 들어서자 저보다 일찍이 학교에서 돌아온 누이동생 운희한테서 아버지가 갑자기 위독하시다는 말을 들었다.

그는 허둥지둥 방으로 뛰어 들어갔다.

2

아버지라야 실상은 신통찮은 아버지였다. 뻐드러지기기라도 했으면 싶다고 어머니는 울화가 뻗칠 때마다 옹알대고 시악(恃惡)을 퍼붓던 그런 아버지다. '에구 언제믄 이 꼬락서닐 안 보구 사나.'—하루도 몇 번씩을 뇌는 통에 어머니의 표정은 모르는 새에 포달스럽게 굳어져버렸다. 반반히 떨어진 눈썹 자국이 물결같이 도두 서고 미간엔 밭고랑처럼 주름이 잡히고 입술은 탄력 없는 꺼풀이 이그러져서 드믄드믄 빠진 어금니까지 드러나 보인다. 아버지는 이런 때 두 다리를 쭉 뻗고 꾀침도 못 가눈 채 종이꺼풀처럼 누런 상판이 묵묵히 눈을 내려 감고 어머니의 지청구를 귓등으로 흘리고 앉았다.

반찬 가시 같은 노란 수염이 찰깍 붙은 가죽 위에 지저분하다. 상고 머리로 깎았던 머리가 새둥지 모양으로 어수선하다. 어머니의 아우성을 그는 그린 듯이 움직이지 않고 받아 넘기는 것이다. 아편에 잔뜩 취했을 때이다.

약이 떨어지면 이와는 정반대다. 오늘 아침만 해도 벌써 어저께 저녁부터 약 기운이 진해서 안절부절을 못하고 몸을 가누지 못하다가 새벽이 되자 집이 떠나가라고 지랄 발광을 하고 드디어는 가슴을 두들기면서 통곡을 하였다.

운봉이가 강에 나가 세수를 하고 들어오는데 운희가 운규놈을 업고 울먹울먹하며 대문으로 나온다. 어디를 가느냐, 왜 들먹거리느냐고 물으려는데 기왓골이 울리도록 고래고래 지르는 아버지의 높은 언성이 방에서 들려온다.

대체 뼈에 가죽만 씌운 것 같은 몸에서 그리고 어

느 때는 모기소리만큼도 분명치 못한 목소리가 어쩌면 저렇게도 요란스러우랴 싶게 이런 때의 아버지의 언성은 파격적으로 높았다.

"모두 벼락을 맞을 년덜 같으니. 집안이 망할라니 암탉이 승이 세서 글쎄 이년들 먹구 살구서야 공부두 공부 아닌가. 또 간나새끼들이 공분해 뭘할 텐가. 아니 제 년들이 진사 급젤할 텐가 뭔가. 아냐 오늘 당장에 담임 교사 놈을 찾어가서 뗴오구 말으야지 나이는 벌써 오래잖아 성년할 텐데 소리두 배우구 춤도 배와둬야 제 밥벌이나 안하나. 또 간나이년두 자식인 바에야 길러준 애비에미 모른다구 할 텐가. 서방 얻어 가기 전에 밥술이나 벌어줘야 에미애비두 허리를 펴 잔나. 저 계집년이 몹쓸어 자식을 덜되게 가르친단 말야. 이 담홍이란 년 안 보았겠다. 요년이 낫살이나 차라서 겨우 화댓닢이나 벌라 하니께 저년이 귓속질을 해서 서울루 쫓았겠다. 저년, 송가의 딸년 같으니. 그놈어 뒤상 소갈머리가 고약하니 딸 하나 둔 게 저 모양이야. 뒤상 죽을 때 제 딸년마자 데리구 갔으믄 이 고약스런 기구한 팔자나 면할 걸. 이년 이 송가의 딸년 생게두 없어지지 않구 내속을 태우네? 이 주리뗄 안길 년아. 모두 소리 안 나는 총이 있으믄 좋겠다. 아니 이, 운희란 년 어데루 살짝 도망쳤나. 제 에미 년이 빼돌렸겠지. 이 아새끼놈은 또 새박에 나가더니 어데루 갔나. 그놈어 새낀 물구신한테 홀렸나. 새박이면 눈이 짜개지기가 무섭게 강으루 내빼니 물구신이 잡아다 뼈두 안 남기구 삼켜버릴 간나새끼덜 같으니."

한참 뜸한 것 같더니 그 다음엔 화가 천둥 같아서 주먹으로 샛문을 뚜드리며,

"아니 이 송가의 딸년이 이대루 나를 생매장할 테냐. 이 마른 벼락을 맞을 년아. 아이구 이년아. 아이구 복통이야 아이구 가슴이야."

넋두리로 변하다가 목을 턱 놓고 초상당한 것같이 섧게 울어댄다.

소문난 집이라 웬만해서는 창피할 것도 없지만 이른 새벽에 곡성이 진동하니 동리 사람 보기도 미안하다. 하는 수 없이 낯이 새파랗게 질린 어머니가 물 묻은 손을 치마에 씻고 괴춤에서 1원짜리 1장을

꼬기꼬기 개킨 채로 아버지에게 집어던진다. 장판
에 낮을 파묻고 엉이엉이 울어대던 아버지는 종이
떨어지는 소리에 귀가 반짝 열리는지 시름히 고개
를 들어 쥐 낚는 고양이처럼 지폐장을 각 채들인다.
울음을 두어 번 어린 아이같이 떨칵떨칵 삼킨 뒤에
푸시시 일어난다. 누장판 같은 바지를 괴춤만 움켜
잡고 커다란 고무신을 철레철레 끌면서 운봉이의
옆을 지나서 뿌르르 대문으로 나가버린다. 그의 안
중에는 운봉이도 아무도 없었던 것이다.

　아침에 이렇게 나갔던 아버지가 그날 오후 4시에
임종을 맞이했다는 것이다. 꿈 같은 일이나 그것이
현실이었다. 운봉이는 구긴 봉투를 1장 들고 우편소
로 가는 길이다. 누이에게 전보를 쳐야 한다.

　그렇듯이 지체밀망을 하던 폐인이라고 할지라도
역시 남편이었고 또 아버지였다. 언제나 이 꼬락서
닐 안 보구 살 거냐구 아침까지도 지청구를 퍼붓던
어머니도 미적지근한 복닥재 모양으로 식어 들어가
는 초라하고 빈약한 육체를 앞에 놓곤 누구보다 더
바빠하고 손 붙일 곳을 몰라 쩔쩔매었다. 약을 과히

써서 중독이 되어버렸다 한다. 의사도 손을 떼고 지금 겨우 달락달락하는 희미한 숨결만 거두면 뼈와 가죽 새에 최최하게 흐르던 다 날라버린 핏줄은 영영 굳어져버리리라 한다.

운봉이는 울지 아니하였다. 어찌할 바를 몰라서 초점을 못 잡는 두 눈알을 부리부리 굴리던 어머니가 두서없이 내뱉는 말을 좇아 그는 낡은 봉투지를 찾아 들고 우편소로 뛰어가는 것이다. 사실 그에게는 '죽음'이라는 것이 어떤 것인지가 실감을 가지고 느껴지지 않았다. 또 그것을 새겨서 연상해볼 여유도 없었다. 손땀이 찐득하게 묻은 봉투지를 뒤적여 뒷면을 찾아보니 희미하게 '경성부 관철정 ××번지 가후에―구로네꼬 내. 김설자 요리'라는 삐뚤삐뚤한 글자를 골라볼 수 있었다.

학교에서 배운 대로 그는 전보 용지에 그대로 옮겨 쓰고 전문에는 '치치기 도꾸수구고이 오도도'[11]라고 썼다.

---

11) 아버지 위독 곧 오기 바람.

집으로 뛰어오는 노상에서 의사를 만났으나 그는 운봉이를 모른 체한다. 뛰던 걸음을 멈추고 아버지의 병세를 물으려고 하나 땅만 들여다보며 의사는 운봉이의 거동을 무시해버린다. 의사는 묵묵히 걸어가다가 골목을 휘어돈다. 대문을 들어서면서 운봉이는 어머니와 운희와 운규의 곡성을 듣고 멍하니 서 있다. 뜰 안에서 낯을 돌리니 초벽한 것이 다 떨어져서 수숫대가 뼈다귀 모양으로 앙상하게 드러난 바람벽이 눈앞에 있다. 여태껏 황망한 가운데도 그의 마음과 머리밑을 찐득이 흐르고 있던 '내일엔 서울서 누이가 온다'는 생각이 펄깍 달아나고 다른 생각이—무엇이 불쌍하고 최최한 아버지를 금박[12] 가져가 버렸다는 생각이 귀가 황황거릴 만큼 그의 머리를 휩싸버린다. 두 귀가 징— 하니 울고 콱 막혔던 콧구멍이 횡하니 열리는 순간 그는 비로소 눈물이 올라 솟구는 것을 깨닫는다.

---

12) 금방

3

　삼일장이니 성복제니 오일장이니를 딱히 작정해 두지 않았다. 운명한 날 밤에 앞집 명월이 오빠 학구가 광산에서 돌아와서 밤 경할 사람들을 윗방에 모두며 화투판이니 마작판이니를 차리고 문밖에 초롱도 장만해 걸어놓은 뒤, 사주 잘 보는 이한테 가서 날을 받아 왔다는 것이 사일장, 다시 말하면 성복날이다. 운봉이 어머니는 나흘 동안이나 묵혀둘 경황이 없다 생각했으나 잠자코 아무말이 없다. 그로서는 삼일장이니 오일장이니 별로 아랑곳할 게 없었다. 전보 쳐서 하루를 지나면 서울서 담홍이가 올 것이므로 그를 기다리고 있으면 그만이었다. 기다린다고 하여도 아들과 달라 그가 없으면 입관을 못한다던가 하는 격식으로 그를 기다리는 것이 아니었다. 아닌게아니라 얇다란 소나무 관을 사다가 둘쨋날 되는 날 아침 벌써 입관을 해버렸다.

　딸을 못 보았다고 죽은 이가 저승에 못 갈리는 없을 게다. 담홍이 오기를 기다리는 것은 장례비가 생기기를 기다리는 게나 마찬가지였다. 운명한 뒤 다시 전보를 친 것까지 시간으로 따져서 그 이튿날 하루종일 차시간마다 기다렸으나 담홍이는 오지 않았다. 베 한필을 못 사고 무명 한 끝을 바꾸어오지 못한 채 돈전개니 만장이니 하는 데도 엄을 내지 못하고 그 이튿날을 그대로 보내게 되니 어머니는 설움 같은 건 생둥생둥해져서 없어지고 걱정이 불쑥 앞서지 않을 수 없었다. 그러나 담홍이가 이렇듯 늦어지는 것은 갑자기 준비가 없었다가 장례비를 충분히 마련하느라니 자연 이리 되는 것을 게라고 제 마음에 타이르고 안심하려 들었다.

운봉이도 누이의 일이 궁금하였다. 그의 생각 같아서 전보가 떨어지자 곧 출발할 테니 적어도 그 이튿날은 올 게라 하였다. 명색이 상주라고 차시간마다 정거장에 친히 나가 기다리진 못하나 운희와 운규가 나갔다가 시름해서 빈몸으로 들어오는 것을 보면 한없이 낙망이 갔다.

"누이가 아침차에두 안 완?"

학구는 일을 쉬지는 않았으나 광산에서 돌아오면

찾아왔다. 사흘째 되는 날 아침 밤대거리를 끝막고 돌아오는 길에 운봉이가 실심하여 토방에 앉아있는 것을 발견한 것이다. 머리를 쩔레쩔레 흔드는 것을 보더니,

"아니거 어떻게 된 판국인가."

하고 혼잣말로 중얼거리며 운봉이 옆에 구럭을 놓고 궁둥이를 앉힌다. 몇 사람 안 되는 밤경꾼도 날이 훤히 밝자 뿔뿔이 돌아가버려 큰일을 치른 집 같지 않게 조용하다. 운봉이는 아직도 두서 없는 생각에 골똘해 있다. 정작 아버지가 돌아가버리니 처음은 한없이 서러웠으나 그것이 이틀을 지내는 동안 종적을 잡을 수 없이 사라지고 운봉이 제일이 자꾸만 생각되었다. 학교에는 그 뒤에 가지 않았으니 선생의 말대로 실행은 안했더라도 좋으나 제 생각같이 상급학교에 갈 수 있겠는가가 하루바삐 안타까웁게 알고 싶다. 엽서로 누이에게 물으려던 참이니 누이가 오게 된 것은 이 문제만으로 보면 맞춤이라고도 생각할 수 있다. 아버지의 죽음은 상급학교 가는 문제에는 별반 지장이 되지 않을 것이므로 담홍

이누이의 확답만 있으면 그만이다. 처음에는 슬프고 바쁜 통에 통히 그 문제에 생각이 가지 않았으나 누이가 이틀사흘째 되어도 오지 않으매 불쑥 이러한 근심이 치밀어 올랐다.

"누이한테서 편지 온 게 원제가?"

학구는 운봉이를 잠간 솔깃하니 바라보면서 묻는데 운봉이는 좀 퉁명스럽게,

"한 달 됐나 몰라."

한다. 주소의 이동을 염려하는 것이다. 이것을 그때서야 알아차리고 운봉이는,

"명월이뉘한텐 편지 안 왔나?"

하고 되려 학구에게 물어본다. 그러나 학구는 멍하니 마당만 바라보고 있을 뿐 운봉이의 말에 대답하지 않는다. 무슨 생각에 골똘해 있는지를 운봉이가 의아스레 생각하는 것 같아서 한참 동안 물끄러미 움직이지 않던 고개를 약간 들면서,

"발쎄 펜지 서루 안 하는 데 오래다."

하고 자기도 무심결에 가느다란 한숨을 짓는 듯한다. 그렇게 친하던 사인데 그리고 이번 일에도 명월

이가 안일을 맡아서 도웁고 있는 터에 어찌하여 담홍이와 편지 왕래가 끊어진 지 오래인가?—응당 이것이 설명되어야 할 것을 학구는 운봉이의 표정에서 간취하고 제가 쓸데없는 발설을 한 것을 뉘우쳤다. 그래서 그는 속으로 은근히 쩔쩔 매며,

"괜하니 쓸데없는 일 때문아. 인제 오믄 다 풀어 버릴 테지."

하고 어색하게 중얼대었다. 명월이와 담홍이가 거래가 끊어진 것은 순전히 자기 때문에 생긴 일이기 때문이다.

담홍이가 서울로 간 지 얼마 안 되어 눈이 부시게 휘황찬란한 사진이 담홍이 집으로 왔다. 뒷굽 높은 구두쯤에 새삼스레 놀랄 필요는 없겠으나 이 고을서 보지 못하던 경쾌한 양장과 머리 모양에는 눈을 뒤솟지 않을 수 없었다. 양복이라면 여훈도의 쿠렁쿠렁하고 몸에 붙지 않는 곤색 서지거나 여름에 오카미상[13]들이 고시마키[14] 위에 들쓰는 간땅후꾸[15]

---

13) 여인네
14) 일본옷의 허리띠

만 보아온 눈에 담홍이의 사진은 노상히 일경을 시키게 함에 충분하였다. 그것을 받아 들고 운봉이는 윗거리에 있는 양복점 안에 사진틀에 넣어서 주룬히 매달은 서양 사람들을 연상하였다. 서울 가는 데 반대하던 아버지도 이 사진에는 만족한지 물끄러미 치어다보다 휙 던져주며 '소갈머리 없는 게 하이카라만 부리년 게건'하고 핏기 없는 피부를 궁상맞게 함칠거리며 입 가장에 웃음을 띤다. 물론 이 사진은 빈틈없이 총총히 붙여서 매달았던 길쭉한 사진틀을 내려서 다른 것을 뽑아내고 맨 가운데다 모셔서 걸었다.

그렇게 한 지 며칠 뒤에 운봉이가 학교에서 돌아오면서 막 대문소리를 내고 들어오는데 방문이 열리고 황망한 표정을 얼굴에 드러낸 채 두 손에 무슨 종이조각 같은 걸 들고 학구가 어마지두 뛰어나온다. 어인 영문을 몰라 더 놀다 안 가느냐고 말을 건네려는데 그는 뿌르르 나가버린다. 방안에 들어와

15) 간편한 옷

보매 집안엔 아무도 없다. 마실을 갔는지 아마 앞집에나 뒷집에나 잠깐 다니러 갔을 테지만 방안은 휑하여 학구의 수상한 행동을 알아낼 길이 없다. 마침 방바닥에 인화지 조각이 하나 남아 있어서 사진틀을 쳐다보니 담홍이의 양장한 사진이 없었다.

이러한 작은 사건과 자전거 포 하는 완일이의 놀리는 수작밖에 운봉이는 담홍이와 학구의 내막에 대해서는 알지 못한다. 그러므로 지금도 학구 때문에 담홍이와 학구의 누이동생 명월이와의 새에 의가 상한 것은 짐작할 도리가 없었다.

"담홍이 서울 간 데가 발쎄 이태가 되나."

싱겁고 면구스러운 김에 해보는 말임에 틀림없으나 벌써 학구의 말에서 어떤 기미를 눈치챈 운봉이에게는 이러한 학구의 말은 더욱 부자연한 것으로 들리지 않을 수 없었다. 스물 둘 난 학구와 열 네 살 난 운봉이의 대화가 부자연해가려고 할 때 마침 운봉이 어머니의 갑작스런 울음이 문창을 울릴 듯이 요란스럽게 들려온다. 따라서 운규가 이에 못지 않게 큰소리로 울어댄다. 이 바람에 학구는 껑충 일어

나서 방으로 들어서며,

"이전 고만 두슈. 돌아가신 이가 운다구서 머—."

하다가 그 다음 말이 잘 나오지 않아,

"운규 웁네다. 어린것덜 봐서래두 오마니가 울문 되갔솅까."

하고 어루만진다. 운봉이도 슬며시 기둥을 지고 일어섰다.

그러나 다행히 참말 다행히 그 다음 차로 담홍이가 왔다. 웬걸 낮차에 올 게냐구 아무도 정거장에 나가지 않았더니 바로 그 차에 온 것이다.

"서울서 웁네다."

하는 어떤 여인네 소리가 대문 밖에서 나므로 운봉이가 뜰로 뛰어가보니 담홍이는 아래위 흰 옷으로 긴 치마를 두르고 문턱을 넘어서고 있었다. 갑자기 할말이 없어 토방 위에서 어물어물하고 있는데 방안에서 담홍이를 본 어머니가 흰 포장 친 뒷목을 향하여 퀭퀭 쳐울기 시작한다. 그 바람에 담홍이와 그 뒤를 따라오던 여인네와 고리짝을 하나 지게 위에 진 머슴아이의 시선은 일시에 방안으로 쏠린다. 운희만이 침착하게 운규를 업고 마중 나서더니 토방 위에 올라서는 언니의 앞으로 가서 폭 치마폭에 얼굴을 묻는다.

담홍이는 커다란 핸드백을 들고 처음부터 아무말이 없다. 머리는 푸시시하니 헝클어져 있으나 눈은 그전같이 뚱그런게 찻속에서 시달린 탓인지 띄꿈하다. 눈가장엔 약간 검버섯이 끼고 낯색이 바짝 희게 질려서 윗니틀이 좀 두드러진 것 같다.

운희와 운규를 한참 묵묵히 내려다보다가 슬며시 옆으로 돌려 세우고 고무신은 토방에 벗어놓고 방안으로 들어간다. 나지막한 병풍을 둘러 세우고 그 위로 흰 포장을 늘인 뒷목을 한참 동안이나 바라보고 섰으나 그는 무표정에 가깝다. 목을 놓고 울던 어머니가 이마와 얼굴에 뒤엉키는 파뿌리 같은 눈물에 젖은 머리카락을 두 손으로 치켜 올리면서 반가움인지 슬픔인지 노염인지 분간키 어려운 표정으로 그를 쳐다볼 때 비로소 담홍이의 커다란 두 눈에는 핑하니 물기가 떠올랐다.

4

장례를 치르고도 담홍이누이는 가지 않았다. 남에게 매인 몸이란들 삼우제도 안 치렀는데 그대로 가 버릴 리는 없을 터이니 아무런 갈 차비도 차리지 않는 것은 이상할 것도 없으나 가지고 온 고리짝을 끌러서 그 속에 든 알맹이를 펼쳐놓을 제 운봉이는 누이가 서울을 아주 떠나 온 것이 아닌가 하는 의심이 안 생길 수 없었다. 철이 지난 백구두, 선기가 나서부터는 입지 못하는 여름 옷가지, 무엇보다도 푸르런 모기장 이런 것들은 집에다 버리고 갈려고 일부러 싣고 온 게라면 몰라도 그렇지 않은 바엔 닥쳐오는 가을이나 겨울엔 소용 없는 물건들이었다. 그리 크지도 않은 고리짝 속엔 이 대신에 별로 몸에 지닐 만한 물건도 없다. 벌써 1년 반이나 지난 일이기는 하나 처음 서울 가 몇 달 만에 박아 보낸 사진과 같은 양장은 어느 구석을 털어도 나오지 않았다. 지금은 입지 않는 여름 옷가지가 몇 벌 주름살이 고기고기 구겨진대로 뭉치어 있으나 별반 값나는 옷가지는 아니다. 지금 당철에 입을 옷은 하나도 없다.

또 하나 수상한 것이 있다. 누이는 적어도 100원 1장은 가지고 오리라 생각했던 것이 내놓는 것을 보니 40 원이 좀 남짓할 뿐이다.

"전보를 일찍 받았더면 좀더 돈이래도 둘러보잘 게 내가 그 집을 나온 지가 얼마 된 때문에 이틀을 걸러서야 나 있는 하숙을 찾아왔으니 급작스레 돈 맨들 구멍이 있어야지."

그래 아무런들 주인한테 고만한 돈이야 못 두를 것이냐고 어머니는 생각하는 모양이나 딸의 모양이 뜻밖에 최최한데 질리어서 그는 아무 말도 안 하였다. 우선 삼우제나 지내놓고―.

그래서 통히 이런 것에는 눈이나 마음을 팔지 않고 삼우제까지를 치렀다.

묘에 갔다 오니 방은 횅한데 아편장이 아버지 대신에 윗간 구석에 초라한 혼백상이 하나 뎅그렁하니 놓여 있다. 이 혼백상만 해도 하루 세 때를 변변히 해받치지 못할 처지라면 그리고 삭단제니 졸곡제니 말도 말구 죽은 날 3년 동안 제사는 해야 안 하느냐고 말이 많아져서 아예 당초에 법식따라 하지 못할 바엔 혼백을 불사르는 게 어떻느냐는 말까지 있었으나 남들이 보나마나 해두 그럴 수는 없다고 저렇게 인조견 자박이나마 늘여두게 한 것이었다.

삼우제까지를 치르고나면 아버지를 위한 의무는 우선 풀어져버린다. 담홍이누나는 저만 바란다면 서울로 돌아갈 수도 있고 운봉이와 운희는 학교에를 다시 가야만 한다.

저녁을 이럭저럭 치르고나서 마실 왔던 학구 어머니마저 다녀가니 처음으로 단출하게 가족끼리 방안에 모이었다. 운규는 며칠 동안 바쁜 틈에 들볶인 탓에 벌써 아랫목에 네 활개를 펴고 곯아떨어졌고 운희는 궤짝 뒤와 발치 구석과 혼백상 다리 밑으로 머리를 틀어박고 흩어진 책을 모으기에 바쁘다. 한참씩 꺼꿉 서서 다리를 뒤로 뻗고 데가닥거리다간 먼지 묻은 책을 꺼내 들고 '운봉이 산술책 못봔'하곤 이편을 본다. 모아온 책을 시간표대로 책보에 싸서 머리맡에 놓고 횡하니 아랫목으로 내려가는 폼이 어딘가 처녀꼴이 난다. 아버지가 학교를 떼서 기생으로 넣어야 쓴다고 고래고래 소리를 지르며 안달을 부릴 때마다 밥도 채 못 먹고 책보를 들고 학교로 뛸 때엔 아직 철딱서니 없는 어린애만 같더니 저렇게 채국채국 제 할일을 치른 뒤에 뒷골방에서 요와 이불을 꺼내다 쭈루루 깔아놓는 것을 보면 제법 색시티가 나는 것 같다.

윗방 샛문턱에 팔굽을 세우고 멍하니 이것을 보다가 운봉이는 밖으로 나왔다. 나와도 갈 데가 없다. 학구한테나 갈까 했더니 그는 지금 밤대거리가 되어 이곳서 한 5리 가량 되는 광산 기계간에 가 있을 게다. 아무데도 가고 싶지 않아서 캄캄한 토방에 쭈그리고 앉았다.

운희가 책보를 꾸리는 것을 보나마나 벌써부터 운봉이도 내일은 학교에 가야 할 것을 생각하고 있었다. 그는 아까부터 이 생각에 골똘했다.

아버지는 이미 세상에 없으니 담임 선생이 데리고 오라던 말은 소용 없이 되었다.

그러나 공부를 시키고 안 시키는 열쇠를 쥐고 있는 장본인이 와 있다. 내일 학교에 가는 바엔 이 문제를 단단히 다짐을 받아가지고 가야만 할 게다.

지금이라도 선뜻 방안으로 들어가서 바람벽에 기대어 한 다리는 뻗고 또 한 다리는 세우고 왼팔로 머리를 무르팍 위에 괸채 암것도 안 하는 담홍이의 낯을 붙들어 세우고 '누이야 나 서울 공부 시켜주지?' 한다든가 '전에 약속한거 잊지 않았지'라든가 해놓으면 만사는 결단이 날 게다. 그러나 이 한마디 말이 용이하게 입밖에 나오지를 않는다. 떨어진 지가 한 이태 된다고 별로 서먹서먹해진 탓도 아닐 게다. 아버지 세상 떠나자 이건 또 무슨 구살 맞은 변이냐고 눈총을 맞을까 두려워 그러는 것도 아닐 게다. 제 입에서 이 한마디가 나온 뒤에 누이의 입에서 어떠한 판단이 내릴지가 은근히 무서운 것이다.

'염려 마라. 그것만은 결심한 대루 잊지 않았다.' 이 말이 과연 나에게 올 수 있는 합당한 말일 거냐. 만일 이 말 대신에 '학교가 다 무슨 태평세월에 하는 치다꺼리냐'소리만 나오게 된다면 그때에 자기가 당할 불행을 대체 어떻게 처치할 것이냐. 모든 것이 끝이 난다. 모든 것이 불행하게 끝이 난다. 이

불행을 한시각이라도 멀리 물리쳐 보겠다는 의식하지 않은 생각이 그로 하여금 누이와 대뜸 들어가 단판하는 것을 망설이게 하는 것이다.

그러나 부질없는 상상은 곧잘 화려한 환상이 되기 쉽다. 누이에게 말해볼 게냐 말 게냐를 골똘하게 생각하다가도 어느 새엔지 공상은 그를 학교로 끌고 가서 교실 속으로 몰아넣는다.

"운봉이는 어느 학교를 지원할 생각이냐?"

이렇게 선생이 묻는다.

"제성 제일고등보통학교올시다."

기운차게 운봉이가 대답한다.

"학비는 누가 댈 참이냐?"

"서울에 있는 제 누이가 대이기로 되었습니다."

선생도 놀래고 생도들도 놀랜다. 선생도 부러워하고 생도들은 더욱 부러워한다. 운봉이는 만면에 웃음을 잠그고 의기양양하다.—자꾸만 이런 생각이 앞을 선다. 누이와 담판하여 이러한 결과를 낳게 되면 운봉이의 행복은 하늘가로 둥둥 뜬다…….

운봉이는 토방에서 일어난다. 어찌 되었든 누이에

게 물어보자. 낮을 돌려 아랫방을 보니 전등으로 윗방으로 올려 걸고 아랫방은 캄캄하다. 그 동안 얼마나 시간이 흘렀는지 그들은 벌써 잠에 취한 모양이다. 운봉이도 윗방으로 들어가 전등을 끄고 제자리에 누웠다. 하는 수 없이 이야기는 내일 아침으로 미루어야 한다. 그는 잠을 청하려고 눈을 감았다.

잠이 오지 않는다. 눈은 감기는데 머릿속이 생둥생둥해서 잠을 들 수가 없다. 1 주일 가까운 피로에 지쳐서 자릿속에 몸을 눕히자 온몸은 안식을 요구한다. 그러나 머릿속이 이상스럽게 새록새록하다. 간혹 졸음에 휩쓸려도 가위에 눌리었다.

그런데 아랫방에서 이야기 소리가 난다. 무엇한테 바짝 눌리었다. 펄딱 소스라쳐 깨는데 아랫방에서 말소리가 들려오는 것이다. 잠귀에 똑똑히 들렸다.

"너 언제 몸이 있선?"

어머니의 묻는 말이다. 이 말만 가지고는 그것이 누구에게 묻는 말인지 똑똑하지 않다. 운희보고도 물을 수 있는 말이기 때문이다. 그러나 아무대답도 없다.

"담홍이 발쎄 자네?"

또다시 어머니의 재치는 말이다. 그 물음이 담홍이 누이에게로 가는 것임은 똑똑해졌다. 그러나 자는지 깨고도 덤덤한지, 담홍이 누이의 대답은 들리지 않는다.

이어서 어머니의 긴 한숨이 들려온다. 그러나 그 한숨이 채 끝나기 전에,

"넉 달채야."

하는 가는 목소리로 누이의 대답이 들려왔다. 또 다시 아무말이 없고 감감하다.

이 짧은 대화가 무엇을 의미하는 것인지는 운봉이에게도 족히 이해 할 수 있었다. 그러고 보니 누이의 얼굴과 옷맵시와 고리짝의 내용이 대충 설명이 되는 듯싶다. 임신 4개월이라면 배도 어지간히 불렀을 게다. 쿠렁쿠렁하니 긴 치마를 두르고 두 손을 늘상 앞치맛자락에 읍하던 것이 생각난다. 그러나 어머니에게는 그런 재주를 가지곤 좀처럼 숨길 수가 없었던 모양이다.

"아이 애비는 뭘 하는 사람이냐?"

한참만에 다시 어머니의 묻는 말이다. 사실 아이를 배어서 이미 넉달이 지난 바엔 그 아이의 아빠가 누구인 것을 나는 것이 어머니에게는 제일 긴요하였다. 물론 어디 사람인데 성은 무엇, 이름은 무엇, 본은 어디 하고 묻는 것이 아니다. 그런 건 아무 소용이 없다. 직업이 뭐냐 좀더 뾰죽하게 털어서 말하자면 부자냐 가난뱅이냐 돈냥이나 실히 낼 사람이냐가 궁금한 것이다. 어머니의 간단한 물음에는 이런 내용이 들어 있었다.

　담홍이도 어머니의 묻는 뜻을 지나치게 잘 안다. 그러므로 이러니 저러니를 길게 늘어놓는 것이 아무 소용도 없는 것, 그리고 긴요한 것을 말하지 않고 딴 변두리를 빙빙 돌았자 어머니의 속만 더 클클하게 할 것을 잘 알고 있다. 한참만에 제가 제 자신을 비웃기라도 하는 어조로,

　"돈 낼 만한 사람 같으면 고리짝 싸가지구 왔겠수."

　이 한마디는 모든 것을 설명하고, 해석하고 결단지었다. 전보친 뒤부터 자꾸만 뒤틀려 나가던 담홍이에 대한 예측이 지금 이 한마디로써 그 전부가 설

명된 것이다. 그러나 무엇보다도 이 말이 가져오는 타격이 그들에게는 한없이 컸다.

어머니의 입에서는 숨소리조차 안 나온다. 그럴 리야 없겠지 아무러면 그럴 리야 있겠느냐구 여태껏 속으로 되씹고 되새기고 하던 것이 이 한마디에 여지없이 부서져버린 것이다.

그러나 이 말에 의하여 타격을 받은 것은 어머니뿐만이 아니었다. 윗방에서 이들의 대화를 듣던 운봉이는 거의 머리빡이 돌덩이처럼 감각을 잃어버렸다.

방안에는 칠흙같이 검은 침묵이 질식할 듯 꽉 찼다. 운규와 운희의 숨소리만이 버러지 울음같이 고요하다. 꿈에 누구한테 쫓기는지 운희가 몸을 뒤채며 끄궁거리고는 입을 쩔갑거리며 깊은 숨을 쉰다. 또 다시 숨소리.

하룻밤을 뜬눈으로 새우다시피하고 아침 일찌감치 운봉이는 자리에서 일어났다. 그는 책보에 교과서와 잡기장과 참고서를 함께 꽁꽁 싸 놓았다. ≪중등학교 입학시험 문제집≫도 뚜껑을 한참 물끄러미 내려다보다가 다른 책과 함께 보에 쌌다. 그것을 아버지 혼백상 다리 밑에 놓고 밖으로 나갔다. 그는 간밤에 작정한 대로 실행한다.

첫 실행으로 학구를 찾았더니 아직 광산에서 안 왔다. 올 시간이 되었는데 어인 일이냐고 물었더니 명월이가 새벽에 시장한 김에 오다가 묵집에 들렀을 게라고 한다.

운봉이는 묵집에로 갔다. 학구는 구럭에 옆에 놓고 감발하고 지카다비16) 신은 채 다리를 죽 뻗고 앉아서 파르스름한 녹두묵에 마늘장을 쳐서 후후 불며 넉가래17) 같은 술로 연신 퍼넣고 있다가,

"운봉이 너 웬일이가. 둘어오나라."

하더니 부엌 쪽을 향하여,

"오마니 나 더운 묵 5전어치만 더 주."

한다. 운봉이는 아무말도 안 하고 방안으로 들어갔다.

"학구형이 만낼라구 집이 갔대서."

"날? 날 만낼라구?"

---

16) 작업화
17) 곡식이나 눈 등을 한곳에 밀어 모으는 데 쓰는 기구.

학구는 입에서 술을 빼며 눈이 둥그래진다. 뜨거운 묵을 혀끝으로 슬슬 돌리다가 꿀거덕 소리를 내서 삼켜 넘긴다. 빤히 쳐다보는 바람에 운봉이는 점직해서 씩하니 웃었다. 학구도 버륵하니 마주 웃는다.

"학구형이 나, 형이 댕기는 기계깐에 넣어 다우."

그대로 웃는 낯으로 졸라보았다.

"머? 네가? 학콘 어떡하구. 내년에 졸업인데 학콘 어떡하구."

그러나 운봉이가 이 말에 대답하지 않으매 학구도 재처 묻지 않는다. 학교에 다니다가 그만두고 광산으로 가게 되던 6, 7년 전의 자기의 사정이 지금 운봉이를 찾아온 것이라고 그는 이해한다. 묵이 올라왔다. 상 귀퉁이로 마늘장을 밀어놓으며,

"어서 묵이나 머."

하고 운봉이에게 권한다.

묵을 먹고 학구를 따라 행길에 나서니 가을 아침의 맑은 햇발이 몸에 상쾌하다.

완일네 자전거 포 앞을 지났으나 완일이는 껀득 인사만 하고 아무 말이 없다. 놀려댄다고 하여도 운봉

이에겐 부끄러울 것이 없을 것 같았다. 이제부터는 아무 것도 부끄럽고 무서울 것이 없을 것 같았다.

생일 전날

"농사 해 먹는 사람이 그렇디."

하면서 창선(昌善)이는 조롱박 모양으로 가운데가
짤름한 흙물 든 자루와 닭 한 마리를 넣은 종다래끼
를 닝큼 들어, 자루는 잔등이에 둘러메고, 종다래끼
는 왼손에 들고서, 저만큼 앞서서 소를 세우고 이쪽
을 바라보는 최서방에게로 성큼성큼 뛰어간다.

광목 상침 바지 저고리 위에 무명 중의를 껴입고,
푸수수하니 먼지 묻은 상고머리에 수건을 질끈 동
인 창선이가, 밤 한 말과 사과 배 섞어서 스무 알,
그리고 살찐 암탉 한 마리를 휭하니 지고 들고 찬
이슬이 녹진하게 내린 밭 샛길을 우쭐거리며 내려
가는 것을 토방 위에서 멍하니 바라보던 서분(西粉)

이는,

"복손아, 너두 뛰어가 소 기르매18) 위에 타라."
하고 여섯 살 난 아들을 돌아본다.

가장자리가 떨어져서 누런 말똥지가 드러나 보이는 학생 모자를 뒤통수에 재 쓰고, 이런 때에나 내어 입는 파란 목서지 조끼의 흰 조개 단추를 만지작거리고 섰던 복손(福孫)이는, 코 흘린 자국이 **빨갛**게 남아 있는 세수한 낯짝으로 한 번은 어머니를, 그 다음은 문지방에 서 있는 확실(確實)이를 휘끈휘끈 돌이켜보곤, 팔을 뽑아 찬 공기를 휘저으며 아버지의 간 길을 뛰어간다.

"울디 말구 집 잘 봐라."

어머니를 쫓아가구 싶어서 눈물이 글썽글썽하여 문 턱 위에 손을 얹은 채 바깥을 바라보고 있는 확실이에게, 이렇게 다시 타이르고, 서분이는 새로 입은 옥양목 치마의 한 끝을 쥐어 허리에 꽂고, 닦아 신은 흰 고무신을 토방 밑으로 내려놓는다.

---

18) 길마

창선이는 지금 최서방의 소 잔등에 짐을 올려 싣고 길마를 판판하게 매만진 뒤에 복손이를 번쩍 들어 그 위에 올려 앉힌다.

"기르매를 두 손으로 꼭 쥐구 앉아라, 또 괜히 나가 딩굴디 말구."

앞에서 소 곱지[19]를 쥐고 섰던 최서방은, 흰 수염은 너털거리며 소 잔등 위에 올라 앉은 복손이를 쳐다본다. 그러더니 가운데가 잘름한 가루를 손가락으로 발근발근 만져보며,

"이건 밤인데 이 우윗 치는 뭔가?"
한다.

"그건 뭐 사과 알이나 배 알인가부웨다."
하면서 창선이는 닭 다랭이 달아맬 곳을 이리저리 찾다가, 그것을 길마 뒤에다 새끼 오래기[20]로 매어 단다.

"뭐, 최서방넨 배추만 사오믄 됩네까?"
하고 손을 떨며 물으니,

---

19) 고삐
20) 오라기

"무슨 잘되진 않아서두 쥐꼬랭이만한 게 서너 이 랑 있으니."

하면서 담뱃대를 허리춤에 꽂고 '이라 쩌쩌' 소를 끌기 시작한다. 소는 싸던 오줌을 마저 싸고 네 다 리를 움적거린다.

"그 행액던[21] 목화 밭에 심은 게 쥐꼬랭이겉이 되 다니 원."

창선이는 혼잣말처럼 입 속으로 중얼거리는데 소 가 발자국을 옮겨 놓으므로 성큼 최뚝[22]에서 내려 서면서 길을 비킨다. 이윽고 그의 아내인 서분이가 치마폭에 이슬이 묻을까 조심조심하면서 걸어오는 것을 보더니,

"아바지 생일엔 들어가 뵈일랬더니 갈[23]할 게 밀 려서 못 들어간다구 그러우."

한다. 서분이는 못 들은 척하고 남편의 앞을 지나서 덤덤히 소가 지나간 뒤를 복손이를 보면서 따라가

---

21) 향약단[鄕約丹]
22) 밭두둑
23) 가을 추수

다가, 무엇을 생각하였는지 채 얼굴도 안 돌리고,

"소 먹이 잊디 말우."

하고 딴말을 한다.

최서방과 소와 그리고 그 위에 탄 복손이의 머리가 흔들흔들 움직이고, 그 뒤로 새 옷을 입은 서분이가 길을 골라 이편 저편 짚는 대로, 창선이가 서 있는 곳에서 점점 그들은 멀어져갔다. 언덕을 내려가서 그들의 일행이 큰 버드나무를 끼고 산고비를 돌아 없어질 때까지 그것을 내려다보던 창선이는 담뱃대를 내어서, 기새미 한 대를 피워 물고 쌍긋이 웃으며 확실이가 혼자 있는 제 집으로 올라간다.

해는 보이지 않더니 골짜기를 내려와서 앞산이 멀찌감치 물러갔을 때에야 쌀룩한 산 허리에서 찬 안개를 휘저으며 불쑥이 치밀어오른다. 싸늘하여 입김에 부딪치면 찬 물기가 돌던 새벽 공기도 햇살이 퍼지는 대로 포근히 더워 올라서 물 마른 흰 개울을 옆에 끼고 걸을 때엔 꼬드러졌던 손길에도 온기가 생긴다. 째부라진 골짜기는 앞이 트여서, 산고비를 돌고, 국사당을 지나고, 향약전을 휘도는 대로, 차차 벌판 같은 것이 열리기 시작했다. 처음에는 소리도 안 나던 개울이 여기까지 오면 제법 돌돌거리며 낙엽을 띄우기도 한다. 고불고불한 삼밭이 고개를 넘어서니 해는 쫙 퍼져서 등 허리에 따갑고, 소 잔등 위에 탄 복손이는 굳어진 손으로 갈마를 쥔 채 졸림에 붙잡혀서 가끔 머리를 내두른다. 소는 개울을 쩔가닥거리며 뒤채고, 사람들은 돌다리를 골라 닁금닁금 뛸 때에, 복손이는 다시 숨을 들이쉬고 안개 낀 눈을 휘저어보는 것이다.

서분이는 5리가 넘도록 사뭇 말이 없이 걸었다. 토방 위에서 막연하게 아버지의 생일날을 생각해보고, 다시 친정에 모일 동기들을 머릿속에 그려볼 때,

"농사 해 먹는 사람이 그렇디."

하면서 자루와 다래끼를 닁큼 둘러메고 소 있는 편으로 뛰어가던 남편의 모양이 서분이에겐 여적[24] 눈앞에서 사라지지 않는다.

사내 한 몸으로 닷새아리를 자작하기란 여간 힘드

---

24) 여태까지

는 농사가 아니었다. 그러나 될수록 품을 대지 않으려고 서분이는 갓 낳은 아이가 죽어 홀몸이 되자 확실이와 복손이를 집에 두고는 매일같이 남편을 따라 밭으로 나갔다.

밭이라야 제법 쓸 만하게 평지에 벌어져 있는 것은 도무지 두 떼기밖에 안 되고, 그 외의 것은 화전이나 다름없는 산 밑을 부대[25]한 땅 조각이었다. 뙤약볕이 내리쪼이는 산 허리에서 김을 맬 때엔 숨이 탁탁 막히고 목구멍에서는 불기운이 내솟는 듯하였으나, 이것을 해야 굶지 않는다는, 가슴을 무뚝뚝이 올라 받치는 욕망에 고을 생활을 그리워하거나 제 신세를 한탄하거나 하는 그런 딴 생각은 들지 않았다.

며칠만 날이 가물면, 어서 비가 오기를, 또 연거푸 사흘만 비가 내리면 어서 날이 개이기를, 곤하게 들었던 잠귀에 우수수 하는 바람 소리가 들리면 자리를 차고 소스라쳐 깨어, 이 바람이 자라나는 수숫대를 휘몰아치지 않기를—그러므로 모든 신경과 희망이

---

25) 화전

단 한 줄기의 직선, 그 이외의 것을 따르지 않았다. 잘 먹고 잘 입고 편안하고—이러한 모든 욕망을 어쩌면 그렇게 깜박 잊어버렸었을까 하고 생각하게 되는 순간이, 서분이에게는 더없이 슬픈 시간이었다.

오늘 아침과 같이 친정을 다녀오려고 짐을 차리는 순간이 그러한 쓸쓸하고도 슬픈 시간이었다.

"아니 복손 애비는 무슨 갈을 오늘 한다우? 콩 마당질을 발쎄 할라나."

하두 아무말 없이 걷기가 무료했던지 최서방이 창선이의 말을 다시 생각해본다.

"글쎄 아마 나무를 좀 벨라는디……."

서분이는 말끝을 흐린다. 나무는 지금 베는 시기가 아니었기 때문이다. 그러나 농사 해서 1년을 돌리지 못하는 창선이 같은 자작농은 겨울 한철 나무를 고을에 실어다 팔아서 도움을 하였다. 겨울이 오기 전 틈을 보아 비밀히 나무를 좀 베어두려고 창선이는 오늘 집에 붙어 있는 것이다.

"아, 내 참 들으니 복손이 외삼춘이 나왔다구 하던걸."

하고 서분이가 나무 베는 이야기에 쭈뼛거리는 기색을 눈치 채고 최서방은 마침이라는 듯이 서분이의 오빠 이야기를 한다. 그러나 서분이는 가느다랗게 '예'했을 뿐이다. 서분이의 오빠라면 창선이의 처남이다. 처남이 오래 간만에 왔는데 창선이가 갈 할 것을 구실로 찾아가 보지 않는다는 것은 더군다나 말이 안 되는 소리인 때문이다. 그래서 그는,

"복손이 아버지는 만젯당에 들어갔다 봤대요."

하고 거짓말을 할까 했다.

"복손이 외삼춘 많이 상했갔건."

하고 최서방은 혀를 두어 번 차고는 혼자서 생각에 잠긴다.

물론 창선이와 확실이가 서분이와 함께 가지 않고 떨어져 있는 것엔 서로 내놓고 말하지 않지마는 딴 생각들이 있었다. 사실인즉 서분이는 네 가족이 함께 웅게중게 친정집 뜰 안으로 몰려들어 가기를 은근히 꺼렸다.

입을 것도 변변히 못 입고 촌티가 쪼루루 흐르는 초라한 모양들을 해가지고 웅졸스럽게 되지떼같이

몰려들어 가기를 꺼렸다. 창선이 역시 말하지 않아도 아내의 눈치를 못 챌 리가 없다.─

얼마나 왔는가? 머리를 들고 앞을 바라보는데 갑자기 소 위에 탄 복손이가 손을 두드린다.

"얘 굉장하구나, 데거 데거."

하면서 날뛰는 바람에 그의 얼굴 돌린 방향을 보니 피보다도 빨간 단풍나무가 누런 싸리수풀 숲에 유난히 눈부시게 손을 뻗치고 있다.

"단풍을 첨 보네? 촐랑씨다 떨어틸라구."

그러나 복손이는 어머니의 핀잔에 쭈그러지지 않고,

"단풍 말인가, 다람쥐, 다람쥐, 데거 간다. 간다."

하면서 아직두 길마 위에서 야단을 친다. 아닌게아니라 재빠르게 다람쥐 두 놈이 까꿉 선 벼랑 위를 단풍 든 넝쿨을 넘으며 훌훌 날라가 듯하고 있다.

"다람쥔 첨 보네? 망할놈어 새끼."

앞서서 가는 최서방은 모자간의 다투는 것을 그저 '흥'하고 가볍게 치워버리고,

"이전 술막에 다아 왔수다."

하면서 머리를 들어 해를 쳐다본다. 비둑바우26)다.

"한참 앉아 기대리야 자동차가 오갔군."

신작로 옆 술막집 토방 옆에 소를 세우고 복손이를 안아서 내려 세우더니, "그럼 짐일랑 내 실어다 올리리다. 차와 거반 함께 들어갈걸."

하면서 소를 앞세워놓고는 다시,

"여보 귀동이 할머니 있소? 난 삼밭이 최서방이외다. 여기 방밖에 재당네 아주머니 오셨는데 윗방에 화리나 좀 올려주."

하고 집안을 바라보며 소리를 지른다. 그러고는 대답도 기다리지 않고 흰석비레27)가 깔린 길 위에 질질 끌고가는 소 곱지를 닝금닝금 뛰어가서 허리를 굽히고 한 끝을 집는다.

술막지 귀동이 할머니는 방 문을 열더니,

"본가에 갑마? 정, 오래비가 왔다구 하더니 오래비 보러 가누만."

하면서 그들을 맞아들인다.

"아버지 생일두 되구 그래. 겸사겸사 갑네다."

---

26) 구암[鳩岩]
27) 푸석돌이 많이 석인 흙

"어, 참 이때가 생일이갔군, 그래 오래빈 이전 원통 무사하게 됐습마?"

"글쎄, 그게 발쎄 4년이니 인제 그 위에 더, 뭘 고생시키겠소."

재만 복닥한 화로를 가운데 놓고 유리조각 붙인 창 구멍으로 신작로를 내다보면서 그들은 길마리에 쭈그리고 앉았다.

지금부터 4년 전 봄. 서분이는 스물 여섯 살 그리구 확실이가 다섯 살, 복손이는 세 살째 먹던 해 봄이다. 창선이와 서분이가 큰집에서 땅조각과 집 한 채를 갈라가지고, 처음 살림을 벌여놓고 한 돌 째 맞는 봄이다. 농량[28]을 대일 길이 없어 고개 넘어 큰집으로 가서 다시 조 두 섬과 팥 닷 말을 얻어다 놓고 햇보리가 날 때까지 견디어야 된다고 궁리를 하다가, 고단한 기절이라 일찌감치 불을 끄고 잠을 이루었었다.

---

28) 농가에서 농사 지을 동안 먹을 양식

달도 없는 캄캄한 밤이었다. 수숫대로 얽은 바자 대문에 매어달은 생철통이 갑자기 덜렁거리는 바람에, 먼저 눈을 뜨고

"이게 뭔 소리오?"

한 것은 서분이었다. 창선이도 아마 별안간에 들려오는 이 대문 흔드는 소리에 놀라 깨었을 텐데, 별로 겁내는 기색도 없이

"누가 온 게로군."

하고 끙하니 반쯤 일어나더니,

"거 누구?"

하고 소리를 지른다.

"내외다."

한 것은 지금은 정녕 동경서 공부하고 있을 터인 서분이의 오빠 인호(仁浩)의 목소리에 틀림없었다. 그러나 그들은 이 목소리를 선뜻 믿어버릴 수는 없어서, 다시 한번

"아니 이 밤중에 거 누구요?"

하고 서분이가 재쳐 물었다.

"누님, 나애요. 인호야요."

틀림없는 인호였다.

"아니 인호와?"

하고 아직 자리에서 창선이가 우물거리는 동안 서분이는 옷을 걸치고 뜨락으로 나갔다. 밤은 칠흙같이 캄캄한데 바자 밖에서 뻥끗뻥끗 회중 전등의 불길이 뜰 안을 엿본다.

"아니, 너, 이게 웬일인가?"

이렇게 말했을 때 인호는 캄캄해서 보이지는 않았으나 확실히 벙글벙글 웃는 모양이었다.

"왜요, 제가 못 올 집이유?"

이러면서 들어서더니 제 손으로 바자 대문을 다시 밀어 닫고 토방으로 올라선다.

"못 올 집이라는 게 아니라 너무 뜻밖이게 말이다."

작은 남포등에 불을 켜놓은 방안으로 들어서는 인호는 신작로 닦는데서 늘 보는 십장 모양으로, 감발을 치고 지카다비29)를 신었다. 낡은 양복에 허름한 외투를 걸치고 도리우치를 올려놓았는데, 이러한

---

29) 작업화

복색부터 창선이와 서분이에게는 이상스러웠다. 대학 본과생이 됐다고 사각모를 썼던 것을 지난 여름방학에 보았는데, 이건 전매국 수납계원같이 어인 복색이 이 모양이냐 싶었다. 그렇다고 갑자기 취직을 했다구 믿을 수도 없고, 그래서 서분이는 다짜고짜로

"너 이게 무슨 복색이가?"

하고 물었으나 창선이는

"저녁을 어떡했나 묻구서 어서 시장기를 끄게 하야디."

하고 마누라를 나무랬다.

"집에서 저녁은 먹었어요."

"너 그럼 집에서 오는 길이가?"

이 말에 대답은 아니하나 서분이는 다소 안심하였다. 친정에서 급한 일로 인호를 시킨 것같이 추측되기 때문이다. 몇 홰째 우는지 밖에서는 닭이 운다.

"자 그럼 밤두 늦었는데 어서 자리를 잡구 자야디, 이야길랑 내일하구."

창선이는 자기 자리를 북 윗목으로 잡아 끌며 새

삼스럽게 방바닥의 온기를 짚어본다. 한참 입을 다문 채 멍하니 앉았던 인호는, 자기 옆에 쭈그리고 앉았는 누이의 눈살을 피하여, 아랫목에서 곤하게 자는 조카 아이들을 바라보며,

"여기서 묵을 수 없어요. 이제 난 원산 쪽으루 가야겠수다."

하고 말한다. 이 말은 두 사람을 동시에 놀라게 하였다. 자리를 어루만지던 창선이는 두 손을 이불 속에 박은 채 아무말도 못하고 인호의 얼굴과 아내의 얼굴을 황망히 번갈아 본다. 서분이는 뻗쳐지던 상상이 이 한마디에 부딪쳐서 그저 쓸개 빠진 사람 모양으로 인호의 입만 바라본다.

인호도 자기가 말한 이 말 한마디가 얼마나 이들을 놀라게 할 것인가를 짐작하지 못함은 아니었다.

"고을을 들르려다 그만두구, 어두워서 사람을 보내 우시장 옆에서 어머니만 만났습니다. 있는 돈 몇 십 원을 받어 쥐구 그 발루 예까지 왔는데, 작로루 나서지 말구 뒷걸음을 해서 양덕으루 돌아, 원산쪽으루 빠질랍네다."

인호의 설명을 들으며 그들은 인호의 말이 무엇을 뜻함인지 막연하게 알기 시작한다. 그러나 무서움은 점점 더하여갈 뿐이다.

"내가 들린 뜻은 오래간만에 한 번 보일 겸 노비를 좀 둘러달라구, 그래서 허둥지둥 찾아왔수다. 어머니께 여쭈었으니까 돈은 있는 대루 절 주구 이 다음에 고을 들어가 집에 가서 찾으시우."

무엇 하러 가는 길인지, 무엇 때문에 하는 여행인지, 무엇 때문에 집에는 들르지도 않고 신작로에는 나서지도 않으면서 산길을 취하여 가는 것인지, 그들에게는 물을 수도 없고 또 묻지 않아도 알 것 같기도, 또는 모를 것 같기도 하였다.

"글쎄, 원 이게 무슨 일이가."

단지 재산이라고는 금반지를 팔아서 남편 모르게 꽁꽁 뭉쳐둔 지전 50원, 이것을 장롱 한모퉁이에서 꺼내어 인호의 손에 쥐어줄 때 서분이의 눈에는 눈물이 어리었다.

놀라움과 두려움이 없어지고 슬픔이 찾아온 것이다.

"뭐, 아무 일두 없어요. 학생들이 늘 하는 무전 여

행 아니우. 이길루 금강산 구경이나 갈라우. 학생들은 험한 산이랑 눈구덩이랑 그런 델 늘 탐험하러 안 댄기우. 내가 지금 그걸 하누라다 고만 노비가 궁했수다."

아무도 믿지 않을 줄 아는 소리를 지저분하게 늘어놓으며, 싱글싱글 웃고 일어서는데 서분이는, 달 두 없는 이 밤에

"너 산길을 어떻게 갈랴네, 자구 새벽에 가려므나."
하고 졸라본다.

"험한 델 가는 게 이 여행의 본무인데 자구 가믄 되나요, 또 밤이 길 걷긴 외레 좋다우."

인호는 벌써 모자를 쓰고 토방에서 지카다비를 끌어다 길마리에 앉아 신기시작한다.

"정 가야 될 길이라믄 달걀이나 둬 알 먹구 가라."

서분이가 밖으로 나가서 들고 들어온 것은 그러나 달걀뿐이 아니었다. 암가루로 쓰려던 찹쌀가루를 한 됫박이나 되게 작은 자루에다 넣어서 인호에게 들려준다. 그러고는 시렁 위를 뒤지더니 작은 표주박 하나를 꺼내온다.

"길 가다 시당할 땐 물에다 풀어서 마시거라."

인호는 짐이 된다고 사양하다가 결국 절반을 덜고 그대로 안주머니에 두둑하니 넣었다. 앞서서 성큼성큼 산등으로 뻗친 길을 더듬어 올라가는 것을 멍하니 바라보다가, 서분이는 창선이의 잔등에 낯을 묻고 느껴 울었다. 어둠은 완전히 인호를 삼켜버리고 그가 내는 발자국 소리조차 들리지 않는다.

뭇짐승이 날고 뛰는 무서운 수풀 속에서 홀몸으로 내세우는 것 같은 두려움이 갑자기 서분이를 송두리째 잡아버린다. 역시 그를 붙들어 재워 보내는 것이 옳았던 것 같다. 무엇 때문에 하는 여행인지, 샅샅이 캐어보고 이 길을 중지시키는 것이 마땅했을 것 같다. 다시 낯을 들어 인호의 간 길을 바라보매 그곳에는 벌써 개똥벌레의 불똥 같은 회중 전등의 불조차 보이지 않는다. 아직도 밤이면 짠듯한 바람이 산 위에서 몰아쳐 내려온다. 서분이는 창선이에게 이끌리어 실심히 방안으로 돌아왔다.

인호가 떠나간 뒤 한 밤을 꼬박 세우고, 이른 아침 대체 어이 된 영문인지를 탐문하러 나무 한 바리를 싣고 고을로 들어가려고 하는데, 그는 집을 떠나기 전에 고을서 그를 모시러 나왔다. 처음 창선이는 '인호구 뭐구 아무두 온 사람이 없다'고 말했다. 그리고 인호는 지금 동경 있지 않느냐고도 말했다. 물론 집과 집 부근을 뒤져보았으나 그런 사람이 나타날 리는 없었으나 창선이는 그 길로 고을에 가지 않으면 안 되게 되었다.

거의 한 시간 가까이 기다려서 고을로 올라가는 자동차를 얻어 타니, 비둑바우서 고을까지 시오 리나 되는 길을 차는 20분 내외에 달려간다. 시오리라야 결국 아홉 번이나 구불구불 돌아서 올라갔다 다시 내려오는 고개 하나에 불과하였으나, 서분이에게는 빠르다고 생각하는 자동차가 다른 손님에게는 느리고 지리한 느낌을 준다. 올라가는 길이나 내려오는 길에나 스무명 이상를 태울 수 있는 커다란 버스는, 사뭇 고동만을 울리며 소 달구지보다도 느리게 가는 것 같다.

좁은 틈을 비집고 앉아서 복손이는 앉히지도 못하

고 한편 옆에 붙들어 세워놓으니 '이제는 고을이다' 하는 생각과, 4년 만에 보는 인호와, 그 새 윗동생으로 지금은 바로 이 고을과 연달린 인근 경찰서 사법 주임으로 있는 박경부(보)의 부인이 된 인숙(仁淑)이의 얼굴이, 잠깐 눈앞에 아물거렸으나, 이어서 차장이 와서 차표를 찍고 주머니를 풀어 돈을 주고 하는 통에 깊은 생각도 못하고 높은 고개를 넘었다. 치마폭을 감싸고 자기를 바라보던 뭇사람의 눈이 다시 저 볼 데를 찾았을 무렵에 가벼운 한숨을 쉬며 밖을 내어다보니, 차는 벌써 고개를 다 넘고 판판한 길을 고을 입구를 향하여 달리고 있었다. 잎새가 거의 떨어진 백양목이 휘끈휘끈 지나가고, 소말뚝이 총총하게 박힌 우시장 마당 가운데를 달리니, 뽕밭과 배추밭이 먼발로 보이고 음식점이라고 쓴 초가 마거리가 자동차 옆에 충충히 나선다. 한 번 고동이 까그궁거리고 찌지직 하는 뒷바퀴 지치는 소리가 나더니만 차는 전매국 출장소 앞에 와 멎는다. 가운데 탔던 양복쟁이 둘이 내리고 차는 휘발유 냄새를 가득하니 풍기면서 다시 끄궁거리며 대가리를 휘젓고 나즈막한 돌집들이두 줄로 나란히 하여 있는 시가지 가운데를 윗거리로 올라간다.

두 눈을 바로 세우고 영창 밖으로 뛰어넘는 집을 하나 세다가,

"여보 여기 세워주."

하고 서분이는 황급하게 차가 채 멈추기도 전에 시트에서 일어서려고 머뭇거렸다. 차가 떠난 뒤에 서분이는 길 가운데 한참 벙하니 서 있었다.

안방이 밖 대문, 안 대문을 거쳐, 길거리에서 훨씬 떨어져 들어가 있는 때문일까. 밖에서 우르렁거리는 소리가 한참이나 나고, 다시 뚜뚜 소리를 내면서 먼지를 뽀오얗게 날리고 차가 윗거리를 달려가버린 뒤에도 친정 집에서는 사람 하나 얼른하지 않았다.

최서방이 짐을 가지고 왔을 터이니까 서분이가 복손이를 데리고 낮차로 온다는 것쯤은 알고 있을 터이므로, 거리에서 자동차의 기관 소리만 나면 막간 사람이라도 뛰어나올 것인데 낯설은 집에나 오는 것 같이 서분이와 복손이가 대문 턱에서 머뭇거리고 있을 때에도 안방에서는 누구 하나 마중 나오는

이가 없었다.

밖 대문을 넘어서 중문 가까이 가니 빨간 스웨터에 곤색 스커트를 깡충하니 입은 단발한 명자(明子)가 캐러멜을 씹으면서 아장아장 걸어 나온다. 1년 전 제 엄마가 아이를 낳으러 왔을 때보다 엄청나게 컸으나 이 아이가 그의 동생인 인숙이의 딸이라는 것은 서분이로서도 넉넉히 분간할 수 있었다.

"명자 너 언제 왔네? 너, 나 모르간?"

서분이는 그의 머리를 쓰다듬어주려고 하였으나 명자는 살짝 몸을 비끼고 쫄랑쫄랑 거리로 뛰어간다. 복손이는 뒤로 돌아서서 명자의 가는 양을 정신없이 바라보고 섰는데 서분이는 중문턱을 넘으며 '얘 뭘 정신 없이 보네.' 하고 핀잔을 주듯 한다.

중문을 들어서니 아직 보이지는 않으나 여인네들이 떠드는 소리가 들려왔다. 인숙이의 웃는 소리가 유달리 높아서 서분이는 짐짓 그러는 것은 아니나 잠깐 그늘 속에 발을 멈추고 귀를 기울여본다.

"거저 촌에 가 살믄 별수 없어요."

하는 인숙이의 말소리가 움찔하려던 서분이의 발

위에 다시 못을 박았다.

—역시 인숙이의 말소리다. 그리고 지금 '촌에 가 살믄 별 수 없다'는 것은 자기를 이름일 게다— 하고 가슴이 뭉클하는 것을 느끼며 서분이는 생각해 본다.

"어떻든 사과나 벤벤한가 한 알 먹어봅세다."

뒤이어 다시 인숙이의 말소리가 들려온다.—'벤벤한가 먹어보자'는 사과는 정녕 최서방이 소 길마 위에 져다 주었을 서분네가 가져온 사과일 것이다.— 서분이는 처음보다는 좀 가라앉은 마음으로 고요히 대문 안 바람벽 뒤에 서 있다.

"농사 해 먹는 사람이 그렇디."

하면서 자루와 닭 다랭이를 들고 껑충껑충 언덕 길을 뛰어가던 창선이의 모양이 휙 머릿속을 스쳐간다.

"아니 이거 삼밭이 누님 아아이우? 어째 여기 있수?"

기겁을 하여 머리를 돌이키니 어느 새에 밖에서 뛰어 들어온 인호다. 4년 전 봄 캄캄한 밤에 산등에서 갈라진 채 처음 보는 인호의 얼굴이다.

"아니 이게 인호로구나."

겨우 이 말 한마디를 얼겁간에 했을 뿐이다. 영감 모양으로 앞 이마가 유난히 벗어진 머리빡을 수그리며

"누님, 인사 디립시다."

하는 것을 두 손을 잡아 일으키고 다시 한번 인호의 얼굴을 보니 코와 눈에만 옛날의 흔적이 남아 있을 뿐이다.

머리는 중학생 같으나 앞 이마가 번번하고, 낯빛은 양촛빛 같은데 볼이 쏙 빠졌다. 얼굴빛에 비하여 좀 발간 듯한 두 눈만이 웃으면 갸름한 채로 옛날의 영채를 남기고 있다.

"아 이눔이 복손이유? 어디 보자. 컸구나. 너 학교에 가니?"

복손이는 점직해서 낯을 돌리니,

"애 외삼촌에게 인사두 못 하네? 지지리 못난 것."

하고 서분이는 핀잔을 준다.

둘이서 이러고 있으니 그때서야 안방에서는 서분이가 온 줄을 알았는지,

"큰 애기가 왔수다."

하는 어떤 여인네의 소리와 함께 어슬렁어슬렁 방을 나오는 기색이 엿보인다.

방안에 들어앉아 서로 인사들이 끝나매 윗목에 우뚝 선 채 창문 쪽을 바라보던 인호는 약간 굳어진 표정으로,

"그럼 난 이야기하든 게 있어 잠깐 나가 보갔수다. 집 앞에서 차가 멎고 어떤 부인네가 내린다는 말을 듣구 누님이 오시는 줄 알구 쫓어 왔는데 이야기가 좀 남았어요."

하고 밖으로 나간다.

"아니 큰누이 왔는데 함께 점심 안 먹구 어딜 또 가네?"

하고 어머니가 뒤쫓아 불러보았으나 인호는 대답도 안 하고 종종걸음으로 중문 뒤에 없어진다.

"쟈는 몸두 약한데 마짱을 배왔나?"

하고 인숙이가 방안 중복판에 도사리고 앉아서 무릎 옆에서 잠이 들어서 자는 한 돌이나 되었을 명순(明淳)이를 슬쩍 눈길해본다.

"이 애 아버지두 한창 마짱에 바쁘더니, 서장이 갈리면서 마짱 취체를 엄하게 해서 이즈막에야 버릇을 뗐는데, 것두 노름이 크게 해나면 인이 백이나 봅데다."

영창으로 아들이 나간 곳을 멍하니 앉아 내어다보던 어머니는 얼굴도 안 돌리고 작은딸의 말이 못마땅한 듯이,

"인호가 마짱은 무슨……."

하고 변명하듯 한다.

"아이구, 그만두슈, 걸 누가 알우. 이좀 청년치구 마짱 안하는 이가 있는 줄 아슈? 어머니두 참, 우리 명자 아바지가 술 한 잔 안 하는 얌전한 이건만, 반 년간이나 그만 미칠 듯이 밤이면 줄창 마짱판이었다우."

인숙이는 황해도와 인접된 고을로 전근이 되어, 이사간 지가 두 해가 되므로 그곳 말씨를 본따서 제법 '디'를 '지'로 발음하고, 군데군데 서울말도 애써 섞어보는 것이 한방 안에 앉아 있는 여인네들의 이목을 끌었다.

"아버지는 또 산에 가셨나요?"

하고 한참 동안이나 묵묵히 앉아 인숙이의 말만 듣고 있던 서분이가 비로소 어머니에게 묻는다. 산이란 광산을 이름이다. 이 집 주인은 인호가 학교를 그만두게 되면서부터 관청을 나온 뒤에는, 이 고을서 한 5리 가량 되는 금광에 가서 분광을 하며 소일거리를 삼았다.

"응, 이좀 쇳줄을 하나 잡아서 해가 기울어야 오신다."

이렇게 대답하더니 겨우 정신이 든 듯이 윗목 구석에 쭈그리고 앉은 막간 여편네를 보며,

"어서 국수 내렸나 가보구 닷 냥어치만 받아오시게. 양푼 가지구."

하고 재촉한다. 말이 떨어지자 아궁지에 그슬려서 군데군데 구멍이 뚫린 까만 치마를 두른 막간집 젊은이는 푸시시 일어나서 부엌으로 나간다. 이 바람에 옆집 쌀 장숫집 노파는,

"이 애 외삼촌은 마짱은 안 질겨요, 손에 대디두 않는데. 늘상 윤초시네 집 사랑에 가서 놀아요."

하고 아까 하던 마짱 이야기를 한 번 되풀이하면서 훌쩍 일어선다.

"아니 점심 사 오거들랑 잡숫구 가라구요."

하며 어머니가 붙잡는 바람에 마지 못해 앉으면서

"난 기침이 나서 국술 먹나."

한다.

"아니 윤초시 아들은 백화점을 벌였다는데 사랑에 가면 누구하구 노는가요?"

인숙이는 대들기나 하듯이 싸전집 노파에게 파고 묻는다.

"디내가멘 봐야 가게 사무실에두 없구 안사랑에 있는가보든."

"그러게 마짱이죠, 것들이 마짱하느라구 안방에들 몰려 있는 게유."

"마짱두 단 둘이서 하나, 원 내가 알게 말이디."

늙은이는 버럭 화를 내듯이 한다. 이 바람에 이야기는 좀 중단이 된다.

서분이는 무릎 옆에 쭈그리고 앉은 복손이와 함께, 꾸어온 보릿자루 격으로 뎅그렁하니 앉아 있다.

너무 인숙이 혼자 떠벌리고 들까부는 바람에 이야기 참례는커녕 정신도 걷잡을 수 없어, 낯설은 집에 온 것처럼 벙뗑한 채 앉아 있었으나, 말이 중단되고 잠시 침묵이 방안을 점령하매, 그는 차근히 방안을 둘러 살핀다. 얼마 전에 최서방이 실어다주었을 밤자루는 입을 헤에 하니 벌린 채 아랫목 발치 구석에 가로 놓여 있고, 쭈그렁 바가지에 과일을 담다가 남은 것이 모랭이에 너더 알 딩구는데 아까 인숙이가 먹어보다 놓은 것인지 잇자리가 벌겋게 변색한 사과 하나가 내동댕이쳐 있다.

푸대접을 받은 밤과 사과 알이 제 주인을 건너다보는 것 같아서 서분이는, 이 방안에 들어앉은 이들의 입심을 금시에 외면당하는 거나 같이 낯이 화끈했다. 그런데다가 마짱판에서 이야깃줄을 잃은 인숙이가,

"참, 형님이 가지구 온 사과는 내가 먼저 맛있게 맛보았수다."

하는 바람에 나이 보람도 없이 서분이는 귀밑까지 빨개져버렸다.

"저 사과 종류가 아마 왜금이지, 지금은 저런 대루 먹어두 겨울이면 소개방맹이 씹는 맛이지, 사과는 무얼무얼 해두 홍옥허구 국광이야."

금시 1 분도 되기 전에 빤히 고 입으로 맛있게 먹었노라고 한 인숙이가 뒤이어서 하는 말이다. 서분이는 아랫동생한테 우롱을 당하고 업수임을 당하고 있는 자기를 아까보다도 더 심하게 느끼면서, 그러나 성질이 고얀년이거니 하고 놀아나려는 제 마음을 붙잡기에 애를 썼다. 이러고 있는데 유리창으로 내다보니 마침 인호가 중문으로 들어오는 것이 하반신만 보인다. 그의 두 다리는 기운 나간 사람처럼 터덕터덕 걸어오더니 이 방으로 들어오지 않고 뜰 앞 가운데서 제 방으로 된 맞은 마루 위로 올라간다. 털석 주저앉으며 그의 전신이 서분이의 눈에 나타난다. 인호는 아까와는 달리 낯이 질린 듯이 해쑥해져서 가을 해를 반듯이 쪼이다가 담배를 꺼내어 태워 문다. 파란 연기를 훅 내뿜고 그는 담배 든 손으로 머리를 괸다. 이때에 중문 밖에서,

"리상, 인호 리상."

하며 부르는 소리가 나며 이윽고 상점 마크가 달린
점퍼를 입은 소년이 들어온다.

"쥔님이 빨리 좀 나오시래요."

그러나 인호는 일어나지 않는다.

"머리 아퍼 못 나가겠단다구 그래라."

소년은 무슨 말을 더 하려다 인호의 태도가 너무
엄숙하고 단정적인 데 놀래어서 그대로 나가버린다.

"아니 그 애가 윤초시네 전방에 있는 아인데."

창문 하나에 유리창 하나씩을 붙인 때문에 얼굴을
숙이고야 뜰 안에 온 사람을 볼 수 있었다. 싸전집
노파는 목을 구부리고 밖을 내다보면서,

"술을 먹자는가부건, 안 나가는 걸 보네껜."
하고 뒤로 물러앉는다.

부엌 문 소리가 나고 국수 사온 인기척이 들리니
서분이는 팔을 걷고 부엌으로 내려간다. 그는 친정
에 오면 항상 부엌일을 맡아보았다. 냉면을 듬뿍이
말아 인호의 방으로 들여놓으면서,

"오래비, 국수 먹으시게 자리 잡네."
하고 말하는 것을 듣고 인호는 마지 못해 하는 듯이

아무 대답도 않고 방안으로 들어온다. 그러나 그릇을 가시려고 인호의 상 물린 것을 보니 냉면 그릇이 절반이나 먹은 둥 만 둥하다. 인호 방으로 쫓아올라가 방 문을 열고,

"어데 몸이 말쩸마, 국수를 절반두 안 자셨으니."

하였으나 허리를 구부리고 뻐금뻐금 담배만 빨던 인호는 낯을 들어 맥 없이 씩 웃으며,

"그렇게 많이 먹나요."

하고 다시 낯을 돌린다. 어인 영문을 몰라 서분이는 방문을 열어젖힌 채 한참 동안 인호의 등골을 내려다보고 서 있었다.

내일—음력으로 시월 스무 여드레 날은, 서분이, 인숙이, 인호의 아버지, 이 고을 사람들이 항용 이 주사라고 부르는 이의 쉰 번째 맞는 생일이다. 환갑도 아닌데 돈 만 원이나 실히 되느니 못 되느니 하는 집 형세로 생일 잔치란 엄두도 못 둘 일이건만, 인호가 없는 동안 생일이라고 국 한 그릇 변변히 못 끓이게 해오던 터이고, 아들이 4년 만에 밝은 날을

보게 되는 기쁨을 겸하여, 그리 굉장치는 않아도 갈비 두 채와 살치, 나부등, 엉치 등의 뼈다귀를 들여다 곰국이나 끓이고, 떡말어치나 치고, 부치개질[30]이나 해서 가까운 친지와 문중끼리 술이나 나누고 아침밥을 먹기로 하였다.

그래서 오늘은 일갓집 막간 여편네도 둘이 붙어서 부엌은 아침부터 웅성웅성하니 바삐 돌아간다. 도끼로 뼈다귀를 패는 사람, 큰 솥에 무우를 삶은 이, 빈대떡 할 녹두 맷돌질을 하는 부인네, 달걀을 깨뜨려 밀가루에 개는 이, 또 뒤뜰 안에서 숯불을 피우는 이,—이러한 가운데서 서분이는 이 일 저 일을 두루 살피며 건넌방 부뚜막 옆에서 떡가루 절구를 찧고 있고, 이 집 주인 어머니는 닭의 죽지를 쥐고 후간[31]으로 들락날락하고, 인숙이는 제 고장서 전근되어 이곳에 온 지 달포가 넘는다는 안순사 부장의 처와 방 안에서 이야기 보를 터뜨리고 있었다. 인호는 어젯밤 저녁과 오늘 아침 밥도 어인 일인지

---

30) 지짐질
31) 광

시원히 먹지 않고 지금도 제 방에 반듯이 누워서 담배만 피운다. 그리고 이주사는 '생일이구 뭐구' 하는 듯이 밥술을 놓자 곧장 산으로 달려갔다.

생각해보면 서분이의 신세는 타고난 팔자같이도 보이었다. 그는 세상에 나오던 첫날 그가 아들이 아니었기 때문에 가족에게 실망을 주어 이름이 서분이가 되었다. 보통학교가 생겼건만 그가 학령이 될 무렵엔 여자의 교육이란 마땅치 않은 풍습이었다. 집도 가난하여 물려 받은 반날갈이론 겨우 녹냥이나 되었다. 호적이 정비되면서 인숙이는 제법 항렬을 따라 신식 이름을 붙이면서도 어찌 된 판국인지 그는 그대로 서분이로 있었다. 학교 교장과 교장 부인이 조선 선생을 앞세우고 생도 모집을 다닐 대에 이주사는 군청 고원 이었고 인숙이는 고원(雇員) 바로 열 한 살이었다. 이렇게 하여 인숙이는 4년제 보통학교를 나왔고 인호가 보통학교를 졸업할 무렵엔 이주사도 속관(屬官)이 되었고 집안도 제법 피어서 그는 순서대로 평양을 거쳐 동경 유학을 하였다.

밑도 끝도 없는 월급쟁이에게 주는 것보다 시골이

라도 반날갈이나 가지고 있는 풍성한 농가에 시집 보내는 것이 낫겠다고 하여 서분이는 삼밭이 경주 김씨네 둘째 아들에게 시집을 보냈다. 그러나 지내 보니 농가에보다는 역시 월급쟁이가 낫겠다고 하여 그 다음엔 고보 3 학년을 중도 폐지하고 순사를 다니던 박씨에게 인숙이는 출가시켰다. 이 결과가 서분이를 가난한 자작농의 처로 만들고, 인숙이를 박경부의 부인으로 만들었다. 그리고 다시 이 결과가 친정에 오면 으레히 서분이는 부엌으로 내려 쫓고, 인숙이는 방안에 그대로 도사리고 앉아 입방아를 찧게 만들었다고 서분이는 막연하게나마 생각한다.

그러나 이것이 조금도 부자연한 현상이 아니라고 마음에 거리끼지 않을 만큼 서분이의 생각은 굳어져 있었다. 그러므로 그는 자기가 할 의무를 다 하듯이 아침부터 부엌을 횡 둘러보고 뒷문 밖에서 불을 피우는 여인네한테로 가더니 닭의 멱을 따서 더운 물에 튀기라고 시키고 그는 다시 들어왔던 문으로 나간다. 그러더니 인호의 방문 여는 소리가 나고 이어서,

"너 동무들 청할 사람이 몇 이나 되는디, 종에 자박에 적어서 안 하네?"

하는 어머니 소리가 샛문 넘어서 들려온다.

"난 청할 사람 없어요."

퉁명스러운 인호의 대답에 약간 놀라며 서분이는 절굿공이를 절구통에 박은 채 멈칫하였다.

"아니 왜? 채린 것 없어두 너 동무덜이야."

하고 어머니도 뜻밖의 말에 주춤거린다.

"먹일 사람 없다는데 그럽네다."

인호의 말소리엔 역정의 기세까지 보인다. 서분이는 마음이 두근하였다.

무슨 까닭일까? 무엇이 불만하여 저러는 것일까?

어머니는 아들의 마음을 이해할 길이 없어 그의 머리맡에 들어와 앉는 것 같다.

"아니 왜 이러네? 뭘 맘에 안 드는 일이 있네?"

목소리는 한층 낮고 부드러워 아들의 마음을 어루만지려는 듯하다. 그러면서도 어딘지 아들을 노엽게 한 죄가 자기의 불찰에 있거나 아니한가 하는 듯한 어름거리는 기색이 엿보이는 목소리였다. 아들의 대답이 없으매 어머니는 정녕 아들이 갈 것은 아들의 동무들을 푸대접한 탓이라고 생각했던지.

"다른 손님 겪기 전에 그럼 오늘밤에 미리 주안이나 하구 술을 먹이게 하려므나."

하고 새로이 아들의 마음을 풀으려 한다.

인호가 일어나 앉은 기색이 들린다.

"어머니 그런 게 아니야요. 이 고을 안엔 옛날같이 친히 지낼 친구가 이전 하나두 없어요. 장사하구 관청 댄긴다구야 나무래겠수, 해두 그 사람들 모두 도박이나 하구……."

하더니 제 하는 말이 싱거운지, 말끝을 채 여미지 않고 만다. 다시 또 방 가운데 드러눕고마는 모양이다. 불충분하게나마 이 한마디를 듣고나니 어제 낮부터 이상스럽게 굴던 인호의 행동이 좀 이해할 수 있는 것같이 서분이에게는 생각되었다. 그러나 어머니는 아직도 아들이 무엇 때문에 그러는지를 이해하지 못한다.

"그래두 너 없을 땐 길에서 볼 적마다 뭐, 소식이나 있나요, 하군 늘 묻구 그러든걸."

인호는 그 말엔 아무 대답도 안하고 한참 있다가,

"저두 몸이 말째 술 한 잔 못하겠는데 며칠 지내거든 한 잔을 먹이지요."

한다. 어머니는 끝끝내 아들의 마음을 이해할 길이 없어 실심하여 밖으로 나가버린다.

서분이는 이상한 감정이 가슴속에 서리는 것을 휘저어버리려는 듯이 다시 절굿공이를 들어 쿵 하고 쌀을 찧는다. 바로 이 절굿공이 소리와 함께 안방에서 인숙이와 안부장 부인의 웃음 소리가 요란히 들려온다.

"설마 아무러믄 그랬을라구."

하는 것은 웃음을 털면서 다시 이야기를 거두는 인숙이의 목소리다.

"하기는 우리 명자 아부지두 벌써 경부가 됐을 걸 우리 인호 때문에 시험엔 들구두 1년이 훨씬 넘어서야 임관이 됐다우. 인호가 삼밭이 형네 집엘 들럿다가 원산으로 밤길을 떠날 그 당시에 우리 명자 아부지는 여기 순사루 있었구려. 그때 경부 시험에 합격해가지굴랑 이제 어데 사법 주임으로 나간다는

판인데 그 일이 생기구, 또 게다가 우리 형부가 시골뜨기라 쓸데없는 거짓부리를 해가지구 이렁저렁 일이 늘어지다가…… 그러니 새에 끼어서 우리 명자 아부지만 죽을 욕을 보셨지. 위에서는 우리 인호가 집에 왔던 걸 알구 있었다구 의심허구, 또 우리 형부 일두 무사허게 해줄라구, 여보 범인 은닉죄가 성립되지 않수."

하고 제법 법률까지 펼쳐놓으니 부장 부인도 지지 않고,

"아니 위증죄두 구성되지우."

한다. 인숙이는 맞장구를 쳐주는 것만 고마워서 위증죄가 어떤 것인지두 생각할 겨를이 없이,

"그러게 말이유. 그래 그만 1년 반이나 돼서 의심이 훌쩍 풀려서야 임관이 됐구려."

하고 다시 말을 받는다.

서분이는 이야깃소리를 듣지 않으려고 애써 두 손으로 힘을 넣어 절구질에 열중하나 자꾸만 인숙이의 말소리가 들려와서 어쩔 수가 없었다. 미친 사람 모양으로 연거푸 눈을 감고 절구질을 하고나니 땀

이 잔등이에 내발리는데 가만이 귀를 기울이니 화제가 바뀌었는지 자기 있던 고을의 경치 이야기를 하고 있다. 그래서 서분이는 절굿공이를 내려놓고 부뚜막 옆에 한 다리를 올려 세우고 멍하니 뜰 앞을 내다보았다. 뜰, 저쪽 후간 앞에서는 복손이와 명자와 또 한 아이가 셋이서 마주 서서 무슨 장난들을 하고 있었다.

별로 눈 붙이지 않고 아이들 노는 것을 보고 있으려니까 빨간 스웨터를 입은 명자가 뭐라뭐라 시부렁거리며 그 앞에 조끼에 두 팔을 넣고 서 있는 복손이를 쿡 찌른다. 그러고는 또 한 아이의 얼굴을 쳐다보며 헤헤 하고 웃는다. 다시 또 주먹을 제법 오무려가지고 두 팔로 권투하듯이 복손이의 퍼런 조끼를 향하여 마주쳐 들어간다.

모자를 뒤통수에 재쳐 쓰고 아무말 없이 서 있던 복순이는 명자가 주먹으로 찌르는 바람에 자구만 뒤로 밀려간다. 그러나 그는 넘어질 듯 넘어질 듯하면서도 손에 조끼에 박은 채 무표정에 가까운 낯짝으로 비실비실하기만 한다. 서분이는 다소 가슴이 설레는 것을 느꼈으나 그대로 천연한 표정으로 이것을 보고만 있다.

명자는 복손이가 비실비실 피하면서도 아무말도 못하는 것이 재미나서 옆에 선 아이와 연실 웃어가며 자꾸만 대든다. 드디어 손가락으로 복손이의 볼편을 찌르고 또 눈알을 찌르려고 하는 순간이다. 여태껏 아무말 없이 죽은 듯이 서 있던 복손이가 두 손을 조끼에서 뽑아 휙 둘러치는 바람에 눈알을 찌르려던 명자는 허리를 까풀하고 마당에 엎어진다. 명자의 '앙'하고 우는 소리와 방문을 차고 '아, 왜 이러니?' 하면서 튀어 나오는 인숙이의 목소리와 거지반 한시간에 났다. 버선 발로 쪼루루 뜰을 뛰어 건느더니 엎어진 명자를 부둥켜 세우고 이어서 주먹으로 복손이의 머리를 쿡 찌르며,

"촌 아새낀 미욱스레 어린 아인 왜 때리네? 기 애가 너 겉은 거한테 맞을 아이가."
하면서 고함을 지른다.

서분이는 저도 모르는 새에 부엌 가운데 일어서 있었다. 그는 낯이 헤쓱하게 질리어서, 그러나 조금

도 덤비지 않고 문지방을 넘어 토방을 지나 뜰 안을 걷는다. 그의 심상하지 않은 모양에 부엌에서 일하던 여인네들이 그의 뒷모양을 바라본다.

서분이는 아무도 돌아보지 않고 세 사람 사이를 헤치더니 복손이의 멱암치를 잡아 끌어낸다. 울음보가 터지려다 겨우 참고 있던 복손이의 울음이 '앙'소리를 치기 전에 서분이의 주먹은 그의 불편을 난장치듯 짓갈기고 있었다. 이 소란스런 풍파를 인호는 불안스러운 마음을 누르고 담배가 다탄 줄도 모른 채 멍하니 창문을 넘어 바라보고만 있다.

어머니 삼제(三題)

1. 은패물(銀佩物)

보통학교 들어간 이듬해 여름 방학이니까, 태권이가 열 살 났을 때의 일이다. 오래간만에 장마가 개어서 태권이는 아침부터 강가에 나가 장정들이 거칠은 붉은 물결 속에서 반두로 고기를 잡는 것을 구경하고 있었다. 한 반두 훑어내는데 날비녀, 어해, 메기, 모래무지, 쏘가리 같은 것이 두세 사발씩 들어오므로 한나절을 부지런히 쫓아다닌 아이들에겐 개평으로 한 펨챙이는 실히 될 고기를 나누어주었다. 태권이는 그것을 버들 꼬챙이에 정성들여 꿰어들고 집으로 돌아왔다. 점심때가 기울어서 적지 않게 속이 쓰렸다. 그래도 물고기를 끓여서 점심을 먹으리라, 그때까지 어떻게 배 고픈 것을 잊을 수 있을 건가, 반찬이 되는 동안 한길로 나와서 동무들과 함께 매미를 잡으러 갈까…… 집 안대문을 들어서니까 어머니는 방안에서 장롱문을 열고 옷을 꺼내어놓고 있었다.

"엄마 이거 어서 끓여줘……."

바른손으로 번쩍 쳐들어 보이며 댓돌에 올라서서,

"뭐 해? 옷가지는 왜 다 꺼내놓는 거야?"

그때서야 어머니는 옷을 채국채국 덤여놓던 손을 놓고 태권이 쪽을 건너다 보면서,

"너 고기 많이 얻어왔구나. 이 더운데 ……."

그러나 벌떡 일어서서 그의 고기를 받아주지도, 이마에 매달린 땀을 씻어주지도 않고, 다시 고개를 수그린 채 이번은 의복이 아니고 길쯤길쯤한 네모진 자줏빛으로 된 함을 모아놓고 있었다.

"으응, 이거, 물고기 어서!"

이렇게 투정으로 목소리가 변하니까, 그제서야 어머니는 일손을 놓고 치마괴춤을 치켜 올리면서 일

어나더니,

"입성에 거풍하느라구 그런다. 너 어디서 이렇게
많이 얻어왔냐. 배두 고프지 않던? 이 땀!"

한손으로 고기 꼬챙이를 받아 들고, 또 한 손으론
이마의 땀을 뻐억 문대어주었다.

"애애, 선녀야. 너 아이 내려놓구 이 물고기 밸 타
라!"

태식이를 업고 허청간으로 똘배를 먹고 섰던 누나
를 불러서 아이를 받아 누이었고 한편 선녀는 고기
를 들고 부엌 뒤꼍으로 나갔다.

태권이는 누나를 따라 뒤꼍으로 나가서, 고기를
쌍사발에 옮기고 조그만 접이칼로 흰 배를 가르는
것을 보고 있다가 어머니가 있는 방으로 돌아왔다.

"간장에 졸여? 고추장에 끓여?"

이렇게 물으면서 어머니 곁으로 오는데 어머니는
태권이가 집에서는 여태 한 번도 본 적이 없는 여러
가지 패물을 매만지고 있었다. 그것은 모두 흰 은으
로 만든 것들이었다. 언제, 김좌수네가 며느리를 맞
을 때 큰머리하고 울긋불긋한 옷으로 단장한 뒤에,

머리와 허리와 손에 장식하였던 그런 패물들이었다. 김좌수네 며느리만 그런 것을 몸에 붙이는 줄 알았는데, 그것을 어머니도 여러 개의 크고 작은 함 속에 간직하고 있는 것이 그에게는 놀라웠다. 그는 어머니 옆에 서서 한참 동안 눈부시는 장식품을 내려다보고 섰다가,

"이게 다 뭐야?"

하고 물었다. 어머니는 태권이를 쳐다보다가 씽긋이 웃으면서,

"이건 뚝절, 이건 노리개, 이건 장도, 이건 향집, 이건 범의 발톱……."

하나 하나 집어서 이름을 가르쳐주다가 굵다란 은 지환을 쳐들어서는 손가락이 엉기성기하게 끼고서,

"이건 이렇게 손에 끼는 가락지."

하고 말하였다.

"엄마가 아버지한테 시집 올 때에 차구 온 게다. 이건 이렇게 머리에 찌르구, 이건 허리에 차구……."

어머니가 아직 늙지 않은 얼굴에 이쁘장스런 웃음을 그려 보일 때, 태권이도 입이 벌어지는 것을 다

물 수가 없었다.

"이건 다 됐다 뭘해?"

하고 태권이가 물으니까, 어머니는,

"너희 색시 시집 올 때 주지. 장가 가기 전에 선채(先綵)로 쌌다가……."

그리고는 마치, 제가 시집 올 며느리인 듯이, 무릎 앞에 놓은 패물들을 다시 머리에다, 허리에다, 손가락에다 지니어보는 것이었다. 태권이는 다른 깊은 내용은 아무 것도 모르면서, 장가 가고 색시 얻어온다는 것만이 어쩐지 부끄러워 그저 낯이 상기된 채 어머니의 어깨를 짚고 서 있었다.

몇 해가 지난 뒤의 일이다. 선녀도 태권이도 태식이도 잠이 들어서 아랫목에 갈라 누워 있는 가운데 어머니와 아버지만이 작은 남포등을 걸어놓고 마주 앉아 있었다.

아버지는 자전거를 타고 사흘 전에 이곳을 떠나 시골로 고추를 사러 나갔었는데 오늘 해질 무렵에야 땀에 젖은 누런 고의 적삼에 빛 낡은 종이 파나마를 올려놓고 돌아온 것이다. 한길에서 아이들과 장난을 치다가 태권이는 아버지의 오는 모양을 보았다. 지카다비를 신고 고의의 두 다리는 자전거 사슬에 쓸린다고 노끈으로 간뜻이 동여매고 쪼르르 한길을 지쳐오더니 집 앞에서 우뚝 멎고 덥벅 소리가 나게 안장으로 뛰어내렸다. 안장 뒤 짐틀에는 유지에 싼 납짝한 보퉁이와 낡은 펌프가 삼농이로 꽁꽁 비끌어매여 있었다.

태권이가 자전거 옆으로 쫓아가니까,

"저녁 먹언?"

그렇게 빙그레 웃으면서 물었고, 아니라고 고개를 흔드니까,

"아이나 보든가 시험 준빌 하든가 하지 왜 장난만 치니."

하고 말하면서, 땀을 씻던 감발처럼 된 타월을 다시 뒤꽁무니에 찌른 뒤 자전거 틀을 냉큼 들고 대문 안으로 들어갔다. 장 거리, 술막 거리로 돌아다니면서 고추를 사서 소달구지에 맡겨 평양으로 싣는 장사를 하는 것이다.

가을부터 겨울에 걸쳐서는 고추 대신에 밤, 콩, 수수 같은 것을 같은 방식으로 사다가 평양 물산 객주로 실어냈다.

저녁을 먹고 아이들이 잠 들기까지는,

"고단하신데 일찍이 누우시지요."

하고 어머니가 권하여도,

"오늘은 50리밖에 안 탔으니까 괜찮구먼."

그러고는 커다란 주판을 내다놓고 제깍 소리가 나게 산알을 퉁기고 있었다.

"이번엔 얼마나 샀수?"

아이들이 잠이 드는 것을 기다려서 방문을 돌려닫고 모깃불을 죽이고 한 뒤에 어머니는 아버지에게 물었다.

아버지는 잠잠히 앉았다가,

"이번엔 괜찮을 것 같구먼두……."

뜨즉뜨즉이 시작하던 말을 잠시 뚝 끊고나서는 어머니가 귀를 솔깃하니 기울이고 제의 낮을 빤히 건너다보며 다음 말의 기미를 눈치챈 뒤에야,

"밑천이 딸려서, 잘해야 헛수고나 면할는지……."

단풍을 꺼내서 새로이 담배를 붙여 물었다.

어머니는 고개를 떨어뜨리었다. 언제나 아버지의 하는 말이 그 말이다. 죽게 쏘다녀도 밑천이 밭고 뒤가 딸려서 마음대로 장사 수단을 써볼 수도 없고 자본 많은 사람의 심부름이나 해준다는 것이다. 그러나 가난한 밑천밖에 없는 사람으론 아무리 한탄을 되풀이한대도 객쩍은 수작이 될 뿐일 것이다.

그래서 이러한 말이 나올 때마다 어머니는 언제나,

"조곰 벌어서 자그마치 먹구 살지요."

하고 대답하는 것이었다. 오늘밤에도 어머니는 그렇게 대답하였다. 그러나 여느 때 같으면 그저 끌끌 두어 번 혀나 차고 자리에 눕던 아버지가, 발깍 낯색을 달하면서,

"이 아이들은 다 무얼 먹이나. 무얼루 계집앤 살리구 무얼루 공불 시키나. 태권이두 내달이면 졸업이 아닌가 편지장이나 쓸 줄 알구 문서장이나 보게 해줘야 에미 애비된 책임이 아닌가."

하고 역정조로 말하였다.

어머니는 아무 대답도 하지 않고 가만히 낯을 돌

렸다. 그때에 태식이가 잠결에 홑이불을 발치 구석으로 차 밀어서 어머니는 그것을 가져다 아이의 배를 가리어준다.

아버지는 연달아 담배를 뻐금뻐금 빨았으나, 한참 만에 캄캄한 뜰안을 바라보며,

"이번엔 꼭 틀림 없을 테니 임자 패물을 팔세. 은 값이 또 지금처럼 고등한 땐 없을 거구……."
하고 말하였다. 어머니는 조용히 낯을 들고 그러나 단호한 어조로,

"그것만은 헐 수 없수. 아차 하는 날엔 태권이 선 채를 무얼루 싸겠수. 패물만은 죽는 한이 있어두 내 놓지 못하겠수."
하고 대답하였다.

그럭하고 또다시 10년 가까운 세월이 흘렀다. 태권이는 평양서 중학을 마치고 동경서 대학에 다닌다. 오래지 않아 그는 의학사가 될 것이다. 아버지는 여전히 장사를 하고 있었으나, 화물 자동차를 2대나 두고 이 고을서도 제일가는 무역상을 벌여놓고 있었다. 그 동안 그는 장사에 성공한 것이다.

오십이 가까운 어머니는 이르게 단산한 것을 다행히 여겨, 아버지가 한사코 말리는데도 아무 것도 안 하고 있으면 심심하다고, 해마다 누에를 치고 질쿠나이[32]를 하였다. 뽕 따는 것을 독려하고, 새로 늘려 지은 깊숙한 뒷방에는 틀을 2개나 놓고 명주와 항라를 놓게 하고 손수 채마밭을 돌보았다.

그래도 세간이 늘고 근심이 없어서 그는 몸이 차차로 비대해가는 것 같았다.

태권이가 고등학교에서 대학으로 넘어가던 해에 그는 약혼을 하였다. 어버이들이 서둔 것은 아니나 우선 당사자들이 의합해서 두 집 어버이들은 자식들의 소원을 이루어주기로 한 것이다. 신부될 사람은 동경서 전문학교에 다니는 평양 색시였다.

약혼이 작정되기 전, 여름 방학 때였다. 어머니는 태권이가 보여주는 며느리 될 처녀의 사진을 물끄러미 들여다보다가,

"식은 어떡허니?"

---

32) 길쌈

하고 물었다. 영리한 아들은 어머니를 즐겁게 하기
위하여,

"그건 어머니 소견대루 하게 하시죠. 평양서 결혼
식을 올리구 색시잔치는 어머니가 주하셔서 여기서
구식으루 합시다. 그러면 되잖어요."
하고 말하였다. 어머니는 만족하였다. 사진을 놓고
뒷방으로 가서 벽장을 열었다.

"너 이리 좀 오너라."

아들은 어머니가 부르는 데로 갔다. 어머니는 작
달막한 궤를 열더니 그 속에서 자줏빛으로 옷대 위
를 댄 몇 개의 함을 꺼내었다. 그것을 하나하나 열
어놓았다.

"어머니 이게 뭡니까."
하고 아들은 깜짝 놀랜다. 열 살 났을 때 단 한 번
본 것을 태권이는 잊어버렸던 것이다.

"네 처 될 색시가 예 이를 때 머리에 꽂구 손에 끼구
허리에 차구 할 패물이지. 자아 어떠니. 어미가 너희
아버지한테 시집 올 때 받은 패물들이다. 이게 뚝절,
이게 지환, 이게 노리개, 향집, 범의 발톱……."

어머니는 흥분된 마음으로 설명을 늘어놓았으나 아들은 시무룩한 채 어머니의 마음을 이해하지 못하였다.

"지금 색시가 그걸 어떻게 찹니까."

드디어 아들은 퉁명스럽게 말하였다.

"왜 어째서?"

어머니는 표정에서 웃음을 거두고 아들의 낯을 쳐다보았다.

"그까짓 은으로 맨든 거 통 합해두 실오래기 같은 반지값만두 못할 걸!"

어머니는 아무말도 건네지 못하였다.

아들은 그 기회를 타서 빠른 어조로 저의 설명과 의향을 늘어놓았다.

"지금은 누런 금두 천하다는 시절이 아냐요. 그리구 또 우리 처 될 사람은 그런 복잡한 패물을 그렇게 좋아두 안 한답니다. 보석 든 배금 반지나 여름이면 비취나 지만옥이나, 그 밖엔 비녀 가락지 따위두 쓸데없다구 싸려 건 반지나 싸란답니다. 선채엔⋯⋯."

어머니는 저의 고집을 세우려 들진 않았다. 그러나 아무러한 대꾸도 아들의 말엔 건네지 않았다. 다시 패물을 함에다 넣어서 궤에다 챙긴 뒤에 그는 아들이 나가버린 방안에 그대로 앉아 있었다. 그때, 둘째 아들 태식이도 방학이라고 평양서 올라와 있었는데, 버러지[33] 잡아넣는 통을 둘러메고,

밖으로부터 뛰어 들어와서 뜰 가운데를 건너 뒷마당으로 사라져 없어진다.

'옳다! 태식이가 있다.'

속으로 그렇게 뇌며,

"태식이 처의 간선은 천하 없어두 내가 친히 나서서 봐야지."

어머니는 빈 방안에 혼자 앉아서 나직이 소리를 내어 지껄였다.

---

33) 벌레

2. 연설회[演說會]

　　태권이가 학부 이학년 때의 일이다. 결혼한 이듬해 여름, 아버지는 사랑 사무실에서 평양서 온 손님과 한나절 상용으로 이야기에 바쁘다가 오후 3시가량에야 손님을 여관으로 보내고 안방으로 들어왔다. 어머니는 식모가 빨아온 빨래를 받아서 줄에다 널고 있었으나,

　　"여보 좀 들어오."

하는 아버지의 부름에, 이내 손을 수건에 문대고 부엌으로 돌아 방안에 들어왔다.

　　"뭐 미숫가루래두 좀 타 올까요?"

　　아버지는 대답치 않고 머리를 흔든다. 어머니는 옆에 와서 어인 까닭을 몰라 삐끔히 영감을 쳐다본다.

　　"이 애 있소?"

하고 건넌방을 눈짓하며 아버지는 묻는다. 눈짓하는 건넌방은 아들의 방이고, '이 애'라는 것은 며느리가 아니고 아들 태권이를 이름이다.

　　"점심 먹구 회관에 나가군 여태 들어왔나요."

아버지의 묻는 뜻을 눈치채고 어머니도 눈가장에 근심을 그리면서 낯을 외면한다.

"그럼 그 애 혼자 있나?"

'그 애'라는 건 며느리를 가리켜 하는 말이다.

"무슨 책인가 잡지를 끼구 누웠더니 자는지 모르지요."

잠시 아무말이 없이 두 내외 사이엔 침묵이 흘렀다. 아버지는 담배를 꺼내서 붙여 물었다. 어려운 말을 시작할 땐 언제나 하던 옛날부터의 버릇이다.

담배를 뻐끔뻐끔 빨다가 느닷없이,

"그래, 종래 말리는 일을 할 작정인가?"

하고 마당을 향한 채 말한다.

어머니는 나직이 한숨을 짚고,

"제가 한다는 걸 나니 어떡허겠수."

"그래, 그 앤 뭐라구 해?"

아버지는 담배를 털고 낯을 어머니 쪽으로 돌렸다. 이번엔 어머니가 외면한 채 대답한다.

"그 앤 별수 있나요, 바깥 어른 하시는 걸 전들 어떡허겠어요, 할 뿐이지요."

"그래 그놈보군 또다시 말해보지 않었나."

아버지는 어머니에게 역정조로 대들듯 한다. 그럴수록 어머니의 목소리는 더욱 낮았다.

"왜 안 했겠수. 아침에두 말했더니 그저 싱글싱글 웃기만 허지요. 별 걱정 다 허십니다. 괜찮어요, 그러지요. 그래두 얘, 아버지가 그렇게 말리시구, 또 나이찬 아들보구 두번 세번 말 하시기 힘들다구 나더러 밤마다 야단이시니, 인제래두 그만두거라. 학교나 다 마치군들 무슨 짓을 못해서 방학에 온 녀석이 주목받는 청년들과 어울려서 연설을 허겠다, 하구 주언부언 타일러두 미친놈처럼 그저 싱글싱글 웃기만 헙니다그려."

아버지는 벌떡 일어섰다. 그러곤 담배를 뜰 가운데로 팽개쳐버리며,

"소견대루 하래 망할놈 같으니. 유치장에 가서 썩어빠져야지, 그런 놈은!"

하고 사랑으로 나가버렸다. 뒤쫓아 사랑으로 나가서 사무실 쪽을 눈여겨보니까, 아버지는 두루마기를 입고 파나마를 쓴 뒤에 밖으로 나가버렸다. 어머

니는 사무 보는 서기에게,

"어델 가시나?"

하고 물어본다.

"평양 손님 들어 있는 여관으로 가셔서 만찬회 하시구 밤엔 요릿집에 가신답니다."

어머니는 비로소 안심하고 다시 안방으로 돌아왔다.

그날 밤 천도교당에서는 예정대로 청년들의 연설회가 있었다. 태권이는 맨 마지막 차례로 '당면한 내외 정세와 의학도의 사명'이란 연제를 걸고 연설을 하였다.

저녁을 먹고 어머니는 집안을 돌아본 뒤 옷을 갈아 입고 며느리 방으로 건너갔다. 여느 때 같으면 며느리도 남편의 연설을 들으러 회장으로 갔을 것이지만 시아버지의 서슬이 두려워서 무료히 방안에 앉아 있었다.

"아랫댁 아주머니 앓는 데 댕겨올게, 집안 잘 돌아봐라."

그렇게 타이르고 어머니는 집을 나왔다. 그러나 물역으로 돌아서 아랫댁으로 가는 체 길을 잡았던 어머니는 도중에 재빠르게 천도교당으로 발길을 돌려놓았다.

연설회장엔 사람들이 빼곡 들어앉고, 앉다가 남은 사람들은 뒤에 한물커니나 둘러서서 간간이 박수를 섞어가며 젊은 청년들의 연설에 취하여 있었다.

어머니는 자리를 하나 뚫고 머리를 들이밀어 보았다. 태권이 차례는 아직 오지 않았다. 연단에 나서는 사람이 두어 차례 바뀌는 동안 어머니는 오붓한 자리를 하나 잡고 남의 눈에 띄지 않게 아들의 연설을 기다렸다. 이윽고 태권이 차례가 왔다. 우뢰 같은 박수 소리에 싸여서 높은 연단에 올라선 아들의 얼굴과 몸짓을 그는 고즈넉한 흥분을 느끼면서 우러러보았다. 까만 머리카락, 눈썹, 형형한 눈, 교복의 금단추가 번뜩이는 넓은 가슴, 커다란 주먹, 우렁찬 목소리, 저것이 나의 아들인가, 내가 친히 배를 갈라 낳은 아들인가……, 그러나 그는 다시 눈을 돌려 아들이 서 있는 옆으로 쭈르르니 앉아 있는 경관을 바라본다. 소름이 쪽 끼친다. 낯 익은 경부요 부장이요 형사들이었으나 딴 사람처럼 무섭다. 정복을 입은 경부는 칼

자루를 잡고 뚫어지게 아들의 얼굴을 바라보고 있다. 그 옆에 두 형사는 고개를 수긋하고 아들의 말하는 것을 열심히 받아 쓰고 있다. 박수 소리가 나면 다시 깜짝 놀라서 아들을 쳐다본다. 아들은 군중의 환호소리 가운데서 곱부에 물을 따라마신다. 수건을 내어 이마의 땀을 씻는다. 그러고는 다시 가라앉은 목소리로 이야기를 계속한다.

어머니는 아들의 하는 이야기를 하나도 면바로 알아듣지 못하고 흥분과 환희와 공포의 교착된 감정 속에서 시간을 보내었다. 연설이 끝났다. 와아 하는 함성, 박수, 이어서 뒤숭숭한 군중의 동요, 발자국 소리…… 어머니는 청중의 물결에 섞여서 회장을 나왔다. 아들에 대해서 청중들이 지껄이는 찬사를 꿈결같이 들으면서 어머니는 집으로 돌아왔다.

바로 집 앞에서 뒷집 고무신 장사하는 젊은 주인을 만났다.

"천에 한 사람 쉽지 않습죠."

어머니는 뜰을 건너 며느리 방으로 들어갔다.

"돌아오던 길에 나 연설 구경에 갔었다."

그렇게 말해놓고는, 어인 영문을 몰라 눈이 휘둥
그래진 며느리를 환희에 가득 차서 다음 말을 이어
나가지 못하는 흥분된 표정으로 다시 놀라게 하여
주었다.

3. 우중출향[雨中出鄕]

태권이가 학부 삼학년이 되던 해 여름 어머니는
난 지 두 달째 되는 어린 손자로 하여 벌써 할머니
가 되어 있었다. 그런 것과는 관계없이 아들 태권이
는 점점 사회 사조에 물들기에 속도를 가하는 것 같
았다.친정에서 아들을 낳은 며느리는, 남편이 휴가
에 돌아온다고 방학
이 될 무렵에 시가로 왔으나, 안해를 싫어하는 것
도 아니건만 동경서 나온 아들 태권이는 색시도 없
는 처가에 다니러 간다고 뿌르르 하면 안해만 있는
방을 비우고 평양 출입을 하였다.
"그 애가 무엇 하러 그렇게 자주 평양엘 나간다

우?"

하고 아버지가 물으면, 어머니는 그것을 그대로 옮겨서 며느리에게로 가져갔다.

"아이 애비가 무슨 일루 그렇게 평양엘 나간다니?"

그러면 며느리는 아이에게 젖을 빨리다가,

"전들 알겠어요. 아버지한테 장래 개업할 일로 의논하러 가신다지요."

하고만 대답할 뿐, 그래서 그것을 그대로 아버지에게 옮기면,

"개업? 학교 졸업허군 연구헌다면서 개업은 무슨 개업?"

아버지는 믿지 않았다. 어머니도 물론 며느리의 말을 그대로 믿는 것은 아니지만,

"그럼 그 애가 무얼 보아 댕기는 계집이 있겠수. 연구 그만두구 이내 평양다 개업할라는 게지요."

하고 아들을 위하여 발명해본다. 아버지는 흥 하고 코방귀를 뀌고는 담배를 붙여서 연거푸 몇 모금 빨고,

"계집에 빠졌으면 걱정이 무슨 걱정인가. 오입치 구두 윈 못 된 오입에 빠졌으니 말이지……."

아버지의 하는 말의 내용을 짐작하면서도 어머니는 종시 그것이 무슨 뜻인지를 모르는 듯이, 그저 영감 옆에서 부채질만 맥없이 거듭하고 앉아 있었다.

그러나 8월도 중순경, 평양을 잠깐 다녀온 태권이는 그 뒤로 다시 집을 떠나지는 않았다. 벌써 한 주일째나 그물을 가지고 이 고을 청년들과 고기 사냥을 나갔다.

어느 날 새벽, 아버지는 그 전날 장사일로 평양에 나갔고 태권이는 밤고기 사냥을 나갔다가 늦게야 들어와서 아침 잠에 취하여 있었다. 날은 흐리고 보슬비가 내릴락말락하였다.

사무실에서 자던 자동차 조수가 대문으로 정복 경관을 안내해 데리고 뜰 안으로 들어왔다.

"서방님 찾으시는데……."

그렇게 마루에 나선 주인 어머니께 아뢰고 조수는 다시 경관을 향하여,

"여태 주무십니다."

하고 대답하였다.

"네 그러신가요. 그럼 내 아래쪽으로 순찰 갔다

돌아오는 길에 다시 들리죠. 서에서 잠깐 여쭐 말이 있다구 그걸 전하래서 그럽니다."

경관은 어머니를 향해서 전하는 말씨로 공순히 말하고 그대로 뜰을 나갔다.

"여보, 일어나우, 순사가 찾으러 왔수."

하고 안해가 흔드는 것을 못 들은 척하고 누웠었으나, 물론 눈은 감은채 태권이는 뜰 안에서 주고받는 말을 소상히 알아듣고 누웠다.

그러므로 경관이 대문 밖으로 사라지자 신짝을 아무렇게나 발뿌리에 걸고 좇아 건너와서,

"얘애 여태 자니? 경찰서에서 칼찬 순사가 데리러 왔으니 이걸 어떡허니?"

하고 어머니가 걱정조로 서두를 때 태권이는 눈을 뜨고,

"어데 데리러 왔어요? 잠깐 여쭐 말이 있어서 다녀가라는 건데요. 그런 일이 여태 없었수? 가끔 있는 일 아니유."

하고 무사태평인 듯이 말하였다. 그러고는,

"에라 인제 자긴 글렀다. 어젯밤 추워서 잡은 걸

끓이구 소줄 서너잔 마셨더니 골치가 떵한 걸."

하고 데석을 두어 번 두들기며 기지개를 폈다. 어머니는 아들의 태도에 안심하는 빛을 띠면서도 마음은 아직 확 풀리지 못한 채 안방으로 도로 건너왔다.

아들은 제 방에서 나와서 보슬비가 그친 마당 귀를 잠옷 채로 서성거리고 돌았다. 그러고 있을 때 순찰하고 돌아오는 경관이 다시 들렀다.

"무슨 일이랍니까?"

하고 물어도 안면이 없달 수는 없는 경관은 그저,

"글쎄요. 무어 동경 사정에 대해서 잠깐 물어볼 말이 있다든가, 여하튼 가가리34)가 다르니까 자세히 알 수 있어야죠."

하고만 말한다.

"그럼 내 낯 닦고 잠시 다녀나오죠."

태권이는 세수를 하고 아침은 다녀나와서 먹겠다고 그대로 양복을 입고 경관을 따라 윗거리로 올라갔다.

_____

34) 담당

어머니는 두 사람이 의좋게 대문을 나서는 것을 보고 다소 안심이 되었다.

그러나 집안은 설뚱해서 불안한 공기가 떠돌고 있었다.

한 30분 지난 뒤에, 비가 제법 소리를 내어서 쏟아지기 시작할 무렵인데 아들 태권이는 경찰서에서 돌아왔다. 그러나 그의 뒤에는 각반까지 깍듯이 올려친 정복 경관이 따라 서 있었다. 그리고 대문 밖에는 평양 가는 승합 자동차가 머물러 있었다. 태권이는 평양으로 가는 것이다.

"평양서 볼 일이 있다구 기별이 와서 지금 함께 자동차루 나갑니다."

침착한 듯하였으나 얼굴은 어딘가 해쓱해진 것 같고, 목소리도 그럴싸해서 그런지 가느다랗게 떨리는 것 같았다.

어머니는 벌써 당황해서 침착성을 잃어버렸다. 호송가는 정복 순사는 이 고을 출신이어서 그는 대문에 들어서자,

"어머니 날 새 안녕하십니까."

하고 인사를 하였으나, 어머니는 인사도 변변히 받지 못하고, 아니 그것이 인사인지 또 인사를 하는 사람이 누구인지도 딱히 모르는 사람처럼, 방석을 들고 나오더니,

"나리 여기 좀 앉으십시오. 우리 아이가 아직 조반을 먹지 못했는데 무어 좀 국물이래두 따끈히 먹여 보내게, 나리 좀, 잠시 동안만 지체해주십시오."

경관의 얼굴도 쳐다보지 않고 연해 허리를 굽실거렸다. 그러고는 집안 사람뿐 아니라 당자인 경관까지 당황해 있는 가운데서,

"얘애 너 뭘 보구 그렇게 멍청하니 서 있니. 어서 상 차려 내와야지."

하고 부엌을 향하여 핀잔조로 말하였다.

그러나 아들은 제 방으로 들어가서 작은 보퉁이를 꾸려 들고 그대로 마당에 나섰다.

"아아니, 너, 아침은 어떡허니."

그러고는 며느리를 향하고는,

"너두 정신이 있니. 아침두 안 먹은 사람이 어델 비오시는 델 가라구 그대루 문밖에 내세우니."

다시 부엌을 향하여선,

"상 좀 빨리 보아라! 무얼 그리 꾸물거리니."
하고 서둘러대었다.

아들은 구두를 신고 섰다가 어머니의 하는 일을
물끄러미 바라보고,

"아침 먹을 생각은 없습니다. 그리구 남 시간 정
해가지구 정기루 다니는 차를 그렇게 오래 지체시
키믄 쓰겠어요. 계란이나 서너 알 주시우."

식모가 광으로 가서 계란을 가져오는 동안 어머니
는 밖으로 나갔다. 발동도 죽이지 않고 기다리는 자
동차로 쫓아가서 운전수를 향하여,

"여보 운전수 나리, 조금만 더 지체해주십시오. 이
제 아침을 먹여서 내보내게……."

그러나, 그때에 아들 태권이가 경관과 함께 대문
에서 나오니까,

"그럼 운전수, 어데 도중에서래두 우리 아이 점심
을 먹도록 해주시우."

그렇게 다시 운전수와 경관과 그리고 자동차를 향
하여 비가 내리는 가운데서 절을 하고 있었다.

오디

눈 내리는 밤에 길 위에 나서면 어디 먼 곳에 얇 다란 검정 망사나 우중충한 수풀에 가리어서 달이 우련히 떠 있으려니 하는 착각을 가지게 된다. 최군 이 먼저 마당에 내려 서면서,

"아유 이 눈 보게, 어느 새에 한 치나 쌓였네."
하고 지껄이니까, 최군 옆에 같이 따라 나섰던 해중 월이라는 기생이,

"눈 오시는 밤에 취해서 거리를 쏘다니는 것두 버 릴 수 없는 흥취시죠."
하고 요릿집 사환 아이가 빌려주는 우산을 마다고 그냥 두루마기 바람으로 눈 속에 들어섰다. 그도 미 상불 술이 얼큰하니 취한 모양이다. 기생이 마다고

한 우산은 정군이 받아서 펼쳐 들었다.

"김군도 눈을 보면 흥분하는 축인가."

그렇게 말하고는 뒤에 선 나를 빼꼼이 돌아보며 우산 밑으로 기어 들라고 한다. 그러나 나는 창엽이라는 기생과 팔을 걸고 현관으로 나서던 참이라, 그를 떼어놓고 혼자서 눈을 피할 수도 없는 노릇, 그렇다고 셋이서 우산 밑으로 머리를 틀어박는 것도 야속한 일이어서 우리는 우리대로 눈을 맞으며 설레는 눈 속에 서보리라 생각하는 것이었다. 결국 우산을 받은 것은 정군한 사람뿐이 되었고, 최군과 나는 각각 기생을 하나씩 한 팔에다 끼고 눈을 맞으며 무산관이라는 술집을 나섰다. 또 한 번 취흥을 새롭게 불러본다고 송양관으로 자리를 옮겨놓는 길이었다. 송양관의 새로 지은 신관은 아마 처음일 것이라고, 3년 만에 고향에 돌아온 나를 친구들은 그리로 안내한다고 한다. 술로 하여 상기된 얼굴에 무수히 눈송이가 부딪쳐서 물이 되곤 하였다. 내게 의지하듯 매어달린 기생도 이마와 콧등을 간지럼 피우는 눈송이를 씻기 위하여 여러 번 두루마기 속에 넣었던 왼팔을 뽑았다. 거리에 나서면 행인도 없었으나 모두 침묵하고 걷는다. 이윽고 일행이 송양관의 정문을 들어설 때에도 둥그런 문등의 주위를 꿀벌떼처럼 눈송이가 설레 도는 것이 보이었다.

눈은, 우리들이 해질 무렵에 술을 시작할 때에는 내리지 않았었다. 아침부터 날씨는 푸근하였고, 내가 건넌방에 혼자 앉아서 안방에서 들리는 어머니와 동생들의 목소리, 그리고 부엌에서 나는 부인네들의 그릇 만지는 소리에 귀를 기울이고 있을 때에는, 오래된 황장미 가지를 에워싸고 참새의 떼가 재갈대는 마당에 흐릿한 회색 분위기가 가득 차 있었다. 그러한 무렵에 정군이 나를 찾아왔었고, 마주 앉아 담배도 한 대 피워버리기 전에 그는 나더러 저녁이나 먹으러 나가자고 권면하였다.

"다른 사람은 아무도 없고 최군이 마침 전화를 걸었길래 그럼 셋이서 오래간만인데 이야기나 나누자고."

그 동안 커다랗게 전방을 내어서 어느 새에 군내에서 굴지하는 상인이 된 정군은 그렇게 말하였다.

나도 사양하지 않고 정군을 따라 집을 나갔다. 정군의 가게에서 최군을 만나 아직도 저녁을 지을 시각에 우리들은 술좌석을 벌인 것이다. 그들은 우선 오래간만에 고향에 온 우인(友人)을 갈빗집으로 안내하였다. 갈비를 구워서 소주를 마신다. 전날이라고 하여도 5,6년 전 내가 고향에서 한 해 동안 몸을 정양할 때에 최군과 정군과 가끔 하던 놀음이었다. 우리들의 먹성은 같았다. 갈비는 이글이글 피어 오르는 숯불 위에 놓아서 뿌이뿌이 피나 가실 때에 뜯기 시작한다. 마늘과 고추장을 곁들여 먹는다. 그들은 5,6년의 서울 생활에 변하지 않은 나의 식성을 기뻐하는 듯하였다.

"서울 갈비라고 달기는 하지만 고깃내가 나야 먹지."

하고 핏물을 입술에서 닦으면서 정군은 말한다.

갈비로 우선 뱃속의 토대를 닦아놓고 무산관으로 갈 때에도 아직 해는 완전히 저물어버릴 시각이 아니었는데, 대기는 찌뿟한 채 낮게 머리 위에 드리웠으나 눈은 내리지 않았었다. 좌석에는 먼저 해중월이라는 연세가 지긋한 기생이 불리어왔다. 그는 나와도 익숙하게 잘 안다. 정군이나 최군 들과, 내가 아직 고향에 와서 지낼 때, 가끔 술자리에 섞여서 우리들의 기분을 알아주던 색시였다. 지난날의 추억을 회상시키기 위하여서 해중월이를 부른 모양 같았다. 그럭하고 한참만에—— 술이 서너 순배나 돌았을 동안이니까 한 4,50분 뒤였을까, 창엽이라는 애띠고 나와는 안면이 없는 기생이 하나 새로이 좌석에 끼었다. 그가 미닫이 안에서 절을 하고 들어와서 앉는데, 약간 머리를 지진 이마 뒤에 녹다가 남은 눈송이가 보여서, 나는

"눈이 오더냐."

하고 물었고, 그러니까 창엽이는,

"언제 오셨어요."

소리와,

"예, 눈이 지금 막 흩날리며 내리시기 시작해요."

하는 대답을 연줄 이어 말하면서 나를 쳐다보았다.

"눈이 온다, 허어 마침인걸."

신문 지국을 하다가 그만둔 최군은, 눈 내리는 날

술맛이 한층 다르다고

　무릎을 치며,

"한 잔 부어라."

고 불쑥 창엽이에게 잔을 내미는 것이었다.

　나는 창엽이를 모르는데 창엽이가 나를 안다는 것은 술이 거나하게 취한 나에게는 즐거운 일이었음에 틀림이 없다.

"너 나를 아느냐."

"그럼은요, 제가 그럼 선생님을 몰라요."

"하긴 한고을에 살면서, 모른다는 게 되려 수상할 일이지."

　나는 반가운 마음을 오히려 계면쩍어서 그렇게 덮어버리고, 최군의 말에 화답하듯이,

"술 좋고, 친구 좋은데, 색시들마저 미인이요, 이 위에 백설까지 흩날리니 참말 오늘이 우리들의 생일이다."

고 지껄였다.

　술잔이 오가고, 노래가 서로 건나들고, 끊임없는 추억담이 좌석을 포근한 취흥에 적시는 동안, 가끔

나는 창엽이의 얼굴을 바라보았다. 화장은 짙으게 묻히지 않았으나 얼굴이 조금 길쯤한 게 눈이 어글어글해서 퍽 귀엽게 느껴졌다. 말씨도, 소리도, 손님 대하는 품도, 그리 익숙하지 않았으나, 어딘가 기명(妓名)답지 않은 그의 이름과 함께 그것이 소박해보일지언정 그다지 서투르고 치사스럽게 느껴지지 않는 아이였다. 두서너 번 술을 따를 때마다 나는 뻔뻔스럽게 눈여겨 건너다보는 것이다. 나의 취안에는 도무지 기억에 떠오르지 않는 얼굴이었다. 하는 수 없어 나는 그에게 술을 한잔 권하면서,

"나는 너를 모르겠다."

고 나직이 실토를 하였다. 그랬더니 그는 그저 웃으며 잔을 받았다. 입에 대는 듯하다 다른 그릇에 쏟아버리고 그는 다시 잔을 보내 술을 따른 뒤에

"바르타자아르."

하고 말하였다. 반작(半酌)도 안 하는 것이었으나, 여러 사람이 연거푸 권하는 잔으로 하여 그의 볼편에도 술빛이 서리었다.

"바르타자아르?."

하고 나는 반문하였으나, 그러한 대답조차 의연히 나에게는 의문이었다. 그것은 입에 익은 이름 같긴 하였다. 그러나 그것이 어떻다는 것일까, 그러하고도 얼마 동안 머리를 짜내어서야 나는 그것이 서양 소설가의 문학 작품의 제목인 것을 알아낼 수 있었으나, 그것이 대체 어이되었다는 것인지는 종시 생각해내지 못했었다. 그러한 채로 술에 함뿍이 취하였고, 또 취한 채로 그를 옆에 끼고 눈이 흩날리는 데를 송양관으로 덤덤히 걷는 것이었으나 방에 들어와서 자리에 앉도록 그 소설의 내용도 생각하지 않았다. 팔을 끼고 한참 동안 걸어온 것이 두 사람의 사이를 일층 친하게 하였는지, 정군이 술을 시키러 나가고 최군이 변소에 가고 없는 동안, 마침 해중월이마저 화장을 고치려는지 사무실에 나가고 없어서 나는 창엽이를 무릎 가까이 오래서 그의 손을 만져주었다.

"바르타자아르가 무슨 소리냐."

나는 다시 묻는다. 부끄러움이 잠시 눈가장에 끼치는 듯하였으나 이윽고 창엽이는,

"10년 전 제가 아홉 살 날 때 옛말 시간에 들려주시지 않았어요."
하고 말하였다.
"10년 전?"
이라면, 내가 지금 스물 여덟째 잡히니까 17,8세, 중학 3,4학년 때이라고 나는 곧 속으로 주먹구구를 하였고, 아아 참, 중학 3학년 겨울 방학 때, 예수교 예배당에서 두 주일 동안 아이들을 모아놓고 야학을 하였다고, 나는 드디어 무릎을 딱 쳤다.

생면부지의 색신 줄 알았더니 10년 전의 옛친구라고, 나는 기생이 여러 번 붙드는 것을 기어코 좌석에 쏟아놓아 공개를 하고 말았다. 밤마다 열 살 전후의 남녀 아동들을 모아놓고 학습도 시키고 창가도 가르치고 성경 말씀도 배워주고 하는데, 이를 건너서 한 번씩 동화 시간이 있었다. 내가 문학 소년이라고 야학의 선생 동료들——모두 중학생——이 동화 시간을 나에게 떠맡겼고 그러자니 건방진 문학 소년의 마음에 호랑이 이야기나 흔하디 흔한

이솝 이야기 같은 건 지껄이지 않는다고, 어떤 날 밤엔 서양 소설가의 작품을 읽은 대로 그것을 고스란히 옮겨서 이 어린 소년 소녀에게 들려주었던 모양이다. 그 때에 아홉 살의 소녀로서 많은 아이들 틈에 끼어 앉아서 나의 ≪바르타자아르≫의 이야기를 들은 사람이 이 창엽이었다는 것이다.

나만이 그러나 ≪바르타자아르≫의 내용을 잊은 것이 아니라, 창엽이 자신도 바르키스라는 여왕의 이름과, 그 여왕의 환영을 잊어버리기 위하여 별을 연구하던 바라타자아르에게, 하루는 하늘로부터 말씀이 있었다는 것과, 그 말씀이 가르치는 대로 바르타자아르는 한 말의 몰약(沒藥)을 마련해가지고 별을 좇아 '사람에게 진리를 가르치고저 세상에 탄생하는 어린 아이'한테로, 유태국의 베들레헴으로 길을 떠났다는 줄거리만을 기억하고 있는 것이었다.

외우기 힘든 서양 이름을 두 개씩이나 잊지 않고 있었다는 것과, 나의 이름도, 내가 그 동안 고향 밖으로 떠다니면서 무엇을 하고 있었는지도 알지 못하는 창엽이가 나를 보자 곧 10년 전의 옛 기억을 불러내어 '바르타자아르'하고 외쳤다는 것이 모두 기특하고, 또 취한 마음에 한없이 반갑고 흐뭇해서, 나는 창엽이의 어린 시절을 빙자하여 나의 소년 시대를 한바탕 떠들어 지껄이었고, 그러니까 친구들은 친구들로서, 이것이 인연이라는 둥, 사제지간의 애정 관계는 진정 소설감이라는 둥, 10년 전의 옛일을 잊지 않았다는 건 바로 김군 그 사람을 10년이 하루처럼 고이고이 사모한 탓이라는 둥, 실없는 말로 한참 동안 와자지껄 하였다. 실없은 조롱의 말이긴 하였으나 나는 나대로 반갑지 않은 건 아니었고, 창엽이는 그저 낯을 좀 붉히면서 무어라 변명도 늘어놓지 않고 발씬발씬 웃고만 있었다. 술이라, 노래라, 춤이라 하여 우리 다섯 사람은 얼마 동안 머리가 쾽하도록, 두 사람의 기이한 해후를 축하하였다. 그러나 떠들고나면 갑자기 마음은 공허해지고 술자리는 삭막해지는 법이다. 모두들 시무룩해서 앉아 있다. 순배가 다시 돌아갔으나 무슨 의무를 실행하듯이 아무말 없이 술을 마시고는 옆자리로 덤덤히 잔을 옮겨놓을 뿐, 생각해보면 기쁠 것도, 반가울 것도 없는 일인지 모른다. 나는 나대로 10년 전의 푸른 꿈을 아무 데서 이루어보지 못하고 죽지가 부러져서 뜻을 잃고 고향에 돌아온 사람, 창엽이로 말해도 나이가 아홉 살이었으니 무슨 커다란 공상이야 가졌으련만 별을 따라, 베들레헴을 쫓아가던 마음으로 지금 뭇사내 앞에서 술을 따르는 신세가 되었으니, 그 동안의 우리들의 10년과, 그리고 10년 뒤의 우리들의 처지는, 그대로 축배를 올릴 만큼 영광스런 것만은 아니었었다. 좌석의 싸늘쩍한 술맛은, 그러한 것을 생각해보고 있는 때문이었을까. 나는 내 앞에 놓인 잔을 들이켜고는 변소를 찾아서 방 밖으로 나왔다. 어느 새에 눈이 그치고 달이 떠 있었다.

변소를 나오는 길로 나는 강 있는 편을 조망할 수 있는 뒷마루로 돌아가보았다. 눈 위에 달이 떠서 고향의 밤 경치는 취안에 아름답게 벌어져 보이었다. 무산 십이봉(巫山十二峰)의 잔등도 하이얗게 빛나 보인다. 천주봉(天柱峰) 벽옥봉(碧玉峰) 금로봉(金爐

峰)이 있는 위컨은 고운 눈썹처럼 까마득하게 앉아 있어 보인다. 그 밑에 푸르게 흘러 내릴 비류강(沸流江)은 얼음에 잠겼고, 그 얼음 위에 눈이 내려서 그저 퍼언한 옥돌로 된 마당이 가로 누워 있는 것 같다. 그 건너 편 강선루(降仙樓)는 십이난간(十二欄杆)의 한쪽과 조운각(朝雲閣)의 추녀만이 여기서는 우중충하니 보인다. 승선교(昇仙橋)가 장차게 건너 갔다던 다릿목, 출운대(出雲臺)의 바위 밑만 흰 눈에 젖지 않고 까만 여울이 소리 높이 흐르고 있다. 아름다운 경개였다. 이런 것을 바라보며 술을 들 수 있는 송양관이 마음에 들었다. 이름을 송양관이라 한 것도 이 고을이 천 년 전 옛날 송양왕의 도읍처였던 것에 기인함이리라.

그렇기로 말하면 저 십이봉은 그때엔 흘골산(屹骨山)이라 하여 성이 있었고, 비류강도 졸본천(卒本川)이라 불렀다던가.──나는 잠시 옛일을 상고하여보며 새롭게 흥취를 부르고 있었다. 그러나 대체 이렇게 경개가 좋은 요리관은 그 전날엔 누구의 집터였던가, 누구네 밭이었던가,──나는 그런 것을 생각하며 눈을 가까이로 옮겨놓았다. 강 기슭은 뽕밭이 확실하고, 상전(桑田)과 잇대인 밭은 채미를 심었던 것임이 분명하고, 낭떠러지 위에 앙상하게 서 있는 것은 늙은 버드나무 싹덩이고, 저 오른편으로 돌담의 옆구리가 희미하게 나타나 있는 곳이 거리에서 강가로 나가는 샛길일 것이고, ……그러나 이 요리관의 옛터가 무엇이었던지는 종시 생각나지 않았다.

'두어라, 구태여 천착해보아 무엇하랴'고 발을 돌이키는데 변소 있는 옆으로 커다란 늙은 뽕나무, 틀림없는 뽕나무가 눈에 띄었다. 나는 발을 옮겨놓지 못하였다. 한 편이 썩어서 구멍이 뚫어져 있는 늙은 뽕나무는 나를 20년 전의 옛날로 끌고 갔었다.

'옳다! 이 집이 박진사 댁이었구나.'

박진사 댁은 그때에는 우리 고을에서 드물게 밖에 얻어볼 수 없는 솟을대문을 가지고 있었다. 낡았으나 커다란 대문이었다. 문 옆으로 길다란 담장이 강 있는 편으로 뻗어 나갔는데, 담 모새기에 담장보다 훨씬 높은 뽕나무가 서 있었다. 담 안에 심은 과실 나무, 복숭아 살구 대추 같은 것들이 한 뼘씩밖에 가장자리를 담 위에 드러내놓지 않았는데, 뽕나무는 그의 몸뚱아리를 절반 이상이나 내놓고 한 가지는 담장 밖에까지 뻗어 나와 있었다. 보통학교에 들어가기 전이니까 여덟 살 때이었던 것 같다. 첫 여름이었을까.

까만 오디[35)]가 가지마다 열려서 그다지 많지도 않은 뽕 잎 밑에 다닥 붙어 있었다. 나와 또 한 아이, 흥남이는 강에서 들어오다가 아무말 없이 이 담장 밑에 우뚝 섰다.

"난 자쟁이가 무서워 싫다."

하고 흥남이는 나무에 오르기를 꺼린다. 나는 흥남이더러 담장 밑에 엎드리라 하였다. 그는 땅에 무릎을 꿇고 엎드렸다. 그의 잔등을 발판으로 해서 나는 기왓장으로 위를 덮은 담장에 기어올랐고, 또 이내 뽕나무 가지로 손을 뻗어 몸을 옮겨 앉을 수가 있었다. 가장자리를 두세 번 바꾸어 짚으니까, 오디가

---

35) 뽕나무 열매

까맣게 익은 가지에 손이 미쳤다. 담 밖을 내어다보니까 흥남이는 다시 길 위에 일어나서 서성거리고 섰다가 나를 쳐다보고 씽끗하니 웃는다. 나는 담 안을 보았다. 저만큼 멀찍이 사랑이 보인다. 사랑 옆으로 넓은 대청 마루가 있는데 그 가운데 수염이 허어연 영감이 앉아서 책을 읽고 있다. 돋보기를 꼈으나 노안이라 나무 위에 올라앉은 내가 보일 리 없다고 안심한다. 나는 오디를 따서 일변 먹고 일변 주머니에 넣었다. 이내 손끝이 보랏빛으로 물든다. 나는 정신 없이 오디를 바작바작 씹고 있다.

　드르륵 하는 미닫이 열리는 소리가 났다. 사랑 옆문이 열린 것이다. 소반에 대접을 받쳐 들고 분홍 치마에 흰 저고리를 입은 머리를 드리운 처녀가 마루로 나온다. 박진사의 서안 앞에 와서 대접을 드릴 때에 굽힌 허리 위에서 빨간 댕기가 스르르 옆으로 미끄러지는 것이었다. 처녀는 이윽고 책상머리에서 비켜 선다. 박진사가 화채를 마신다. 대접을 놓고 수염을 쓰다듬는다. 그때에 박진사의 막내딸은 마루 끝에 서서 마당을 바라보고 있었다. 싱싱한 창포와 꿀벌 통과 작약 포기를 보고 있다. 복숭아 나무를 본다. 그러다가 눈이 잠시 미끄러져서 뽕나무를 보아버렸다.

"아이머니."

하고 잠깐 놀라 멈칫 물러섰으나,

"누구냐."

하고 그 다음엔 소리를 질렀다. 나는 옴짝달싹 못한다. 박진사에게 무어라고 고해바치고는 처녀는,

"이리 내려와! 누가 남의 담장을 넘어 들어왔어."

하고 발을 콩 하고 굴러 보인다. 그는 이내 신을 끌고 마당에 내려서서 내가 나무에서 내려오는 것을 기다렸다. 뽕나무에서 밑을 굽어 발디딜 자리를 고를 때에 담장 밖을 보니까 벌써 홍남이는 달아나고 거기엔 없었다. 나는 맨발 채로 담 안에 내려섰다. 복숭아나무 옆으로 두어 발자국 나섰다.

"아아니 너 계손이 아니냐."

하고 그는 내 애명을 부른다. 나는 그저 가만히 있었다.

그는 가까이 와서 내 머리를 만지면서,

"손 좀 보아라, 저 옷 주제."

그렇게 말하고는 피식 웃는다. 나무를 기어내릴 때 주머니에 넣었던 오디가 뭉그러져서 적삼에 붙인 어북에서는 자줏빛의 오딧물이 뚝뚝 흘렀다.

"이리 온."

하고 그는 나를 사랑 앞으로 데리고 갔다.

"아버지, 김리방네 손자예요."

하고 그는 말한다. 그러니까 박진사는 눈에서 돋보기를 벗기고

"호, 허어!"

하고 수염 속을 헤치면서 웃는다.

"오디가 먹구 싶어서 담장에 올랐느냐."

관을 쓴 머리를 주억거리며 두 눈가장의 주름살은 한참 동안이나 펴지지 않았다. 나는 손가락을 만지며 댓돌 밑에 서 있었다.

"안으로 데리구 가라."

퍼뜩 고개를 들고 보니 박진사는 다시 돋보기를 쓰고 기름에 절은 길다란 책장을 들치고 있었다. 박진사의 막내딸은 내 손을 이끌고 중대문 안으로 들

어가서 나를 안방 마루 끝에 앉히었다. 나는 거기서 진사의 막내딸이 떠다주는 대얏물에 손을 씻고 주머니를 털고 그리고 아마 올북숭아를 몇 알 얻어 먹었던 것 같으다. 물론 기억은 똑똑치 않지만.

그러나 그때까지 나는 박진사네 집안 내막에 대해서는 아무 것도 알고 있지 못하였다. 내가 학교에 다니게 되고 그 뒤 차차로 철이 들면서 한마디 두마디 귀동냥으로 얻어 들은 것을 추려보면 박진사네 가운은 그때부터 벌써 속살로는 수습하기 힘들 만큼 기울어져 있었던 모양이었다. 박진사에게 두 아들이 있는 것도 나는 훨씬 뒤에사 알았다. 아들 중의 하나는 무엇을 하는지 모르나 가끔 옥색 두루마기를 입고 상고머리로 깎은 맨머리 바람으로 거리를 오르내리었다. 낯이 희고 갸름한 사람이었다. 작은아들은 아내를 친정으로 쫓아버리고 늦게 신식 공부를 시작하느라고 송도에 가서 학교에 다닌다 하였으나 방학에 와도 도무지 밖에 나오는 일이 없었다. 그러나 윗동리에서 국수장수를 하는 장 아무개의 아내가 박진사의 맏딸이라는 것을 알고는 나는 진정 놀랐다. 어째서 부잣집 호사 딸이 국수장수를 할 것인가 고 나는 적이 의심스러웠다. 그러나 장아무개도 옛적에 좌수를 지낸 아버지를 가졌다는 것을 알고, 아들의 세대에 와서 갑자기 재물을 잃고 산을 흩어놓았다는 것을 알았다. 그때 전후해서 박진사네 토지를 병원 집에서 산다는 소문과, 삼등에 있던 농막36)이 동척으로 넘어간다는 풍문이 연거푸 떠돌아다녔다.

나는 이윽고 보통학교의 상급반이 되었다. 오래지 않아 유학을 가야 한다던 시절이었으니 열 서너 살 먹었을 때인 듯하다. 어느 여름날 나는 혼자서 박진사네 담장 밑을 지나고 있었다. 뽕 잎이 유난스레 퍼렇게 피었으나 가만히 눈여겨보면 이파리에 가리어서 오디 알이 또렷또렷하다. 오디는 알이 잘고 파랗고 빨간 채 먹음직스럽지도 탐스럽지도 않았다. 물론 나는 어린아이 적처럼 담장에 기어올라 오디를 탐하려 하지도 않는다. 담장은 마침 뽕나무가 있

---

36) 농사 짓기 편하게 논밭 가까이에 간단하게 지은 집

는 군데가 반 남아 허물어져 있어서 뽕나무 밑둥께에 구멍이 있는 것이 밖에서도 보인다. 나는 문뜩 박진사의 막내딸을 생각하고 무너진 담터로 뜰 안을 살펴보았다. 몇 해 전에 이웃 고을로 시집을 간 그는, 서방이 술주정뱅이어서 가끔 모진 매를 얻어맞는다는 소문을 놓았었으니 지금 그가 그전 날처럼 빨간 댕기를 드리고 분홍 치마에 흰 저고리를 입고 마당귀에서 있을 리 만무였다. 마당에는 싱싱하던 창포도 작약도 없다. 과실 나무도 절반은 죽은 채로 잎도 피지 못한 것이 많다. 여름 볕은 쨍쨍하였으나, 낡은 기와와 꺼먼 기둥과 문설주를 비치는 햇빛은 오히려 쓸쓸하기 짝이 없다. 대청 마루에는 박진사의 그림자도 없었고 창살이 굵은 문짝이 굳이 닫히어 있다. 사위는 조는 듯이 고요하다. 그러나 그때에 유령 같은 흰 그림자가 퍼뜩 나의 시야를 어른거렸다. 맏아들이었다. 낯이 양초 가락처럼 희다. 희다 못해 파랗다. 그는 중대문을 휘우청휘우청 나와서 기운 없는 걸음으로 마루 밑 댓돌을 돌았다. 해가 쬐는 기둥 끝에가 쭈그리고 앉는다. 그러고는 주머니에서 기계를 꺼내서 젓가락 같은 팔을 걷고 혼자서 팔뚝을 뚫었다. 침 그릇도 간수하기 전에 그는 눈을 감았다. 나는 그것까지 보고는 뽕나무가 서 있는,──그리고 그 뽕 이파리 밑에는 익지 않은 초라한 오디를 매어달고 있는──그 담장 밑을 떠나 버리고 말았다.

그 뒤에 박진사는 세상을 떠났고 맏아들도 타관에서 방랑하다가 객사하고, 둘째 아들은 학교를 그만 둔 뒤 순사 시험을 보고서 간도 영사관 근무가 되었고, 그리고 시집에서 소박맞고 돌아온 막내딸은 국수장사 하는 장아무개, 저의 형네 집에 몸을 의탁하고 있다는 것을 중학 때에 방학해 올 때마다 한 마디씩 얻어 들었다. 박진사의 손자는 어느 광산에서 심부름을 하면서 저의 어미를 모시고 있다는 것도 귓결에 들은 법하다. 커다란 주택, 오디가 열리는 뽕나무가 서 있는 박진사네 낡은 주택은 한 때에 도깨비 불이 켜진다는 소문이 있었으나, 너덧 가족, 외지에서 전근 온 월급쟁이들이 집세로 들어있었다. 도깨비 불이 켜진다는 소문은 얼마 뒤에 없어졌으나, 가옥 문서가 누구의 벽장에 들어갔는지는 묻지 않아서, 여태까지 나는 그것을 알지 못한 채 있었다. 지금 담장도 솟을대문도, 사랑도, 중대문도, 안채도, 아무 것도 없어졌으나, 이 뽕나무만이 밑배에 뚫어진 구멍을 안은 채 달빛 속에 움직이지 않고 서 있다. 어느 가지에 잎이 피고 어느 가장자리에 오디가 열리는 것일까.

갑자기 취기가 달아나니까 등골에 찬 물을 끼얹듯이 데석 밑이 오싹하였다. 내가 자리에 돌아왔을 때 친구와 색시들은, 기다리다 지쳐서 하마 달아난 줄 알았다고 말한다. 사무실에서 잠시 전화를 걸었다고 속이고 나는 비인 방석 위에 앉았다. 방석이 차가운 것이 뼈에 사무치었다. 가려고 하던 참인데 김 군이 자리에 돌아왔으니 마지막으로 한 순배 들면서 노래나 부르자고 한다. 나도 취해서 돌아가고 싶었다. 창엽이가 술을 따른다. 술이 차갑다. 혀가 시리다. 그래도 꿀꺽 삼키니까 가슴 밑이 따사로운 것 같다. 나는 거푸 석 잔을 마시었다. 그러고는 그때에 나이 지긋한 해중월이가 노랫가락에 맞추어 부르기 시작한 송도 기생의 옛 시조에 가만히 귀를 기울였다.

——산은 옛 산이로되 물은 옛 물 아니로다. 주야로 흐르나니 옛 물이 있을손가. 인걸도 물과 같아여 가고 아니 오더라.

이리

악(惡)이든 선(善)이든간에, 세상을 송두리째 삼켜버릴 듯한 그러한 성격을 가진 사람을 대하고 싶다. 반드시 피로한 신경이 파격적인 자극이거나, 충격이거나 그러한 색다른 맛을 구하여보고 싶다는, 엽기적(獵奇的)인 호기심에서 나오는 것만은 아닐 게라고 생각하면서 나는 오랫동안 그러한 성격을 탐구하기에 내심으론 적지 않은 노력을 거듭해보았다. 악의 아름다움, 혹은 선의 아름다움—그것보다도 악이라든가 선이라든가, 그러한 '모럴'이 개입될 여지가 없도록 우선 강렬한 걷잡을 수 없는 성격의 매력—그렇게 나는 막연히 생각해보는 것이다. 그러고는 잠시 동안이나마, 이러한 매력에 휩쓸려서

나 자신을 송두리째 그곳에 파묻고 의탁해보고 싶은, 그러한 욕구──.

어떤 날 오후, 봄이라지만 아직도 추위가 완전히 대기 속에서 가시어버리지 않은 날, 나는 영화 상설관에서 〈페페 르 모코〉를 구경하고 7시경에 거리를 나섰다. 저녁을 먹어야 할 끼니 때가 이미 지났으나, 곧 버스에 시달리면서 집으로 향할 생각을 먹지 않고, 어디 그늘진 거리나 거닐면서 지금 보고 나오는 토키가 주는 아름다운 흥분을, 고즈넉하니 향락하고 싶어서, 나는 발을 뒷골목으로 돌려놓았다.

서울의 빈약한 거리를 걸으면서도, 나의 상념(想念)의 촉수(觸手)는 카즈바의 소란하고 수상스러운 세계를 헤매고 있었다. 〈페페 르 모코〉가 소프트의 뒷전을 추켜서 머리에 올려놓고, 줄이 반듯한 양복에 색 구두를 신고, 목에는 흰 명주 수건을 얌전히 둘러 감고서, 카즈바의 소굴을 탈출하여 계집을 찾아 부두로 향하던 그림이, 나의 머리를 떠나지 않는 것이다. 그의 어깨 너머로, 혹은 그의 눈이 부딪치는 곳에서, 한없이 움직이며 전개되던 카즈바의 괴상한 골목이, 마치 빈약하고 단조로운 이 서울 거리인 양, 나의 앞으로, 지나치는 나의 길 옆으로 자꾸만자꾸만 꼬리를 물고 벌어지는 것이다. 이 카즈바의 헤아릴 수 없는 수상한 분위기 속에 아름다운 〈페페 르모코〉—장가방의 얼굴이 기연히 솟아올라 나의 눈을 사로잡아버리는 것이다.

'악의 아름다움?'

'아니다.'

'니힐[37]에의 매력?'

'아니다.'

'분위기에 대한 호기심?'

'그것은 더욱 아니다.'

'그러면?'

이렇게 스스로 묻고 스스로 대답하면서 내가 어느 담뱃가게 앞에서 휘어돌려고 할 때에 나는 문득 담배를 피우고 싶었다. 평상시에 담배를 피지 않는 나로서는 격을 깨뜨린 행동이다. 담배를 사서 갑을 따

---

37) 허무

고 한 가치를 뽑아 입술에 물고서 흡사 〈페페 르 모코〉마냥으로 찍 성냥을 그어 담배에 옮겼을 때 슬며시 나의 옆에 와 서서 어깨에 손을 올려놓는 이가 있었다.

"담배를 피우고 싶소?"

나의 친구는 이렇게 물으면서 나와 악수를 청하였다.

"결국은 빙빙 돌아서, 이쪽으로 다시 돌아나올 걸, 어쩌자고 그늘진 골목으로 들었던 것이오?"

들은즉 신문 기자인 나의 친구 박군은 영화관에서 나오는 나를 발견하고 뒤를 쫓은 것이라 한다. 내가 두어 마디 되지도 않은 설명을 붙였을 때,

"무어, 그저 아직도 카즈바인 줄 알았겠지요. 그러나 저러나 오래간만이니어데서 저녁이나 같이합시다."

나 역시 친분 있는 박군을 만나 이야기해본 지도 오래 되므로 그의 안내하는 대로 둘이는 명치정 어떤 작은 요릿집 이층에 올라갔다.

육조방에 앉아서 술과 간단한 안주와 저녁을 주문해놓고 우리는 다소 무료하였다. 아직 산산한 때이라 나는 화로의 숯을 젓가락으로 그을리고 박군은

차를 마시었다.

"무어 재미난 소식이나 없소?"

나는 신문 기자인 박군에게 가끔 이렇게 묻는 것이 버릇이었다. 그러면 박군은 외교 문제에서 정치 문제, 그리고는 게재 금지된 사건 같은 것도 간간이 섞어가며 그의 소속인 사회 면에 대한 거, 이러다가 이야기에 진하면 저명 신사 숙녀의 스캔들까지, 들은 대로 조사한 대로 털어놓는 것인데, 이러한 박군의 이야기가 또한 하룻밤 한담거리로는 지나친 흥미를 나에게 던져주는 것이었다.

나의 얼굴을 쳐다보면서,

"이야기는 차차 하고, 그래 〈페페 르 모코〉를 지금에야 본담……."

하고 성글성글 웃었다. 나는 박군의 이러한 말로 인연해서 다시 여태껏 잊었던 카즈바의 분위기 속에 발을 가까이하였다.

"카즈바!"

하고 나는 다소 연극의 독백조로 중얼거리며 두 팔을 다다미에 세우고, 천장이 바람벽과 닿은 곳을 멍하니 쳐다보았다. 나는 나의 눈이 가 닿는 곳에 〈페페 르 모코〉의 마지막 장면을 그려보는 것이다. 기선 오랑 시호(市號)의 갑판 위에 나선 계집을 수갑을 찬 페페가 부두의 철문 안에서 바라다보다가 돌연히 높은 소리를 내어 '캬비'하고 불러본다. 이것을 알 턱이 없고, 이 소리를 들을 턱이 없는 캬비는 그러나 그때에 마침 기선의 기적이 귀를 째면서 울려오는 바람에 귀를 틀어막고 선실로 물러간다. 페페의 얼굴에 눈물이 한 줄기 흐르고, 이어서 그는 예리한 칼로 제 배를 가르고 거꾸러진다. 기선 오랑 시호는 이때에 이미 창파를 헤치며 바다로 향하여 검은 연기를 토하고 있었다…….

"여보 술을 드오."

하는 박군의 말에 문득 나는 기겁을 하듯 몸을 일으키었다. 계집은 물러 나가고 박군은 술병을 나에게로 향하여 돌리면서,

"내, 서울의 카즈바를 구경시켜 올리리다."

하고 씽긋이 웃었다. 나는 황급히 술잔을 들고 김이 몰신몰신 나는 노르끄름한 액체가 잔에 담기는 것

을 기다려서 박군의 조롱을 물리치듯,

"50전 주고 지금 실컷 구경했소."

하고는 마주 웃었으나 받은 술을 달게 마시고 젓가락으로 스노모노[38)를 한 점 입에 넣고서 다시 술병을 들려고 하였을 때에 박군은 스스로 제 잔에 술을 따르며 혼잣말처럼 이렇게 이야기하고 있었다.

"그런 게 아니오. 지금 금방 내가 기사를 써놓고 나왔으니 내일 조간에 나겠지만 신문 기사는 결국 한 편의 사실밖엔 아무 것도 아니 되지만, 그렇게 집어치우기는 아까운 대목이 하나 있으니 그걸 내 지금 김형에게 들려줄 테란 말이오."

내가 정색하는 것을 기다려 박군은 다시 술 한 잔을 따라 맛있게 들이마시고, 나의 얼굴을 쳐다보았다.

"서울의 카즈바—."

이렇게 박군의 이야기는 시작되었다.

별이야 있든 없든 달 없는 밤에 전찻길 위에 서서 그곳을 쳐다보면 꼭 마천루를 바라보는 것 같으다.

---

38) 어육이나 채소에 식초를 친 요리

무학재를 마주 서서 왼편은, 금화산(金華山)밑으로 어둑시근한 감옥이 아파트처럼 엿보이는데 높은 담 장의 화살 같은 일직선의 등허리를 태양처럼 눈이 부신 전등이 군데군데 날카로운 불광을 퍼붓고 있 다. 이 불광이 희미하게 사라지는 곳에 밀매음의 소 굴로서 이름이 놓은 관동(館洞)이 있었고 그 중턱엔 이 또한 이름이 높은 도수장이 끼어있었다. 한편 무 학제 좁디좁은 골짜구니로부터 유난히 까꿉 서서 올라 뻗은 산봉우리는 북악(北嶽)이 되기 전에 우선 인왕산이 되어버렸는데 우중충한 산그림자에 에워 앉아서 그 밑에 별똥 같은 수많은 불광이 마치 높직 하고도 무게 있는 마천루의 건축같이 보이는 것이 다. 밑으로부터 올려 세면 몇 층이나 되려는가. 질 서 없는 전등이 가이 없이 첩첩히 뒤덮여서 그대로 산허리를 넘었고 그것은 뻗어서 독립문을 굽어보는 곳까지 이르러 있는 것 같다. 산허리를 덮어버린 현 저동 향촌동의 슬럼 지대, 이곳은 대 경성의 특수구 역이 아닐 수 없다.

전등의 시설조차 변변치는 못하다. 그러나 오다가

다 한 집에서 한 두 촉씩, 그것도 다른 문화 시설에 비하면 속옷 벗고 장두칼이다. 길이라 이름 붙일 길이 없고 상수도 하수도 대문과 변소가 없는 집이 수두룩하다. 방공상이나 방화상 견지에서 보면 불량 주택 아닌 것이 하나도 없다. 첫째 길이 제대로 뻗어 있지 못하니 작은 손구루마조차 굴러다니지 못하고, 공동 수도가 밑으로 서너 개, 그러나 하수구가 없으니 구정물이 그대로 길 위를 흐르고 겨울이면 빙판이 진다. 불자동차가 통하지 못 할 것은 정한 이치지만 어디다가 호스를 박고, 어느 골목을 휘어돌아 방화수를 끌어올릴 수 있을 것이냐. 도시 계획이나 구획 정리가 이곳에 와선 군입을 다실 밖에 별도리가 없다. 여름 복허리엔 물난리가 나고, 우물과 공설 수통을 에워싸고 동리와 동리, 집과 집, 사람과 사람의 추악한 승강이 일어난다. 서울의 범죄 구역을 들자면 아마도 신당리, 왕십리 지대와 이곳이 서로 백중을 다툴 것이다.

여기까지 이야기한 박군은, 그 동안에 날라다 놓은 밥 반찬에서 안주 될 만한 것을 옮겨놓고 손뼉을 두드려 따끈한 술을 다시 청하였다. 그는 찻잔에서 식은 차를 재떨이에 쏟아버리고 따끈한 술을 가득히 부어 쭉 들이켰다.

"자 김형도 한잔 하시오."

내어대는 찻잔을 받아 들고 나도 덤덤히 술이 가득히 담기기를 기다렸다.

박군은 전복을 하나 맛나게 씹어 먹으면서 내가 입에서 찻잔을 떼는 것을 기다려, 다시 이야기를 계속하였다.

작년에 윤달이 끼인 때문인지 다양한 오후이면 완연한 봄이면서도 해가 질 무렵부터 바람이 일기 시작하여 그날 밤은 겨울에 못지 않게 날이 산산하였다. 밤이 10시가 넘으니까 행인도 드물어지고 거세인 바람만이 거리와 골목을 설레이면서 먼지를 뿌리고 가겟문 유리창 문풍지 할 것 없이 맞부딪치는 것은 무엇이나 한참씩을 흔들어놓고야 어디로 슬쩍 물러나는 것인데 이러한 시각에 영천행 전차에서 서성거리는 어린 계집을 뒤세우고 익숙하니 냉큼길 위에 내려선 키가 작달막한 사나이가 하나 있었다. 그 계집과 자기는 동행이 아닌 것처럼 차에서 내리면서 곧 뒤도 돌아보지 않고 성큼성큼 형무소사식 차입집 옆 골목을 향하여 걸어갔으나 골목으로 바람과 불광을 피하여 몸을 숨긴 뒤에 계집이 제 뒤를 좇아오도록 잠시 동안을 우두커니 그곳에서 있었다.

그리 크지 않은 보퉁이를 왼편에 끼고, 그때 마침 바람이 길 바닥 위를 몰아치는 바람에, 바른손으로 눈을 가리면서 몸을 비꼬듯 하다가 앞선 사나이를 잃어버리면 안 되겠다고 머리를 수긋하고 긴 머리채를 잔등과 궁둥이 위에서 흐느적거리며 역시 사식 차입집 옆 골목을 향하여 토닥토닥 고무 신발을 옮겨놓다가, 낡은 중절모 밑으로 물끄러미 기다리고 있는 수염발이 지저분한 사나이의 얼굴을 쳐다보고 계집은 잠시 입 가장에 웃음을 그리려다 지워 버린다. 사나이가 그 웃음을 기다리거나 또는 소중히 마주 대하여주거나 그렇지 않고 그대로 계집의 팔을 부억 끌어 한편에 끼듯 하고 고불고불한 골목 길을 더듬어 올라가기 시작한 때문이다.

생소한 사람에겐 지적을 어쩔 수 없는 험상궂고

가파른 좁은 골목이었다.

막다른 골목처럼 앞이 딱 막혔다가도 그 집 뜰 안처럼 된 한 귀퉁이를 더듬으면 다시 길 위에 나설 수도 있었다. 절벽 같은 돌바위가 깎은 듯이 앞을 가로 막았다가도 그 옆으로 간신히 허리끈 같은 좁은 길이 기어서 빠져 올라가고 있었다. 해가 내리쬘 때엔 구질구질하게 녹았던 것이 지금은 다시 얼어붙었는지, 한참씩 빙하처럼 얼음이 덮인 곳이 연달아 나섰다. 이러한 길을 두 남녀는 기어올라 가고 있는 것이다.

간혹 가다 그래도 유족히 사는 집이라고 뜰 밖까지 불광이 비친 데선 이 두 남녀가 길을 더듬어 윗동네를 향하여 올라가는 모양이 희미하게 나타나곤 한다.

사나이는 오십이 가까운 마흔 예닐곱—키는 작달막하여 다섯 자를 얼마 넘지 못하겠는데 몸은 다부지게 생긴 것을 낡은 능견 두루마리로 두르고 까까머리가 더부룩하게 자란, 위께가 뾰족 나와, 마치 대추씨처럼 생긴 머리에는 때가 재들재들 끼인 회색 중절모를 폭 눌러쓰고 있다. 얼굴은 구레나룻과 턱 아래에 히끈히끈 흰 털이 섞인 잔 수염이 쭉 깔리고 그 가운데 코가 두드러져 나와야 할 것인데 이것 역시 개구리 대가리처럼 앞 머리만 벌썩 들린 것이 굴뚝 같은 들창코가 두 구멍, 코허리는 볼편과 구별이 서지 않게 그대로 평퍼짐한 것이 눈덕을 지나 깊직한 세 줄기의 주름살이 건너간 답답한 이마에 연달아 있다.—그러나 물론 희미한 불광에 그것이 나타날 이치는 없고 오직 불빛이 휘끈 그의 얼굴을 스칠 때엔 어뎅가 괴죄죄한 특징만이 그 작달막한 키에 어울려서 인상 깊이 나타나는 것이었다. 성을 권(權)가로 부르고 이름을 명보(命輔)라 하는 사나이다.

이 권가에게 한 팔을 잡혀서 간신히 길을 더듬어 올라가느라고 가쁜 숨을 연신 포포 내뿜으면서 때때론 사나이의 팔에 몸을 싣고 그대로 주저앉을 듯하다가도 사정 없이 끌어 당기는 힘에 다시 숨도 돌릴 새 없이 궐렁매지처럼 쫓아가고 있는 계집은 연세는 열 일곱이나 궁둥이며 앙가슴이며 또는 토실토실하니 버즘과 솜털이 떨어지면서 돋아오르는 볼편이며 제법 계집티가 나는 숙성한 년인데 머리를 땋아 늘어뜨린 끝에 붉은 인조견 댕기를 매어놓은 것이라든가 친친 감기는 옥색 교직 하비단 치마에 분홍 교직 자미사 저고리를 입은 품이라든가 저는 제법 모양을 낸다는 것이 이마에 더부룩한 머리카락을 헤어핀으로 꾹 꽂아 추켜 올린 것과 함께 시골티를 가시지 못한 그러한 계집이기 갈 데 없었다. 불량한 계집애라든가 결코 바람쟁이 계집년이라든가 그렇게 말하는 것은 아니지만 그만 낫세 그만 시절이면 서울을 떠나 백 리 이백 리, 고만한 거리에 흩어져 있는 농촌에서는 흔히 볼 수 있는 말하자면 시골 농군보다도 서울 멋쟁이 서방님, 허구 헌날 밭이나 논에서 흙과 두엄 속에 썩느니보다도 한 번 눈부시게 찬란한 도회지에—이렇게 동경이라고 하기엔 너무도 어처구니 없는 고무풍선 같은 바람을 안은 계집이기엔 틀림이 없었다. 어제 오늘 비로소 크림이나 분가루를 문대었는지 살에 배지도 않은 화장이 피부에서 얼룩이 진 채 딴쩍지가 되어 코와 볼편에 발리었으나 파닥지의 바탕은 갸름한 눈과 오뚝한 코와 또 물기가 흐르는 입술과 달걀 같은 윤곽과 합해서 그렇게 흔하게 볼 수 있는 인물은 아니었다.

이만한 얼굴이면 어디다 내놓아도 빠지진 않겠다면 그건 좀 지나친 과장일는지 몰라도 시골서 썩지 않겠다고 발버둥을 칠 만은 하겠다고 생각하기엔 그다지 부족을 느끼는 생김새가 아니었던 것이었다. 항용 불러서 언년이 언년이 하는데, 권가의 주머니 속에 들어 있는 호적등본에는 년 자 대신에 계집 녀 자를 써서 언녀로 되어 있었다. 강원도에 가까운 가평 땅 어느 농촌의 출생이라고 권가가 가진 민적등본에는 기록되어 있었다.

그러면 이 권가란 사나이와 언년이, 혹은 언녀라는 계집애와는 어떠한 관계에 있는 것일까―권가의 둘째 딸이나 셋째 딸, 그렇지 않으면 무슨 조카딸쯤이라면 꼭 좋겠다. 아버지나 삼촌이나 아저씨가 서울 구경을 시킨다고 오늘 시골서 서울로 데리고 올라왔다―이것이 제일 자연스러울 것이다.

그러나 언년이의 성은 첫째 권가가 아니었다. 그

러면 권가는 언년이의 외삼촌일까?—

그런 건 어찌 되었건 이 사나이와 계집은 지금 현저동 마루턱 가까이 와서 잠깐 발을 멈칫하고 형세를 관망하고 있는 것처럼 보인다. 마천루를 절반 이상은 올라온 것인데 권가는 어느 으슥한 담장 밑에 서더니, 우뚝 걷던 걸음을 멈춘 것이다.

"아이 다리 아파. 인제 그만 다 왔어요? 아버지."

팔에서 손을 떼고 치맛자락을 만져보며 계집이 이렇게 말하는 것을 무슨 안 될 말이나 한 것처럼 황급히 몸을 떨쳐, 바른손으로 입을 틀어막아 버리는 것이다. 그 바람에 언년이의 '아버지'하던 말소리는 '지'자를 채 내지 못하고 어리둥절해서 끊어지고 말았다. 그러나 수상한 행동은 그것뿐만이 아니었다. 갈구리 같은 손을 그대로 휙 언년이의 목에다 감아 버렸다. 권가는 언년이가 목소리를 내었다고 모진 형벌을 주려는 것일까.—언년이는 확실히 그렇게 생각하고 적지 않이 겁을 집어먹고 몸서리를 쳤다. 그러나 목을 둘러감은 능견 두루마기의 팔소매가 부욱 언년이의 목을 끌어당기었다고 생각되던 순간, 언년이의 얼굴은 산듯한 비단의 촉감을 거쳐서 어느 새에 지저분한 수염발을 마주 대하지 않으면 안 되었던 것이다. 가쁜 숨결이 연거푸 언년이의 안면을 삽살개처럼 미칠 듯이 설레인 뒤에 으스러지도록 지금 겨우 탄력이 생기려는 어린 계집의 몸뚱아리는 권가의 가슴팍에서 파닥거리며 접쳐버리고 말았다.

계집을 놓고 한 번 한숨을 푸 내뿜고난 뒤에 권가는 다시,

"가자, 인제 얼추 다 왔다."

하고 말소리를 내어 언년이의 벌벌 떠는 몸을 앞으로 당기었으나 손을 맞잡고 앞발을 내짚었을 때에, 그가 입 속으로 혼잣말처럼,

"무슨 일이 있어도 너는 내 것이다."

하고 중얼거린 것은 물론 언년이의 귓속에까지 들리지는 아니 하였다.

이윽고 둘이는 목적하는 집 앞에 이르렀다. 집은 이 부근에선 좋은 편에 속하는 것으로, 지붕은 함석을 덮고 외짝이나마 삐뚜름히 대문이 닫혀 있다. 대

문을 들어서면 반 칸만큼 대청이 마주 보이고 안방
이 칸 반, 건넌방이 한 칸, 그러고는 대문과 붙은 뜰
아랫방이 한 칸 몫으로 넘어져가는 기둥을 찌그뚱
하니 세우고 있다. 그러나 물론 집 안의 구조나 외
모도 그러한 밤에는 뚜렷이 나타날 턱이 없고 밖에
서는 오직 건넌방의 불광이 훤한 것이 눈에 띄었다.

처음 전차에서 내릴 때와는 달리 적지 않이 겁을
집어먹고 사시나무 떨듯 웅크리고 섰는 언년이를
비탈 한 귀퉁이에 세워놓고 권가는 저척저척 걸어
가서 뜰 아랫방 들창을 뚱뚱 두드렸다.

"누구요?"

하는 늙은 여인네 목소리가 캄캄한 방안에서 나더
니, 그 밑에 대답하듯 기침 소리가 두어 번 밖에서
들리는 것을 암호로

"권주사요?"

하는 재처 묻는 소리가 길가에 서 있는 언년이에게
까지 들리었다.

"네."

하고 권가는 짤막하니 대답하였다. 대문이 찌그뚱

하니 열리는데 권가보다도 다리 하나는 없을 만큼 적디적은 늙은 할망구가 깨우뚱 밖을 엿본다.

"안에서도 기대렸수."

언년이는 권가의 손질에 따라 기운 없는 발걸음으로 그러나 적지 않이 긴장하여 그들의 뒤를 좇아 뜰 안으로 들어섰다. 그들이 뜰 안에 들어서자 불꽝이 비치던 방문이 덜컹덜컹 열리면서 젊은 사나이의 상반신이 불쑥 나타났다.

"어둡고 치운데 수고했소. 서성거릴 거 없이 이리 데리고 들어오시지."

그러나 권가는 언년이를 대청에 앉힌 채, 노파의 뒤를 따라 저 혼자만 방안으로 들어갔고, 이어서,

"색시두 들어오라지 치운데……."

하는 것을 그대로 묵살해버리고서 드윽 장지문을 닫아버리고 말았다.

방안에 있던 젊은 사나이—그러나 권가에 비해서 젊다는 것이지 그의 연세가 무어 스물 안짝이라던 그렇지는 않은 것이다. 역시 나이는 사십 줄에 들어서 서른 예닐곱, 눈 가장과 입 가장의 잔주름이 그

것을 넉넉히 증명하고 있었다. 그는 지금 남자답지
도 않게 밤 단장이 한창 바쁘다. 단장이라고 하여도
머리는 벌써 찐득찐득한 빠루를 기름이 뚝뚝 흐르
게 발라서 올백으로 넘겨 빗었고, 지금은 거꾸로 세
수한 끝에 면도질을 하고 있었던 것이다.

보아하니 얼굴 생김새가 털 같은 것이 지저분하게
상판대기를 덮을 그런 종류의 파닥지가 아니다. 그
러니까 세수도 하고 머리도 빗고 누구를 기다리다
지쳐서 수은이 떨어져서 어룽어룽한 거울을 들여다
보다가 몇 오라기 미꾸라지 수염 같은 것을 입술 위
에서 발견하고 이어 허리에서 혁대를 풀어 50전짜
리 면도를 문대고 지금은 그렇게 수염을 깍고 있던
것이다.

"서주사가 웬 모양을 그리 내시나."

이렇게 늙은 할망구가 객쩍은 소리를 하는 품으로
보아 이 사나이는 서(徐)가 성을 가진 모양이다. 아
닌게아니라 그의 성명은 서상호(徐相浩)였다.

서상호는 면도를 집어 치우고 손바닥으로 발그레
한 인중께를 털어 부비더니, 그 다음엔 혁대로 허리

괴춤을 묶었다. 그러고는 날씬한 상반신에 저고리를 걸쳤다. 회색 교직 숙수 마고자의 가짜 밀화 단추가 번득거렸다.

권가는 윗목에 쭈그리고 앉아서 잔뜩 눈쌀을 찌푸리고 서가의 하는 품을 바라보고 있다. 그 표정은 솔찬히 복잡한 것으로 어찌 보면 무슨 일이 뒤틀려서 우울해 하는 표정 같기도 하고 또 한편이 으스러진 입술이라든가 이글이글하는 두 눈알이라든가 이맛살이라든가 이러한 것으로 보면 어딘가 질투심 같은 것이 서리어 있는 것 같기도 하였다. 사실 그는 내심, 눈앞에 보이는 기름달판이 같은 반들반들한 사나이에게 저도 모르는 질투를 느끼고 있던 것이다.

"저 녀석이 단장을 하고 그리군 언년이를 집어 삼키려고……."

드디어 그는 그렇게 생각하고 있는 제 심정을, 저 스스로도 의식할 정도에 이르렀다.

그러나 한편 노파나 서가로서는 권가의 잔뜩 찌푸린 표정에서 그러한 색다른 뉘앙스를 붙잡을 턱이 만무하였다.

"모자나 벗구 편안히 앉으시구려. 무어 일이 생각대로 되질 않았소."

결국 이렇게밖에 물어볼 도리가 없었다. 그러나 '일이 생각대로 되지 않았다'는 것조차 그들에겐 이해키 어려운 일이긴 하였다. 방물장수가 새에 서서 이미 호적등본과 백지 위임장은 받아놓았다 하였고 그래서 계집의 본집에 몇 십 원 들려주고, 또 옷가지 해 입히는 데 돈 10원 든다 하였고, 그러그러해서 합쳐 30원을 가져간 것이 바로 어저께, 오늘 저녁녘에 권가가 스스로 와서 하는 말엔 그 계집이 지금 춘천 차부에서 내려서 어느 관수정 여관에 들어 있다고 했으니 그 뒤에 불과 몇 시간, '생각대로 되지 않을' 그런 사건이 생길 틈이 없지 않은가. 그러나 서가로서는 다짜고짜로 그것을 물을 수도 없었고, 또 데리고 온 계집을 종시 대청 마루에 남겨두는 것과 지금 짓고 있는 얼굴의 표정으로 미루어 다소 수상한 기색을 눈치 채고 있지 않을 것도 아니었다.

서가의 말에 권가는 대답이 없다. 두 다리는 역시

쭈그리고 앉은 채, 중절 모를 가만히 벗어서 장판 위에 놓았을 뿐이다. 그의 이마에는 땀이 진득이 내발려 있는 것이 뚫어지게 쳐다보는 노파의 늙은 눈에도 낱낱이 보이었다.

"아아니 무슨 일이 생겼수. 어디 속이라도 편치 않으슈?"

하고 서가는 제법 근심하는 표정으로 권가에게 물어본다.

그때서야 권가는 멍청하니 땅바닥을 한군데 뚫어지게 바라보면서, 머리를 끄덕끄덕하였는데 그러나 그 머리를 주억거리는 것이 어느 편을 수긍하는 것인지를 마주 앉아 있는 서가와 할망구가 알아차리기 전에 그는 눈을 들어 서가를 쳐다보고 갑자기 표정에 긴장한 빛을 띠면서 입을 열었다.

"저 아이만은 서주사에게 맡길 수 없소. 내가 혼자서 처리허겠소."

서가의 낯짝은 휘끈 검은 빛이 지나갔으나 그는 다시 마음의 자세를 바로 잡듯이 어깨를 한 번 추면서,

"무슨 말인지 자세히 허시지."

하고 무릎팍을 한 반 걸음 앞으로 내밀었다. 이렇게 물어보는 서상호의 태도는 반드시 일종의 자세를 취하려는 허세만은 아니었다. 서상호가 권명보를 알아오던 상식을 갖고는 지금의 권가의 하는 행동과 말귀를 도저히 알아차릴 턱이 없었기 때문이다.

권가—그는 돈이면 그만인 사나이었다. 그러나 서가—자기는 돈도 돈이려니와, 돈보다 못지 않게 호색의 취미를 갖고 있다. 이것은 다른 사람은 몰라도 적어도 이 방안에 앉아 있는 세 사람, 그리고 혹시는 대청 반 칸을 건너서 칸 반 방에 쭈루루 나란히 하여 잠이 들었는지 꿈을 꾸는지 알 턱이 없는 여섯 년의 계집년들까지라도 번연히 알려져 있는 하나의 상식이 아니었는가.

만일 그렇지 않다면 권가와 서가와의 결합이랄까 혹은 시체말로 콤비랄까, 어쨌든 두 사람의 협력은 아예 이루어지지부터 않았다. 권가는 농촌에 지반을 갖고 있는 대신, 서가는 유곽이나 북지 방면에 줄을 갖고 있다.—이러한 서로서로의 장기와 단점이 서로 어울려서 비로소 한 쌍을 이루었던 것이 아니냐. 단 한 가지 서가는 계집을 팔기 전에 얼마 동안 제가 마음대로 주물러볼 기회를 가졌다. 그러나 권가는 이러한 서가의 행동에 일언반구의 불평이 없이 간혹 그런 것을 농간해서 제 앞으로 올 부분 돈을 늘리면 그만이었다. 이러한 두 삶의 관계였다. 그 관계가 하루 이틀이 아니라, 벌써 꼬박 2년이 계속되었다. 서상호가 지금 권명보의 언행을 이해하지 못하는 것도 결코 무리는 아니었던 것이다.

그러나 그렇게 묻는 서가의 물음에 권가는 단호한 빛을 띠인 적지 않이 무뚝뚝한 어조로 이렇게 대답하였다.

"자세히 말할 것두 아무 것두 없소. 저 아인 내가 갖겠단 말이오."

이 한마디 말로써, 그리고 권가의 얼굴에 나타난 결연한 표청으로써 서가는 사연의 내막을 대충 짐작할 수가 있었다. 단 한 가지 혹시 권가가 이런 연극을 부려놓고 은근히 제 앞으로 갈 몫을 한 부분 늘리려는 흉계는 아닌가, 하는 의심이 없는 것은 아니었으나 그러한 의심마저 너무도 달라진 권가의 표정이 여지없이 지워버리고 말았다.

서가는 앞으로 내밀었던 상반신과 얼굴을 뒤로 이끌듯 하면서, '흠—' 하고 한숨 비슷한 것을 내뿜었다. 그러나 서가의 상반신이 뒤로 물러선 것은 결코 그가 권가의 요구에 대하여 양보하였다는 것을 의미하는 것은 아니었다. 그의 반들반들한 얼굴에도 녹녹치 않은 표정이 정돈되기 시작하였다.

일정한 거리까지 얼굴을 뒤로 물리고 한참동안을 면바로 권가의 낯짝을 바라다보더니, 지금 그들을 둘러싸고 있는 긴장한 공기를 대번에 휘저어버리려듯이, 그는 갑자기 콧방귀를 '흥'하니 뀌어버렸다. 이 돌연스런 콧방귀 소리에 늙은 할망구가 흠칫하고 놀래는 듯한 것도 잠시 동안, 이어서 서가의 꼭 다물었던 입술의 한편 모서리가 이그러지듯 하면서,

"노형이 아마 취담을 허시지. 이러시지 마시고, 저, 할머니."

턱 아래로 할망구에게 대청께를 가리키면서,

"저 색시를 데려 들어오슈. 아마 이 권주사가 취담을 허시는가보."

할망구는 두 사람 사이에 적지 않은 파란이 일어날 것을 직감하고 어떻게 이들의 관계를 원활하게 소통을 시키고 오순도순히 타협을 시킬 방도는 없을런가 하고 쩔쩔매고 있으나, 그러한 묘안이 좀처럼 튀어 나오질 않는다.

대체, 보통 사람들 사이라면 어린 계집을 하나 가운데 놓고 이런 험악한 상태를 만들 필요는 조금도 없을 것이다. 서상호로 말할지라도 벌써 2년 동안 그것이 쇠통 권명보 한 사람의 덕분은 아닐지 삼아도, 수많은 계집을 제 마음대로 주물러보았고, 그에 대하여 권명보는 이렇다 할 불평이나 또 그러한 향락과 취미를 반분하자든가, 그러한 요구든가를 한번도 말해본 적이 없었으니, 가다오다 한 둘도 모르겠는데, 이건 그야말로 갓 마흔에 첫버선 격으로 처음 요구하는 일이고 보니,

"어째 권주사도 좀 젊어져보시려고."

라든가, 그렇지 않으면, 좀 세찬 농말일지라도,

"허허어, 돈만 아시던 권주사께서 바람이 나셨다. 늘그막 바람은 걷잡을 길이 없다는데 이거 큰일 났

는걸. 그러나저러나 환갑되시기 전에 어디 한번 늘어지게 인생의 재미나 맛보아보슈."
라든가 해서, 껄껄껄 웃어버리고 방을 비워주는 게 온당할 것이 아닌가. 그것도 계집의 얼굴을 한 번이라도 눈 넘겨보고, 그 생김새에 군침이라도 삼켜본 뒤이라면 무슨 일이 있어도 저 계집은 내 것이라고 뻗대어도 볼 것이지만 지금 어두운 속에서 뜰 안에 들어선 계집을 눈어림으로 어렴풋이 바라다보았을 뿐, 눈이 세 갠지 두 갠지 코가 모로 붙었는지도 모르는 처지에 도무지 권가와 낯을 붉히고 승강을 할 건덕지가 되지 않을 것 같으다.

또 한편 권명보를 두고 볼지라도 하기는 난데없이 늦바람이 났는지, 돌개바람이 붙었는지 갑작스레 딸값에나 하는 어린 계집에게 마음이 동했느라고, 토설을 하고서 능청스럽게,

"여보, 서주사, 그 이번 계집아인 나 한 번 맛봅시다그려."
하고 명함을 들일 체면이 아닐지는 모르겠으나, 어차피 이리된 바엔 표정을 낮추고 빌붙듯 해서 타협

해보는 것이 온당할 것이 아니냐.

누구나 이렇게 생각해봄이, 자연스러울 뿐 아니라, 또 당연한 일일 것이다. 그러나 두 사람 사이에 끼어서 어떻게 화해를 시켜보려고, 언턱을 잡으려고 애쓰는 백전 노장인 늙은 할망구도 그러한 태평한 생각은 먹으려고 하지 않았다. 그는 이 두 사람의 성질이며, 또 지금 만들어진 두 사람의 분위기나 호흡을 잘 알고 있기 때문이다.

얼핏 보기에도 환장을 하였는지 모르나 권가의 계집에 대한 반한 품이 결코 예사가 아니었고, 그것이 누구의 눈에도 역력히 나타나 보이면 보일수록 또 서주사로서는 그대로 넘겨 보내고 싶지 않은 어떤 미묘한 심리가 동반하는 것이었다. 그것은 결코 단순한 질투심이나, 성욕이나, 시기심으로 보아 버릴 수 없는 미묘한 심리가 아닌가고도 생각이 되었다. 돈만 알던 구두쇠 권가란 놈이 대번에 저렇게 반해 버려 가지고, 입도 변변히 놀리지 못하는 것을 보면 그 계집애가 아마 절세의 미인이기 갈 데 없다. 하찮은 계집에만 짓물려 돌다가 1년에 하나 맞잡이,

그렇게 얻기 드문 양귀비 뒷다리 같은 계집을 놓친
다고야 될 말이냐— 그래서

"권주사, 취담은 좀 작작 허시지."
하고 대드는 것이라면 그건 그대로 화해를 시킬 건
덕지도 있을는지 모른다.

그러나 이 두 사람의 험악한 호흡과 자세 사이에
는 일종의 '권리의 침해'에 대한 성격적인 항쟁이라
고 할 만한 그런 대목이 있는 것이 아닌가. 세 사람
중에 이것을 '권리의 침해'나 '지반의 탈환'이라고
생각한 사람은 하나도 없었으나 그러나 의식했건
안 했건, 그것을 온 몸뚱아리를 가지고 직각(直覺)
하고 있었던 것은 분명한 사실이었다.

그렇기 때문에 한 번은 서가의 얼굴을 쳐다보고,
다음엔 권가의 표정을 살펴본 할망구가,

"그거, 머, 그렇게 와락부락허게스레 그러실 것이
없이, 어떻게 좀 자분자분허게, 좋도록 이야기를 해
보시는 게 어떠실지."
하고 안 나오는 웃음을 웃어가며, 이야기를 붙여보
려고 할 때에,

"할머닌 잠자쿠 계슈. 어서 저 색시나 데려 들여오."

하는 서가의 서슬이 엿보이는 말투가 다시 헝클어

지려던 무거운 공기를 더욱더 긴박하게 만들고야마

는 것이다.

드디어 할망구는 다시 또 한 번 두 사람의 얼굴을

번갈아 보다가 암칠암칠 무릎을 일으켜 세웠다. 그러

나 그가 채 몸을 일으키기도 전에 작달만한 능견 두

루마기의 다부진 몸뚱아리가 불쑥 방안에서 솟아오

르고 이어서 그것은 장지문 앞에 가로 서고 말았다.

"권주사, 이럴 참이오?"

서가의 두 눈이 뱀의 눈처럼 무서운 살기를 띠고

한참을 치올려다 본다.

그러나 날씬한 그의 몸뚱아리도 벌떡 전등을 흔들

며 방가운데 솟아올랐다.

불이 흔들리어 두 그림자가 바람벽 위에 움직였으

나 두 사람의 몸뚱아리는 꿈쩍도 하지 않았다. 이윽

고 회색 마고자의 팔 토시가 번개처럼 능견 두루마

기의 앞깃을 감아 쥐었으나 그 순간 권가의 바른손

에는 칼자루가 불빛에 번뜩하였다.

나의 친구 신문 기자인 박군은 이야기를 이 대목에서 뚝 끊었다. 나는 그의 이야기에 취하여 팔을 술상에 올려놓고 그의 얼굴을 바라다보다가, 그가 말을 뚝 끊었을 때에 침을 들컥 삼키었다.

　　"어떻소. 이 밖에 것은 신문에 게재될 기사의 영역이니 더 말하지는 않겠지만, 대단한 상처를 입지는 않았으나 그들은 모두 경찰에 체포가 되었소. 그날 밤으로 권명보란 놈은 계집을 끌고 골목을 뛰어내려 오다가 붙들렸고, 그의 자백으로 오늘 오후 서상호의 일당, 그리고 그 집에 유괴되어 매각될 시일을 기다리던 여섯 명의 계집 등이 모두 끌려왔소. 그런건 아무 흥미도 없는 내일 아침 조간의 영역이오. 이 두 사나이의 성격이 어떻소. 소설이 꽤 되겠소."

　　나는 그 말에는 대답치 않고 박군의 노력을 감사하기 위하여 술병을 들었다. 그가 술을 쭉 들이켠 뒤에 나는 나직이,

　　"두 사람의 성격이 함께 합친 것만큼, 그런 것이면 나도 홈빡 반해보겠는데……."

　　그러나 나의 말이 아주 끝나버리기 전에 박군은

몸을 뒤로 젖히면서 깔깔깔 대소하였다. 어인 영문을 몰라서 내가 어리둥절해 있으려니 박군은 웃음을 거두며, 다시 한번 '아하하' 하고 하품 비슷한 웃음을 남긴 뒤에,

"내가 바로 그 말이오. 여보 김형, 그 강렬한 성격에 대한 갈망이란 게, 더두 말고, 바로 현대인의 피곤한 심경이란 게요."

하고 팔을 걷어 붙였다.

"김형이 방금 구경하고 나온 〈페페 르 모코〉. 우리가 카즈바의 매력에 취하여버리는 것이 모두 이러한 심경이 아니오. 파리의 생활에 권태를 느낀 부르주아의 계집이 알제리의 카즈바에 흥미를 느끼고 대부호의 첩 생활에 지친 캬비가 카즈바의 왕자, 희대의 대강도 페페 르 모코에게 반하는 것이 모두 그것이 아니오?"

박군의 얼굴은 땀발이 잡힌 것이 전등에 빛나 표한한 기색을 띠었다. 그는 새로운 에네르기를 느끼는 듯이 바른손으로 찻잔을 꽉 쥐었다가 불쑥 그것을 나에게로 내밀면서,

"김형, 한잔하시오."

그는 술을 잔에 넘치도록 가득히 부었다. 내가 잔을 들어 입에 대도록, 그는 안주도 아무 것도 들지 않고 내 얼굴만 바라보고 있었다.

나도 단김에 찻잔 하나를 다 들이켜고 갑자기 취기를 느꼈다. 내가 사시미 한 점을 장에 묻혀 박군의 입 앞에 가져갔을 때 그는 입술로 덥벅 그것을 받아서 입안으로 굴리면서 이 역시 취기가 몸을 휘도는지 목을 척 늘어뜨리며,

"카즈바, 페페 르 모코, 악에의 매력, 강렬한 성격……."

하고 중얼거리다가, 갑자기 집이 떠나가라고 하, 하, 하, 하, 웃어대었다.

장날

소 거간이 사법 주임에게 본 대로 하는 이야기

어데서 술을 한잔 걸쳤는지 두리두리한 눈알이 벌 겠습너니다. 소를 말뚝에다 매어놓군 무얼 생각하는 지, 넋 잃은 녀석 모양으로 멍하니 앉았었길래, 이 소 팔라우 하니께, 대답두 안 하고 고개만 주억주억 하 겠습지요. 얼마 받겠느냐구 물었더니 마음 내키지 않 는 놈처럼 그대로 시세에 알맞게 팔아달라구요.

그 소로 말씀하면, 참 다부지게 생긴 세 살째 먹은 암컷이었습너니다. 곱지를 쥐고 웅두라지루다 궁뎅 이를 딱 치니께 건성건성 네 굽을 놀리는데, 그 걸 어가는 품하고, 또 아기작아기작 궁둥이뼈 놀리는 모양하고 참말 한창 밭갈이에 신이 날 짐승이었습너니다. 기새미[39) 같은 털이 기름이 돌고 윤이 나도록 쫙 깔린 것으로나, 허벅다리나 가리짝이나 또 심태에나, 골고루 붙은 살고기가 제법 콩말이나 솔찬히 먹은 것이 완연한 것으로나, 지금 금새 타작 바리를 부리고 나선 놈하곤 어데 등골이나 그러한데 등창 자죽 하나 없는 품으로나, 그 녀석 생긴 품하곤 짐승은 퍽 손 익히 다루었다는 생각을 먹었습너니다.

자아 이 소 살 사람 없나, 어느 녀석이 사려는지 어젯밤 마누라하구서 횡재할 꿈꾼 놈이다, 자아 밭갈이나 논갈이나 짐 싣기나 발구[40) 끌기나, 코에 걸면 코걸이요, 입에 걸면 입걸이요, 등에 걸면 등걸이다—. 한 번 소리를 치며 어정어정 소 우전 마당으로 들어서니, 나릿님, 아니할 말루 저두 세상을 얻은 것처럼 신이 났습지요. 참 우리네 소루 인연해서 먹구 사는 놈은, 좋은 소만 보면 그저 신이 나고

---

39) 각초[刻草]
40) 물건을 실어 나르는 마소가 끄는 썰매

엉덩춤이 절로 나고…….

네? 네, 네, 참 죄송하올세다. 히 히 히, 그저 소가 하두 좋길래, 그만 흥이 나서 나릿님도 처소두 깜박 잊었습너니다. 그럼 그 중간 것은 쇠통[41] 빼어버리구서 요긴한 것만 여쭙겠습너니다.

850냥[42]이면 비지 값인데, 그 녀석 환장을 했던지 아무 말 없이 털석 팔았겠다요. 흥정이 되어 농회 파출소로 가서 도장을 찍고, 돈을 찾을 때 보니께, 그놈 이름이 서두성이었습너니다. 서서이 점잖이 걸어간다는 서 자 입고, 이름은 말 두 자, 별 성 자 올습네다.

그놈, 돈을 받아 쥐고 가도록 무어 말 한마디 입 밖에 낸 일 없습지요. 참 흉한 놈두 보았겠다, 필시 그놈 무슨 곡절이 있는 게 분명하다구 생각은 했습너니다마는, 전 또 딴 흥정에 바빠서 미처 돌아볼 새도 없었는데, 그러니 그게 원 한 시간이나 한 시간 반 가량이나 되었을는지요, 어쨌든 신작로 기슭

---

41) 전혀
42) 85원

뽕밭 최뚝에서 그 서두성이란 자하고, 바로 축산 기수 종칠이 김상하구서 마주 선 채 무슨 이야긴가 주고받는 걸 먼발로 보았삽는데, 그거 또 저야 그저, 안면 있는 사람들끼리 오순도순 수작질하는 줄만 알았지, 어데 이런 병집이 터지려구, 말다툼을 하구 있는 줄이야 알었겠습너니까.

만약에 제가 그걸 말다툼인 줄 진작 알았다면야 김상 낯을 봐서나, 또 서가 놈 역시 내손으로 소를 팔아준 놈이니, 어느 모로 봐서나, 옆에서 바라보구만 섰겠습너니까. 여보 이게 무슨 일이웨까, 우리 저기 홍편네 집으루 가서 술이래두 한잔씩 합세다, 이러구서 쌈을 말릴 법이지, 원······.

네? 네, 네, 죄송하올세다. 자꾸만 말씀이 객쩍은 데루만 흘러서 참, 죄송하올세다.

그럭허군 아마 10분두 안 되겠습너니다. 와아 하는 소리가 나고, 살인났다고 야단이길래, 저는 홍편네 부엌에서 녹두지짐 한 점을 얻어 들고 섰다가 그대로 쫓아 나와보니, 그때엔 벌써 장꾼이 백차일치듯 한가운데, 서가 놈은 뽕밭 고랑에, 그리고 종칠이 김상은 피묻은 칼을 들고 밭머리에 거꾸러져 있었습네다. 공의 선생이 오고, 또 나리께서랑 나오시기 전에, 먼발로 눈어림해서 보는 눈에도 서가란 놈이 죽어 있는 건 알 수 있었습너니다.

의사가 만든 해부 검사, 진단의 보고 기록 중 한두 절

그 중의 하나, ―서두성(徐斗星), 나이는 스물 일곱 가량. 체격도 좋고 영양도 가량한 편인데, 키는 다섯 자 세 치, 체중은 열 여덟 관.

시체를 검사하건데, 한편 쪽만 칼날이 달린 넓이 한 치 미만, 길이 한 자의 끝 있는 예리한 기구로 찔린, 다음과 같은 네 군데의 자국이 있었다.

우선 외표(外表)에 나타난 놈을 보건데―

첫째 자국.

바른 편 모가지에 한 치 가량의 칼자국이 있는데, 깊게 가슴팍의 유두근을 아래 위 두 치 길이로 절단하여, 경동맥을 끊어버렸다.

둘째 자국.

앞가슴에 팔 부 길이 되는 칼자국이 있는데, 이 자국은 다시 더 나아가 일곱번째 늑골을 자르고, 간장을 상하 아홉 부 길이로 관통하여, 위(胃)의 소만부(小彎部)에 이르러 머물러 있다.

셋째 자국.

왼편으로부터 왼팔을 끼고 길이 팔부 가량의 상처를 내고는, 다시 칼날은 가슴팍이에 이르러 이것을 끼고 또한 팔 부 길이의 자창을 내고, 폐 상엽에 이르러 같은 길이의 자국을 남기고 멈추었다.

넷째 자국.

셋째 자국과 거의 같이 평행하여 팔따시[43]에 한 치 닷 분 길이의 자창을 만들고, 가슴팍이로 나아가서 다시 심장을 뚫고, 우심(右心)의 한가운데 육 부 길이의 자국을 남긴 뒤, 반대쪽에 콩알만한 칼끝 자리를 내고 멈추었다.

다음 내경(內景)을 살피건데—.

---

43) 팔때기

흉강(胸腔)내에는 다량의 출혈이 있고, 신체의 각 장기(臟器)에는 피의 양이 대단 감소되어 있었다. 미루어 생각컨대 바른편 경동, 경정맥의 절단, 왼편 폐의 윗머리의 자상, 왼편 흉강 내의 출혈, 심장의 관통과 각 장기의 빈혈 등등으로 하여, 죽음의 원인이 된 것이라 인정한다.

그 중의 둘. ―김종칠(金鐘七), 직업은 축산 기수, 수의. 나이는 스물 다섯. 체격은 좋고 영양도 몹시 우량하다. 키는 다섯 자 다섯 치, 체중은 열아홉 관 우선 외표를 살피건데, 바른편 어깨와 잔등에 걸쳐서, 별지 서두성이가 맞은 것과 똑 같은 칼로써 길이 두 치 가량의 상처를 받았으나, 상처의 깊이는 위쪽은 한 치 가량으로 어깻죽지에 이르렀으나, 밑으로 내려오면서 상처의 깊이는 옅어져서, 그대로 칼이 미끄러진 것을 인정케 한다.

이 밖에 잔등에 두 군데 각젠 것 같은 자국이 보이나, 양복 위로 내려친 칼 끝이 그릇되게 상처를 준 것이라고 상상된다.

이상, 약 1개월의 안정, 외과적 치료를 필요로 한다.

내경(內景)에는 별반 이렇다할 것을 볼 수 없으나, 동계(動悸)가 항진된 관계와, 전기한 상처로 인연해서 신열이 높아 삼십팔 도 오부에 이르러 있다.

서두성이와 같은 오래에 사는 송관순이의 참고 심문서

네, 그렇습네다. 두성이와는 어렸을 때부터 같은 오래에서 자랐으니께, 그 녀석의 속은 꼬치꼬치 알어 꿰고 있습네다. 네? 아니올세다. 결코 그러한 포학하거나 잔인스럽거나, 와락부락하거나, 그런 성미의 녀석이 아니었습네다. 글쎄올시다, 단 한마디로 여쭙자면 활발스럽고 부지런하고……네? 내외간 의도 펙 좋았습지요. 그저 녀석 아이가 없어서 늘 쓸쓸해하는 것도 같았으나, 때로는 그깟 놈 먹일 것두 변변치 않고, 공부시킬 건덕지두 없는 신세에, 천행 잘 되는 일이라고 그렇게 웃어버리는 적도 있었습네다. 결코 금슬이 나쁘거나 그렇진 않았습네다. 친구의 마누라를 이러니저러니 하긴 좀 열쩍은 일이지만서두, 또 그 아주머니가 곱상하게 생겼으니께, 속으로 은근히 기쁘드름해서 지내는 걸 알고 있었습네다.

그런데 어쩐 일인지 한 열흘 전부텀 작자의 하는 행동이 수상했습네다. 첫째가 제 뒷집 차돌이네 조를 베는데, 점심들을 먹다가 차돌이 녀석이 무슨 말을 하던 끝에, 자네야 아주머니가 이쁘니까 두 말할 게 있능가, 그러한 말을 했삽년데 그게 여느 때 같으면야 그대로 무슨 말을 주워섬기든가, 그렇지 않더래도 그냥 씩하니 웃고 말 것인데, 어인 영문인지, 발칵 성을 내가지고, 남의 예편네 곱던 밉던 무슨 상관이냐구 노발대발하야 아주 좌중이 밍밍해졌던 적조차 있었습네다. 네? 그렇습네다. 전에는 그런 일이 조꼼도 없었습네다.

그럭허군 그렇게 잘 웃던 웃음도, 그렇게 잘 하던 농말도, 또 소를 앞세워 놓군 으레 한마디 뽑아넘기던 메나리도, 쇠통 입을 봉해버렸는지 말이 없었습네다.

그것이 그러니께 언제부텀입니까, 저어 거시끼, 네, 네, 잘 알겠습네다.

두성이 녀석이 그렇게 갑자기 수상해진 건 바로 아랫마을 최장의네 소가 탈이 났다고 저 군 농회에서 축산 기순가, 소 의술인가 한 양반이 왔다 간 이튿날부터인가봅네다.

네? 글쎄올시다. 전 그 관계나 내용은 잘 모르겠습네다. 본시부터 소 의술 김상과 무슨 원한 품었던 일이 있는가 말씀입니까? 전 자세히 모르겠습네다. 글쎄 뭐 그런 일이야 없었겠습지요. 김상 말씀이십네까? 글쎄올시다.

동네 전체루선 자세히 모르겠습니다마는 저 보기에는 얌전하고 상냥한 이같이 보였습네다. 네? 뚱뚱해 보이고 와락부락해 보여두, 속은 상냥하실 것처럼 제겐 보이는뎁쇼. 아니 올세다. 관청의 하는 일에 반감이나 그런 건 하나도 없습네다. 그리고 그런 기색이 우리 동네엔 보이지도 않습네다.……

어쨌거나 두성이 행동이 너무 수상하더라니, 하루는 수숫대를 져나르다가 은근히 물어보았습네다.

자네, 두성이, 요즘 뭐 속 걱정 있는가, 그랬더니 아무 대답두 않고 그냥 소 가는 뒤를 꾸벅꾸벅 걸어오다가, 세상 귀찮어 만주나 갈려네, 그러더군요. 만주루 간다, 건 또 갑자기 갈[44]하다 말구 무슨 청인가, 이렇게 제가 말했었더니, 아무 데 가나 한 평생 지낼 곳 없겠나, 그런단 말씀이지요. 그러니 그 이상 물어볼 수도 없고, 그러지 말게, 무슨 속인진 몰라두, 딴 곳이라구 별켔는가 마음 잡구 저 자라난 고장에서 살아보세, 이렇게 말할 수밖에 별도리가 없었습네다.

그러구는 오늘 아침 장보러 같이 집을 나섰습네다. 아직 갈이 바쁘지만 김장에 쓸 소금을 사다두려구 저는 나섰던 것인데, 동구 앞을 나서려니 두성이가 소를 몰고 국수당 옆에 내려오겠지요. 그래 어데 가느냐 물으니께, 장에 간다고요, 뭐 사러 가느냐니께, 그저 볼일이 있다구요. 그래 고을까지 오도록은 별로 아무 이야기두 없이 왔는데, 우전에 들어서더

---

44) 가을 추수

니, 여보게 관순이 우리 술 한잔 먹구 가세, 그런단 말씀입지요. 술은 장보구 갈 때 하세 그려, 그러니께, 가만 내 좀 할 이야기두 있으니, 저 지짐집으로 들어가세.

그러고는 곱지를 황철나무 긁에 매어놓고 성큼성큼 술집으로 앞서서 들어가겠지요. 그래 저두 소를 매고 따라 들어가서 마주 대작을 하였습네다.

소주를 비루병으로 한 병이나 한 뒤에, 느닷없이 하는 말이, 여보게 관순이, 난 인제 소나 팔어 돈냥간 해갖구 어데루든가 떠나려네. 아니, 그게 무슨 되잖은 수작인가, 아예 그런 객쩍은 수작은 집어치고 이러지 말고 우리 나가세, 윗거리에 가서 냉면이나 먹으면서 한잔 더하세. 그러나 막무가내라고 듣지 않습네다. 무슨 까닭으로 그러느냐 물어도 별 뾰족한 대답 없이 그대로, 남아가 한번 방랑을 하구 살어야지 어데 두메 속에서 산만 쳐다보구 살겠나, 그러기만 하겠지요. 그래서 아주머님 어덕허겠나, 그랬더니, 아주머니? 그깟 년 제 갈데로 가라지, 내 무슨 상관인가, 자, 어서 술이나 들게, 이게 혹시 영이별이 될는지도 모르네, 자, 술을, 들게, 술을.—

네? 이 칼 말씀입니까? 보지 않던 것입네다. 이게야 어디 우리 농가에서 쓰던 칼입네까, 요릿집에서 고기 써는 칼이 아닙네까? 네 그렇습네다. 서두성이는 그런 칼 갖고 다니지 않았습네다.

병원에 누운 채 김종칠이가 사법 주임에게 하는 고백담

제가 사람을 죽이다니 그게 웬말이요. 나는 아무것두 모르겠어요. 모두가 꿈 같어요. 정신을 잃었다 깨어나니 어깨가 쓰리고 뼈가 저리고 신열이 높고, 내 옆에는 공의 선생이 계시고, 나의 머리에는 얼음주머니가 놓여 있었습네다. 어데 정신이 좀 듭니까? 이렇게 묻는 말에 나는 비로소 내 자신을 발견했으나 아무두 나를 보고 살인한 놈이란 말은 안 했는데, 주임께서 이게 무슨 말씀이오, 내가 살인을 하다니……—실신한 태도를 보이면서 멍청하니 천장을 바라보다 눈을 감고 쭈르르 눈물을 흘린다.

아니 경부 나리, 그래 정당 방위도 살인죄가 되우? 그럼은요, 정당방위지요, 그게 정당 방위가 아니고 뭐야요? 그래 경부께선 내게 살인죄를 씌우시려우 그놈이 나를 찌르니까 ? 나는 그의 칼을 빼았었을 뿐입니다. 그 다음은 나는 모릅니다. 그 다음부터는 나 자신이 아니였습니다. 내가 아닌 딴 정신이 무엇을 하였거나 나는 지금 책임을 질 수가 없습니다. 나를 살해하려는 자에게 내가 무엇을 하였건, 그게 어째 내 책임이 되는 겝니까.

네, 진정하겠습네다. 진정하여 말씀 올리겠습네다.

―잠시 동안 침묵.

자전거로 군청에서 우시장으로 장판을 내려가다, 속이 출출하길래 문화면옥에 들러 냉면을 한 그릇 사먹고 갔습니다. 사람이 많아서 연해 종을 울리며 우시장 농회 사무소에 들러서 모자를 벗어놓고, 책상을 마주하고 잠시 앉아서 농회 서기에게 소시세를 묻고, 추수도 대충 끝났는데 웬 시세금이 그렇게 센가고 이야기를 주고받고 하다가, 오줌이 마렵길래 밖으로 나왔습니다. 변소가 없으니까, 어느 음식점으로 가든가, 부인네들 내왕이 없는 밭머리로 가려고 신작로를 건넌 것입니다. 경부께서도 잘 아시겠지만, 쇠줄로 울타리를 두르고, 그 밖으로 황철나무가 3개가 서 있고, 그리고는 신작로가 아닙니까. 그 신작로를 건너면 뽕밭이 있습지요. 그래 제가 바로 울타리를 돌아 나와, 둘째 번 황철나무께를 지나, 바른손으로 바지 단추를 끄르면서 가는데 어떤 농군 한 사람이 장꾼들 틈으로 불쑥 나서더니, 여보소의술, 하고 무뚝뚝하게 부른단 말이지요. 휘끈 머리를 돌리고 주춤해 섰으려니, 여보 소 의술, 하고 또 한마디를 불러놓곤, 다짜고짜로 내 팔목을 끌겠지요. 어떤 놈인지 생판 알지두 못하는 녀석이 아닌 밤중에 홍두깨 격으로, …… 아닌게 아니라 그런 심사가 생겼습니다. 그래, 이 사람 술잔이나 했거들랑 집으로 가든가, 어데 가서 술을 깨우는 게 아니라, 왜 공연히 알지두 못하는 사람을 갖고 이러느냐고, 공손한 말루다 타이르며 잡은 손을 가만히 밀어놓았지, 저두 술잔이나 해 본 사람이, 술 취한 사람에게 실례를 따지구 시비를 가려 소용 있습니까. 그래서 공손한 말루 타이르는데, 촌놈이 또 그런 눈치는 알 턱두 없어, 이번엔 파닥지에 핏줄을 세우고 하는 말이, 이놈 너 내가 누군지 모르겠니 이놈, 이러겠지요. 어처구니가 없어서, 잡힌 팔을 홱 뿌리치고, 미친놈 다 보겠군, 참 재수가 없으려니……, 이러면서 돌아서려는데, 다시 이번엔 더 힘차게 제 팔을 끌고 쭈르르 뽕밭 머리로 가겠지요. 나 역시 힘에 끌려 털석 쫓아가는데, 밭 최뚝까지 오더니, 이놈 너 일전에 아랫마을 최장의네 소탈 고치러 나왔다가 한 행동을 잊어버릴 턱이야 없지, 내가 바로 그 계집의 사나이다, 이러겠지요. 이놈이 이게 정신이 나갔거나 환장을 한 놈이다, 내가 네 계집을 어떻게 했다는 말이냐, 대체 네가 웬 놈인데, 내가 너희 같은 놈의 계집에게 치사스러워 손끝 하나 댈 턱이 있느냐, 소줏잔이나 마셨거던 이러지 말구 고이 삭혀라, 촌놈들이란 술 먹으면 술값을 하려구 이러지, 저는 저으기 속알지가 꼰두루 서는 걸 더러운 놈들과 입씸하는 게 치사스러워, 그대로 손을 뿌리치고 돌아섰습니다.

　네? 없습니다. 절대루 없습니다. 그건 경부께서 내 인격을 모르는 말입니다. 제가 무엇하러 그까짓 농꾼의 계집에게 손을 댄답니까. 절대로 없습니다. 조사해보십시오. 나는 아직 계집년의 파닥지조차 본 적이 없습니다.

　어쨌건 나는 그놈이 한다는 수작을 터무니 이해할 수 없었고, 또 그놈의 얼굴도 본 적이 없으므로, 그 녀석이 사람을 잘못 보았거나, 그렇지 않으면 공연한 생트집이라고 생각했었고 장판에서 사무에 바쁜 몸이 객쩍게 수작질을 건네고 있을 바 아니라고, 드디어 분함을 누르고 그냥 획 몸을 떨쳐 돌아서버렸던 것입니다. 그럭허면 아무리 술에 취한 놈이라도, 그대로 고함이나 몇 번 질러보다가 제풀에 맥이 나서 어데로 가버릴 것이라 생각했던 것입니다. 그런데 웬일입니까. 내가 돌아서서 한 발자국을 옮겨놓기 전에 잔등께가 선뜩하면서, 나보다도 멀찌감치 서서 이 쪽을 보고 있던 사람들이 먼저 악! 소리를 지르고, 그대로 나는 내 피를 본 것입니다. 몸을 돌이켜 칼을 마주 받고, 놈의 손에서 칼을 빼앗은 것만은 기억하고 있으나, 그 다음 두 몸이 함께 어우러져 밭 최뚝을 굴고 뽕밭 고랑을 엉켜 돈 것은 지금 겨우 상상이나 할 수 있을 뿐이올시다. 그런데 내가 살인죄를 짊어지게 되었다니…….

서두성이의 안해 보비의 에누다리

내가 어련히 정신 차려 처신 했을라구. 미련한 것이 어쩨 내겐 한 마디 말두 안 하구, 그런 빚은 천성 보이려구두 안 했더란 말이냐. 자행거를 탄 누런 양복 입은 읍내 나리를 보기는 했다마는, 내가 그 놈과 무슨 짓을 했으리란 말가. 이 미련한 놈아, 네가 만일 그때부터 나를 잘못 생각하구 있거들랑, 어쩨서 열흘이 넘는 동안 내게 일언반구가 없었던 말가. 소가 우물을 들여다보듯이, 허구헌 날을 멍청하니 지내다가 무슨 왕신이 동해서 이런 일을 저질렀던 말이냐. 또 기왕 칼을 들었다면, 그 칼루 놈을 넘어뜨리지는 못해, 되려 그 놈에게 넘어지구 만단 말이냐. 미련한 것, 바보, 등신…….

내가 왜 나를 그렇게두 믿지 못하는 놈, 니 같은 놈에게 일신을 의탁해 살아왔단 말이냐. 내 부모가 나를 네게다 살릴 제, 진정 나는 가난에 물려서 진저리가 났던 차라, 제발 가난한 놈에게는 살려주지 맙소사고 꿇어 엎드려 빌어 섬겼다. 그랬더니 어머니가 조용히 불러서 하는 말이, 밭날갈이나 갖고 소 짝이나 있어 제 계량45) 대기는 염려 없구, 사람이 준해서 한 평생 밥 굶지는 않으리라구, 내겐 그것이면 훌륭했다. 내가 고을로 시집 가서 무슨 짝에 쓴단 말가. 자행거 타고 당꼬즈봉인가 뭔가 입은 놈, 나는 그런 읍사람들의 계집이 될 생각은 아예 먹지부터 않았었다. 세루 두루마기 전반 같은 동정 달어 입고 인조견 파는 읍 사람의 안해가 돼서, 내가 그래, 가게에 나가 자질을 하란 말가, 자봉침을 하란 말가. 장꾼에게 고무신을 팔란 말가.

---

45) 그 해에 농사지은 곡식으로 그 한 해 동안의 양식을 이어감.

물론 내게 그런 걸 해내칠 만한 솜씨가 없는 건 아니다. 월급쟁이 예편네?

그깟것들이 대체 뭐냐. 나두 분 바르구 머리 지지면 그깟년들은 당해낸다.

전방에 서방하구 갈라 앉어서, 제법 이것 끊고 저것 재고 하는 장사치의 계집? 그깟 것들이 대체 뭐냐. 상판때기 하나 된 것 있다더냐. 내 발고락만두 못환 년들! 그렇다. 나는 그깟 년들 열 개를 당하구두 남을 자신이 있다.

그러나 그런 것 다 바라지 않고 너한테 시집 왔던 내가 아니냐. 몸은 튼튼하고, 일은 사나이 몫의친 해내치고, 그래, 내가 어데 내놓으니 꿀린단 말가. 나는 부지런히 일해왔다. 너를 극진히 섬기고 모셔왔다. 나는 너를 믿고 일신을 의탁해 오늘까지 살아왔다.

그런데 이게 무슨 일이냐. 너는 내게는 말 한마디 않고, 미련하게 제 칼에 넘어져 뻐드러져버렸구나. 인제 너는 가버려서 그만이지만, 남아 있는 나는 누구를 믿구 살아가란 말이냐.

진정 네 혼넋이 있거들랑, 내 말을 들어봐라. 그 날, 나는 해가 산허리에서 너웃할 무렵, 저녁을 지어야겠다구, 너보다 앞서서 밭을 나오지 않았느냐. 산모퉁이를 돌아 국수당을 넘어서, 바로 저, 선앙제 터에 이르렀을때, 땅거미는 이미 풀숲을 덮었는데, 나는 저녁이 늦는다고 고된 몸두 돌보지 않고 종종 걸음을 치고 있었다. 머리를 수굿하고 손을 횅횅 내저으며, 수수밭과 조밭 사이로 난 길을 걸어가는데, 갑자기 짜르릉 하는 자행거 종소리가 나고, 이어서 내가 머리를 들을 때엔, 내 앞에 고을 양복쟁이 하나가, 덥뻑 안장에서 내려서고 있었다. 그는 내가 길을 비끼는데도 불구하고, 차를 우뚝 세우고 멍청하니 서 있었다. 어인 영문을 몰라 머리를 들었을 때에 나는 비로소 그의 표정을 보았다. 이때에 밖에서 송관순이와 그의 안해가 들어서는 바람에 보비는 곡성을 높이고 지저귄다.

여보 아주바니, 그래 이게 웬일이란 말이요. 왜 아침엔 함께 고을로 나가더니 혼자만 돌아오다니, 그런 변이 어데 있단 말요.

그놈한테 칼루 맞어 넘어가는 걸 옆에서 멍청하니 보고만 섰드란 말이요.

아니 뭐요? 날 경찰서에서 부르다니, 내가 무슨 상관이 있다고?

네 시체는 그깟 것 이제 찾아와 무엇하겠수. 그 참혹한 걸, 시형이 어련히 찾아갈라구.

아니 뭐요? 나두 조사할 게 있다구? 내가 무슨 죄루, 그러나 오라면 가지요. 인제 오늘밤으루래두 가겠어요. 가구말구요. 가는 길에, 내 그놈두 마저 해보구 올테예요, 아이고—.

—다시 느껴운다.

무당의 입을 빌려 서두성이가 하는 이야기

소 의술 김종칠이한테 만신창이 되어 거꾸러진 것은 물론 틀림없는 나이지만, 그가 살인죄를 쓴다면 그건 억울한 일일 게다. 지금 나는 명백히 단언해두려니와 그가 나를 죽인 것은 정당 방위였다. 법률이 그를 어떻게 판단할는지는 알 바 아니나, 죽이고저 하는 살의를 가졌던 것은 김종칠이가 아니고 틀림없는 나였다. 혹시 두 사람의 육체를 찌르고 째고 가르고 한 식도가, 나의 소유가 아니었다 하여, 말썽이 있을지 모르나, 그 칼은 김종칠이가 자행거를 타고 우전으로 향하여 내려오는 것을 내가 장터에서 보고, 이어 화장수한테서 1원 50전을 주고 산 물건이다.

그러므로 나는 지금도, 그가 나를 죽인 데 대하여는 아무런 원한도 품고 있지 아니하다. 죽이려던 것도 나요, 또 나에게 김종칠이를 이길 만한 힘이 있었는가 그랬다면 으레히 나는 살고 그는 죽었을 것이다. 그러므로 그가 나의 몸을 한 군데도 아니요 세 군데 네 군데씩 무찌르고 파헤치고 했다 쳐도, 나는 그를 원망치 아니한다.

그러나 나의 혼이 이렇게 싱싱하게 떠돌아다닐 수 있는 한, 역시 나는 잊을 수 없고, 그러므로 그대로 풀어버릴 수 없는 두 가지의 울분이 남아 있다. 그 울분은 때로는 원통함이 되었고, 때로는 쓸쓸함이 되었고, 때로는 한없는 미움이 되었다. 하나는 김종 칠이에 대한 것이요, 또 하나는 그것과 밀접한 관계에 얽혀 있는 것이지만, 내 안해 보비에 대한 것이다. 말을 뚝 끊고 잠시 고요히 생각한다.

잊혀지지도 않는 그날, 우리집 조는 아직 덜 익어서, 양지 바른 데 심은 콩부터 대강 추수를 해치우느라고, 우리 부처는 아침부터 국수당 너머 콩밭에서 콩가지를 베고 있었다. 그날은 마침 아랫마을 최장의네 소가 탈이 났다고 법썩을 대던 날이었다.

나는 종일토록 밭에서 일을 보느라고, 적지 않이 몸이 고되었으나, 묶던 콩단이 얼마 남지 않았으므로, 저녁을 지어야겠다고 밭을 나서는 안해를 따라 나서지 않고, 그럼 먼저 가서 밥을 짓게, 그리구 오늘 저녁엔 뒷울타리에 열린 호박을 따서 호박장이나 지지게, ─이렇게 당부하고 다시 하던 일을 계속하였던 것이다. 그러니까 내가 묶던 콩단을 전부 말끔하니 묶어 치우고서, 밭에서 허리를 편 때엔 벌써 해는 산밑으로 뚝 떨어졌었고, 밭에서 나와 집을 향하여 길 위에 올라섰을 때는, 안해가 먼즘 간지 한

반시간도 더 지냈을 시각이었다.

나는 피곤하였으나, 집에 가면 안해가 밥을 지어 놓고 있을 것과, 팥 든 조밥에 호박을 고추장에 지진 것이 얼마나 맛이 날 것을 생각하고, 그리고 아침에도 아직 날배추 냄새와 소금냄새가 덜 가시었던 풋김치가, 지금쯤엔 알맞게 새큼하니 입맛을 돋울 것을 생각하고, 코로 흥얼흥얼 수심가까지 부를 수 있었다. 나는 국수당 있는 고개턱에 올라서서 마주 불어오는 바람에 푸우 숨을 내쉬었다. 얼마 높지 않은 고개턱이지만, 이곳서는 밑으로 외줄기 길이 선앙제터 옆을 거쳐 수수밭과 조밥 가운데를 일직선으로 달리다가, 얼마 가서 고을로 들어가는 큰 길과 잇닿는 어귀까지, 손 안에 든 것처럼 빤히 내려다 보였다.

해는 넘어가버려, 맞은 산 위에는 주홍빛으로 노을이 한떼 비껴 있을 뿐이었으나, 아직 길과 밭 위엔 또렷이 내려다 보일 만한 투명한 공기가 검은 땅거미와 다투고 있었다.

그러니까, 내가 단 5분, 아니 눈 하나 깜빡할 동안

만 늦게 이 고개턱을 넘었더라면 나는 아무 일 없이 그대로 무사할 수 있었을 것이다. 그러나 운명은 매정하였다. 나는 고갯마루턱에 올라서서 눈앞에 벌어지는 들과 길을 바라다보았고 그리고 내 두 눈은 아직도 그리 어둡지 않은 길 위에서 쉽사리 내 안해를 발견하여버렸다.

안해는 맨 처음은 내 시야에 들지 않았다. 처음은 그대로 일직선으로 달린 길뿐이었다. 그러나 길 옆 수수밭 속에서 안해는 길 위에 나섰다. 나는 처음 무슨 영문을 몰랐다. 무엇하러 남의 수수밭엘 들어갔었던가, 오줌이 마려워서,—어째서 또 여적 집에도 안 가고, 그러나 그건 모두 객쩍은 근심이었다. 안해는 길 위에서 잠깐 누구를 기다리듯 서 있었다. 그때에 나는 그가 왼팔을 올려놓은 것이 길 위에 세운 자행거 안장인 것을 보았다.

나는 그때 머리칼이 곤두 섰는지, 잔등께에 소름이 돋쳤는지, 눈앞이 아찔했는지, 가슴이 풍 물러앉었는지—아무 것두 느끼지 못하였다. 아니 이러한 모든 것을 아마 같은 순간에 겪어버렸을 것이다. 밭

가운데서 사나이가 따라 나오는 것을 본 뒤에도, 나는 자리에서 발을 옮겨놓지는 못하였다. 서로 인사를 하고, 그리고 년은 그대로 곧은 길을, 놈은 획하니 자행거에 올라타고 두어 번 저어서 이쪽으로 오다가 고을 가는 신작로로 없어진 뒤에야, 나는 미친 놈 모양으로 고개턱을 줄달음쳐 내려오고 있었다.

—또다시 잠시 동안 침묵.

안해는 천연하였다. 아무 것도 겪지 않은 것처럼, 물을 한 잔 들이켠 것보다두 더 단순하게. 나는 그걸 보고 그만 맥을 잃어버렸다. 저녁이 왜 늦었느냐고 물을 필요도 없었고, 그 이상 무슨 말을 비쳐볼 아무 기운도 나에겐 없었다. 그 표정, 그 행동, 그것은 사람의 것이 아니었다. 나는 부엌에서 돌아가는 계집을 여우는 아닌가 하고 의심스러울 지경이었다.

달려들어서 끄덩이를 낚아채고, 실컨 매질이라도 하려든 처음 생각은, 안해의 이러한 행동과 표정 앞에 부딪쳐서, 그때엔 내 몸에서 약기운처럼 사라져 버리고, 나는 그만 외양간에 가서 멍청하니 소만 바라보고 섰었다.

나는 내 눈을 의심해도 보았다. 동네 사람들의 소문에도 귀를 기울여보려 애썼다. 이렇게 맹물을 한 잔 마시는 것보다도 단순하게, 안해는 여태껏 여러 사람과 대하였을까— 하는 생각에 나는 잠을 이룰 수가 없었다. 그러나 나는 그에게 입을 열어 물어보지는 않았다. 아아 사랑하던 계집, 소중히 다루던 내 계집에게, 어떻게 그걸 물어볼 수 있다는 말이냐. 나는 아무말도 건네지 않았다. 그리고 나는 멀리 내 안해의 옆을 떠나버리려 하였다. 안해의 꿈결 같은 얼굴을 가슴에 안은 채……

처(妻)를 때리고

1

남수(南洙)의 입에서는 '이년'소리가 나왔다.

자정 가까운 밤에 부부는 싸움을 하고 있다.

그날 밤 11시가 넘어 준호(俊鎬)와 헤어져서 이상한 흥분에 몸이 뜬 채 집에 와보니 이튿날에나 여행에서 돌아올 줄 알았던 남편이 10시 반차로 와 있었다.

그는 트렁크를 방 가운데 놓고 양복을 입은 채 아랫목에 앉았다가 정숙(貞淑)이가 문을 열고 들어오는 것을 힐끗 쳐다보곤 아무말도 안했다. 한참 뒤에

'어데 갔다 오느냐'고 묻는 것을 바른 대로 '준호와 같이 저녁을 먹고 산보한 뒤에 들어 오는 길이라'면 좋았을 것을 얼김에 '친정 쪽 언니 집에 갔다 온다'고 속인 것이 잘못이었다.

그 말을 듣고 남수는 불만은 하나 어쩔 수 없는 듯이 '세간은 없어도 집을 그리 비우면 되겠소' 하고 나직이 말한 뒤에 그대로 윗방으로 올라가서 자리에 누웠다.

정숙은 준호와 저녁을 먹고 산보한 것이 감출만한 것도 안 되는 것을 어째서 자기가 난생 처음 거짓말을 하였는가 하고 곧 후회되었으나 준호와 산보하던 때의 기분으로 보아 준호도 그것을 남수에게 말하지 않을 것이라 생각하고 다시 두말 없이 그대로 아랫방에 자리를 깔았다.

그것이 오늘 남수가 저녁을 먹고 나가서 준호와 만났을 때에 탄로가 난 것이다. 하리라고는 생각도 않았던 준호가 무슨 생각으론지 남수에게 그 말을 해버렸다. 참으로 모를 일이다. 물론 준호 역시 말해서 안 될 만한 불순한 행동을 하지는 않았다. 그 역시 그만 일을 숨기느니보다 탁 털어놓고 농담으로 돌리는 것이 마음에 시원했을 것이다. 그는 늘 남수를 우당(愚堂)선생이라 부른다.

'우당선생 부재중에 부인과 산보 좀 했으니 그리 아우'쯤 말하고 껄껄 웃었는지 모른다. 아니 준호의 일이니 '내가 핸드백이 된 셈이죠. 어쨌거나 우당선생 주의하슈. 그만 연세가 꼭 스왈로를 걷고 싶을 시깁니다' 정도의 말은 했을 것이다.

이런 농담을 들을때 남수는 얼굴에 노기를 그릴 수는 없었으나 마음만은 몹시 불쾌하였을 것이다. 가랫물을 먹은 듯한 찡그린 얼굴로 애써 웃어보려는 남수의 표정이 생각키인다.

원체 자기네들이 남수에게 그날 밤 일을 어떻게 말할까—다시 말하면 속일까 바른 대로 말할까. 또 말한다면 어느 정도로 고백할 것인가를 협의해 두지 않은 것이 실수였다. 그러나 그런 협의를 해둘 만큼 그들은 남수에게 죄를 짓고 있다고는 생각지 않았다. 그런 죄를 의식하고 그런 협의를 할 필요가 있다고 생각했다면 그들은 적어도 양심의 가책 때문에 산보까지도 중지했을 것이다.

그날 밤의 산보—그것은 정숙이 혼자만의 생각인 지는 몰라도 물론 단순하게 길을 걷고 불이 아름답 다느니 얼마 안에 꽃이 피겠느니 하는 것으로 시종 된 것은 아니었다. 입으로 나온 말은 그 정도인지 몰라도 정숙이가 가졌던 흥분만은 이상하게 높았던 까닭이다.

어쨌든 그 말이 준호의 입에서 탄로가 나서 그 자 리에선 웃고 말은 모양이나 밤에 돌아오는 대로 남 수는 정숙에게 치근스럽게 트집 비슷한 말을 걸었 다. 그것이 벌어져서 드디어 싸움이 되었다.

지금 정숙은 팔을 걷어 붙이고 남편에게 대든다.

왜 그랬으면 어떠우, 속였으면 어떠우. 밥 먹고 산 보한 건 좋으나 속인 게 불쾌하다구. 밥 먹구 산보 만 한 줄 안다면 속였다고 불쾌할 게 뭐유. 그 이상 딴짓을 했으리라는 더러운 생각이 없다면 불쾌할 게 뭐유. 내가 그날 밤 속인 건 털어놓구 말하믄 오 둑하니 양복을 입은 채 맹초같이 앉아 있는 게 불쌍해서 속인 거우. 그래 어린애가 돼서 옷을 벗기구 자리를 깔아주어야 되우 언제 온다는 통지두 없는 걸 허구헌날 당신만 기다리구 있어야 옳소.

사흘 밤이나 기대렸수. 이날일까 저날일까 기다리다 지쳐서 저녁 전에 거리나 한바퀴 돌려구 나갔댔수. 돌아오다 길에서 만나서 준호씨와 저녁 먹은 게 그리 큰 잘못이구려.

왜. 그렇게 채려놓구 있다 맞아들이는 게 좋거들랑 기다리는 사람 생각두 좀 해보죠. 전보 치고 온다는 걸 내가 일부러 나가고 집을 비워두었던가 뭐 이 어때요. 그게 속인 변명이 되느냐구. 안 되믄 말어요. 애써 변명허는 건 아니니. 만일 내가 일이 있어서 언니 집에 갔다 온다구 안 했다면 그날 당장에 오늘 같은 싸움판이 벌어졌을걸. 그래 그때 준호씨와 밥 먹구 산보하다 온다구만 말했으면 거, 참, 잘했군 하고 칭찬할 뻔했수. 뭣이. 씨는 무슨 씨냐구 당신의 친구를 대접해서 부르는 거요. 준호씨 준호씨 자꾸 씨자를 넣어 부를 걸. 그 입에 발린 소리 좀 작작해요. 그날 밤으루 당신이 엉뚱한 시기를 했을 게유. 질투에 불이 붙어 밤잠두 못 잘 게 불쌍해서 속인 겐 줄두 모르구.

왜. 어때. 흥. 너 같은 것에게 질투는 무슨 질투냐구. 그래 지금 하구 있는 당신의 쌩트집은 질투가 아니구 질투 사춘이유. 당신은 몇 살이구 내 나이두 반칠십에 당신은 내일 모레믄 사십이 아니요. 어제 오늘 길거리나 술 집에서 만난 사람들인가.

옳아. 옳아. 내가 아무리 주릿댈 안길 년이믄 그런 어린애들과 치정 관계를 맺을라구. 푸. 그만두. 그만두. 그럼 그게 그 소리지 뭔가. 그래 옳아옳아.

뭣이 어째. 남이 말두 허기 전에 발이 재린 거라구. 저지른 죄가 있어 미리부터 넘겨 짚어본다구. 그래 내가 행실을 망쳤단 말이지. 이 쓸개 빠진 소리 좀 그만 두어요. 사나이가 오죽 못났으면 제 여편네가 바람이 날라구. 저두 저 부족한 줄은 아는 게다. 어째서 준호보구는 못 해봤노. 눈앞에 자기 원수를 놓구 왜 아무말 못 허구 웃기만 했나. 그리구는 지금 와서 나보구 이 야단인가.

이네 집에선 그때 돈 한푼 보탠 줄 아냐. 영감두 할미두 네 본계집두 그때만은 아는 척도 안 하드구나.

친정에서 친구들한테서 별별 굴욕을 겪어가며 너에게 옷을 대고 밥을 대고 책을 대는 동안 네 영감은 아들이 옥에 간 건 그 몹쓸년 탓이라구 물을 떠 놓고 빌드라드라. 어서 그년이 죽어야 아들이 화를 면한다구. 그래두 그런 소리두 내겐 내게 우스웠다. 난 너를 구해내려구 **뼈**가 가루가 되도록 미친 년같이 헤매었다. 그래 지금 와서 그 보수로 나는 너한테 헌신짝같이 버림을 받아야 하느냐.

너한테 10년 동안 **뼈**가 가루 되도록 해바친 게 죄가 돼서 이년 소리를 듣구 더러운 욕을 먹어야 되니. 입이 밑구멍에가 붙어두 그런 말은 못하는 법이다. 입이 10개래두 그런 수작은 못 하는 법이다.

감옥에서 나왔어두 벌써 3년이 되건만 네가 쌀 한 말을 사왔나. 네 계집 속옷 하라구 융 한 자를 사왔나.

응 허창훈(許昌薰)이. 그렇다. 허변호사 그놈이 미친 놈이다. 너를 여태껏 먹여오는 그놈이 미친 놈이다.

아니 너는 세상에서 뭐라구 하는 지나 알구 있니. 허변호사는 영리한 놈이라 차남수가 옛날엔 ○○계 거두니까 돈이나 주어 병정으로 쓰구 제 사회적 지위나 높이려구 한다는 소문이나 너는 알구 있니. 또 차남수는 자기가 이용되는 줄 알면서 그것을 거꾸로 이용하여 생활비를 짜낸다는 소문을 너는 알구나 있니. 그래 그게 청렴한 사람의 소위 청이불문이냐.

응 그놈 허창훈이 놈. 내 오늘이야 이 말을 한다. 너는 그 집이 가서 구구한 말 한마디하기두 싫어서 돈 관계엔 늘 나를 내세운 걸 알고 있지. 잊히지도 안 하는 작년 가을 김장 때이다.

아 나는 이 말만은 안 하려고 했다. 그대로 잊어버리려고 했다. 그러나.

아아 가을비가 마른 오동나무잎을 울리던 것이 아직도 나의 귀에 새롭다.

나는 열린 창밖으로 불빛이 쏟아져서 그 빛 가운데 빗발이 실발같이 반득거리는 것을 보면서 허변호사가 나오는 걸 기대리구 있었다. 너두 잘 알고 있을 허창훈이의 응접실이다.

나는 20분은 기대렸다. 그대로 와버릴까 하고도 생각해봤다. 더러운 놈들돈 몇 푼 가지고 사람을 골릴 작정인가 하구 분한 마음도 생겼으나 돈은 급허구 또 어제 오늘 사귄 사람두 아니구 제 편에서 와달라고 사람을 보낸 터이라 나는 분을 누르고 기대렸다. 응접실 문을 벌꺽 열드니 닝글닝글 웃더라. 얼굴이 벌건게 술을 쳐먹었드라. 쑥 들어서서 문을 닫고 다시 창문 있는 쪽으로 갈 때에 그의 몸에서 술 썩은 냄새가 쿡 코를 찌르드라. 문을 닫고 창장을 내려 덮은 뒤에 그놈이 하는 말이 비오시는데 무슨 용무가 계십니까. 그러면서 테이블 맞은편에는 의자도 있고 저편에는 소퍼가 있건만 그놈은 으슬으슬 내 옆으로 다가들드라. 내가 비닭이 같은 처녀라면 모르거니와 나두 천군만마의 속을 격어온 년이 그놈의 눈알이 붉어진 것과 씨근거리는 숨결과 그 말하는 투로 그 지더구하는 몸가짐으로 그놈의 속이 무엇을 탐내고 있는지야 모를 겐가. 이리같이 덤벼들면 나는 사자와 같이 대항하여 그놈을 갈리

갈리 찢어버릴 만한 기운은 있었다. 그러나 나는 모른 척했다.

애써 그놈의 변한 태도를 모른 척해서 효과를 내일까 했다. 그는 다시 말하드라. 무슨 의논허실 용무가 계시느냐구. 그의 목소리가 떨리고 나의 볼때기에 술 썩은 뜨거운 입김이 휙 스쳐가면서 나는 갈구리 같은 손이 나의 젖퉁을 부여뜯는 것을 느꼈다. 나의 손은 번개같이 그놈의 **뺨**을 갈겼다. 그 잘칵 하는 소리. 그것은 그놈에게두 의외였고 나의 귀에도 뜻밖인 듯했다.

나는 의자를 옮겨 길을 막으며 문 있는 쪽으로 종종걸음을 쳤다. 그러나 한참 동안 그놈은 벙벙하여 어쩔 줄을 모르고 그 자리에 서 있드라. 그 짧은 순간 변호사 허창훈이도 그가 한 행동에 대하여 반성했을 게구 현관으로 뛰어나오며 나도 내가 당하고 또 행동한 것에 대하여 생각했었다. 나는 슬펐다. 눈물이 연거푸 볼편으로 쏟아져 흘렀다.

나는 때렸건만 맞은 때보다도 분하였다. 나는 신을 어떻게 신었는지 모른다.

나는 비를 맞으며 오동나무와 노가지나무와 젓나무 사이를 지나 대문 있는 쪽으로 걸어갔다. 정숙씨 하고 부르는 소리가 등뒤에서 나드라. 물론 허창훈이가 뒤쫓아오는 것이다. 그는 나뭇잎이고 나뭇가지고 풀숲이고 분간 없이 비 내리기 시작하는 뜰 안을 뛰어오드라. 그리고 나를 붙들드니 펄석 그 앞에 엎드려 죽을 죄로 용서해달라고 빌드라. 나는 발길로 찰까 했다. 그러나 잠깐 그것을 내려다보다가 그대로 그를 비껴서 대문을 향하여 걸었다.

그는 다시 쫓아와서 봉투를 내밀드라. 내가 뿌리치매 그는 나에게 꽂듯이 내던지고 총총히 뛰어가 버리드라. 나는 울면서 한참 그 자리에 서 있었다.

비는 더 세게 내렸다. 그래 그 봉투를 어떻게 했는지는 네가 잘 알 게다.

배추를 사고 무를 사고 고추를 사고 소금을 샀다. 아니 마늘도 사고 미나리도 사고 굴도 샀다. 젓국도 샀다. 오늘 저녁 짠김치는 너도 먹었고 나도 먹었다.

아 아. 이것이 너의 친구다. 10년 아니 20년이나

너를 돌보아주는 애비보다 에미보다 낫다는 너의
친구다.

　말 좀 해봐. 왜 아무 소리도 없나. 너는 지금 나를
보고 부르짖어야 한다.
　이것을 여태 동안 감추고 네 앞에 티끌만치도 그
런 빛을 보이지 않은 것두 내가 허창훈이와 치정 관
계가 있어서이냐.
　말해봐라. 이것은 산보한 걸 속인 것보다두 결코
적지 않은 일일게다.
　또 네가 사나이라면 이 즉시로 칼을 들고 허창훈
이를 쫓아가라. 그에게 돈을 던지고 그의 가슴에 칼
을 꽂아라.

　그놈이 돈을 낸다구 출판사를 하겠다구. 출판사를
하여 문화 사업을 한다구. 너는 양심이 있는 놈이면
잡지책이나 내구 신문 소설이나 시나부랑이를 출판
하면서 그것이 다른 장사보다 양심적이라는 말은
안 나올 게다. 직업이 필요했지. 그 따위 장사를 하

려면 왜 여태껏 눈이 말똥말똥해 앉았었나. 작년에 하지. 아니 제작년에 하지. 문화 사업. 이름은 좋다. 우정이 두터운 봉사심이 많은 허창훈이를 파트롱으로 해가지구 문화 사업에 착수한다.

홍 사회주의 이름은 좋다. 그 철없는 것들이 웅게 중게 모여들어 선생 선생하니 그게 그리 신이 나던가. 우쭐해서 갈팡질팡. 드럽다 드러워. 제 여편네 젖통 만지는 건 모르구 눈앞에 내놓는 지폐장만 보이나.

징역이나 치른 게 장한 줄 아는가. 거지에게 돈 한 푼 준 게 10년 뒤에두 적석인 줄 아는가.

왜 때려. 왜 때려. 이놈이 내게 손을 걸어. 이놈. 이 도적놈. 이놈아. 이놈아 이놈아. 날 죽여라. 이 도적놈. 날 죽여라.

네가 뭘 잘했기에 나에게 손을 거니. 이놈아. 날 죽여라. 죽여라. 자. 이걸로 날 찔러라. 응 이놈아.

야 사회주의자가 참 훌륭허구나. 20년간 사회주의나 했기에 그 모양인 줄 안다.

질투심. 시기심. 파벌 심리. 허영심. 굴욕. 허세. 비겁. 인치키.[46) 브로커. 네 몸을 흐르는 혈관 속에 민중을 위하는 피가 한 방울이래도 남아서 흘러 있다면 내 목을 바치리라.

정치담이나 하구 다니면 사회주인가. 시국담이나 지껄이고 다니면 사회주인가. 100년이 하루같이 밥 한술 못 벌고 10여 년 동안 몸을 바친 제 여편네나 때려야 사상간가. 세월이 좋아서 부는 바람에 우쭐대며 헌 수작이나 지껄이다가 감옥에 다녀온 게 하늘 같아서 100년 가두 그걸루 행셋거릴 삼어야 사회주의자든가.

그런 사회주읜 나두 했다. 난 남의 은혜를 주먹으로 갚지만 못 했다. 애낳는 것까지 두려워 수술을 해가면서두 오늘 이꼴 당하게 될 생각만 못 가졌다. 미련한 이년은 10년이 하루 모양으로 남편을 하늘

---

46) 속임수

같이 알고 비방과 핍박 속에서 더울세라 추울세라 남편만을 섬겼건만 그게 뒷날 첩으로 되어 쫓겨나게 될 줄만 몰랐다. 두를 걸 못 두르구 먹을 걸 못 먹으면서도 남편에게 의식 걱정시켜서는 안 된다는 미련한 마음만을 먹을 줄 알았다. 남편에게 불만이 있고 가정 안에 울화가 있어도 그걸 누르고 참을 줄만 알았지 어디 대고 한번 떳떳하게 분풀이헐 줄은 몰랐다. 그게 죄가 돼서 오늘 너에게 매를 맞고 주먹다짐을 당해야 하는구나.

왜. 왜 나가니. 왜 윗방으루 도망허니. 할말두 많을 게구 갈길 힘두 많을 게구나. 좀더 때리고 가지 응. 응.

흐윽 흐윽 흐윽—.

2

힘없이 그는 쓰러진다. 아직도 귀 밖에서 처의 울

음소리가 들리건만 그의 머리는 연기로 가득 찼다. 연기는 무거운 쇳덩어리로 변하고 다시 물 축인 해면같이 엉켜 돌다간 구름같이 피어서 와사 모양으로 꽉 찬다. 아래로 몰렸던 피가 얼굴로 올라온다. 얼굴빛이 점점 붉어지고 머리칼 속에서 비듬이 따끔따끔 간지럽다. 관자놀이를 망치가 두드린다.

푸 한숨도 제대로 안 나온다. 남수는 담배도 안 피우며 그대로 장판 위에 번듯이 자빠졌다. 10 촉 전등이 물끄러미 그를 내려다보고 있다. 눈을 감아도 천장에 얼굴이 나타난다. 안경 끼고 콧수염 난 점잖은 신사의 얼굴. 남수는 우선 생각한다.

—허창훈 군. 네가 내 안해를 어떻게 했나. 내 안해 젖통을 도적하고 그 다음 너는 내 안해를 어떻게 할 작정이었나. 그 전순간도 아니요 그 다음 순간도 아니요 바로 그 순간만 너는 내 안해를 약탈할 생각이었나.

네가 내 안해의 젖통을 약탈하고 내 안해의 볼때기에 술 썩은 더운 김을 끼얹고 떨리는 목소리로 무슨 의논할 말이 있느냐고 물으면서 너는 내 안해와 진심으로 무엇을 의논하고 싶었는가.

정숙이는 내 안해다. 내 애인이다. 내 동지다. 창훈이. 누구보다 네가 그건 잘 알 게다. 너는 내 애인과 무엇을 의논하고 싶었는가.

나는 정숙이가 고백하는 이상의 일이 그날이나 또는 내가 이 세상에 없고 내 안해가 혼자 있던 날이나 아니 그 뒤에도 어느 때에도 너와 정숙이 사이에 있었다고는 믿지 않는다. 나는 안 믿으련다. 그 이상의 일이 있은 것을 가령 세상 사람이 모두 알고 세상 사람이 수군거리고 비웃더라도 나는 그것만은 믿지 않으련다. 믿지 않아야 나는 구할 수 있다. 그것을 믿게 되는 날 나는 무엇이 되느냐. 이 더러운 년놈들하고 나는 칼을 들어 마치 어떤 치정극에 나오는 불쌍한 주인공 모양으로 너희들을 질투와 의분에 불타는 칼로 찔러버려야 할 것이다. 너희들은 나에게 그런 연극을 시킬 작정이냐. 창훈이. 너는 네가 여태껏 나에게 베푼 수많은 은혜의 보수로 내 칼을 받아야 할 것이냐.

옳다. 나는 너도 또한 사람이던 것을 잊었다. 계집에게서 매력을 느낄 때에 그것이 자기에게 어떤 관계에 서는 계집인 줄을 잊고 성적 충동과 흥분을 느끼게 되는 동물적인, 아니 진실로 인간적인 한 개의 사람이란 것을 잊어버리고 있었다. 혹은 자기와 피를 같이 나눈 누이. 피를 같이 나눈 형이나 동생의 안해 혹은 삼촌댁 혹은 조카 며느리 아니 제 애비의 젊은 첩 다시 말하면 자기의 서모다. 엷게 입은 옷 속으로 여태껏 생각도 않았던 볼록한 젖가슴을 처음 볼 때 보루루한 솜털 속으로 흰 살이 등골로 흐르는 것을 멀거니 볼 때 물기 품은 잼 같은 입술이 쫑긋쫑긋 웃고 있는 것을 눈앞에 직면하여 볼 때 자고 깨나서 기지개를 하는 순간 흘러 내린 치마허리로 흰 살이 슬쩍 눈에 띄일 때 커다란 못 같은 두 눈이 이글이글 타고 있는 것을 숨결로 느낄 때 아 이때에 그 누구더냐, 누가 감히 그 순간 그것이 자기 자신을 동물로 환원해버리는 것을 느끼지 않을 쏘냐.

하물며 제 동지도 아니요 이러저러한 친구의 마누

라가 합체 뭐냐. 친구의 마누라쯤이 대체 뭐냐.

그런 일은 나도 있었다. 너도 있었다. 아니 세상의 모든 사나이에게 모두 있었다.

내 안해에게서 그것을 느낀 놈이 비단 허창훈이 하나뿐이랴. 준호도 그걸 느꼈으리라. 아니 준호에게 내 안해가 느꼈는지도 모르나 이건 마찬가지다.

아니 그전 옛날 청년 회관에 출입하던 모든 남자, 그중에서도 정숙이를 먹으려고 하던 몇 사람의 남자. 그들은 밤마다 생각하고 틈 있을 때마다 그것을 느꼈으리라.

내가 없는 동안 남자들이 정숙이에게 어떻게 굴었고 또 정숙이가 사나이들에게서 무엇을 느꼈으며 이것을 누르기에 얼마나 힘을 썼는지는 이 자리에 누가 감히 보증할 수 있을 것이냐.

그러나 옥중에 있는 동안 참말로 말할 수 있다만 나는 그것을 생각해보고 안타까워하며 몸이 달아한 적은 한 번도 없었다. 그런데 이것이 웬일이냐.

나는 오히려 세상에 나와서 안해를 내 옆에 놓고 가끔 그것을 느끼니 이것이 대체 어찌된 일이냐. 오히려 내가 없었을 때 일까지를 상상하고 나는 때때로 몸이 달아한다. 안해는 그전과 조금도 다름없이 굴건만 아니 그전보다도 더 얌전하게 집안에만 들어 있건만 나는 그전과는 판이하게 그것을 느낀다.

나는 의처병에 걸렸을까.

물론 이런 것은 나도 안다. 안해가 나에게 불만을 가지고 있다는 것 이건 벌써부터 내가 잘 알고 있다. 그것은 오늘밤 방금 정숙이가 한 말로 증명할 수 있지 않느냐. 사실 나는 그에게 불만이 있다는 것을 느낀 적은 퍽 오래 전부터이다. 그러나 나에 대한 그의 불만이 이렇게 그의 전몸뚱이에 혈관같이 퍼져 있는 줄은 몰랐었다. 그가 말하는 모든 불만, 그가 내게 대들며 삿대질을 하듯이 들씌우는 모든 불평이란 것들이 하나도 거짓은 없고 그것 전부가 사실이라 할지라도 그리고 나 역시 그것을 희미하게나마 생각하고 있었다 할지라도. 나는 그것이 정숙이의 몸에 그렇게 뿌리 깊게 적어도 그러한 형태로 퍼져 있는 줄은 상상하지 못하고 있었다. 어디서 옛날의 정숙의 면모를 찾을 수 있느냐. 그의 생각 그의 관찰 그의 비판—모든 관점이 다른 염집 부인네보다 못 하면 못 하지 조금도 나을 것이 없다.

나는 울고 싶었다. 나는 때리고 싶었다. 그래서 나는 생전 처음 그를 갈겼다. 내 주먹은 몇 번 주저하고 또 몇 번은 스스로 억제할 수도 있었으나 드디어 나는 그를 갈겼다. 나는 아무말도 못하면서 그를 갈겼다. 아 그것은 내 자신을 때리는 것이었다.

창훈아. 너는 지금 말하여라. 너는 지금도 내 안해를 낚고자 나를 시켜 출판사를 만드느냐. 너는 내가 없을 때마다 정숙이를 찾아와서 돈을 가지고 내 안해를 압박하려느냐. 또 젖통을 부르뜯고 그의 얼굴에 더운 김을 내뿜을 터이냐. 그리고 뻔히 뭣하러 온 줄을 알면서 닝글닝글 웃으며 무슨 용무가 계십니까 하고 내 안해의 옆으로 다가들 터이냐. 이것을 알면서도 나는 너와 함께 주식회사를 조직하여야 하느냐.

오냐 그런 것을 알면서도 나는 할 것이다. 네가 나

에게 정책적으로 논다면 나는 너한테 지지는 않을 게다. 어떻게 했던 나는 눈을 감고 이번에 5 만원은 출재(出財)시키고 말겠다. 네가 눈 가리고 아웅하면 나도 한다. 네가 내 안해에게 그런 행동을 한 이튿날 나는 너와 만났다. 그때 너는 천연스럽더구나. 너는 고민도 안 하였니. 네가 정숙이에게서 느낀 것은 애정이 아니고 성욕이냐. 성욕도 애정도 마찬가진 줄은 안다. 그러나 그 어느 것이냐.

아 이런 건 다 쓸데없는 질문이다. 최정숙이는 나의 안해다. 그러기에 나는 그를 때렸다. 그도 울면서 나에게 대들었다. 지금 그는 아무말도 안 하고 윗방에 엎드러져 있다. 그는 제가 방금 무슨 말을 하였는지를 비로소 생각할 수 있을 게다. 그는 자기가 한 말에 스스로 놀랠 것이다. 내가 때린 주먹 자리를 지금 만져볼는지 모른다. 멍울이 졌겠지. 그러나 그도 자기 볼때기를 때리고 머리를 문지른 것이 자기 자신인 것을 깨달을 것이다. 그 증거로 그는 지금 윗방에서 자지도 않으나 울지도 않고 그대로 조용하다. 부숙부숙 부은 눈은 지금 말뚱말뚱 무엇을 뚫어지게 바라보고 있을 것이다.

　김준호 나는 너에게도 말할 것이 있다. 너는 좋은 청년이다.

　처음 나는 너를 내 처에게 총명한 청년이라고 말했더니 처는 나를 비웃으며 김준호는 경박한 청년이라고 완강히 나에게 반대했다. 글쎄 그만둬요 무슨 김준혼지 뭔지 당신은 어째 그리 감격하길 잘 허우. 사람이란 첫인상만 보구 어찌 그리 내막을 알 수 있수 하고 나를 톡 쏘아붙였다.

　그러나 너도 알다시피 지금은 너를 싫어하지 않는다. 너와 저녁을 먹고 너와 산보할 때에 내 처는 행복을 느낀다고 말하였다. 내 처는 너에게 반했다고 말했다. 이렇게 말하는 나의 안해가 진심으로 너에게 애정을 느끼고 참말로 반했는지 그것은 좀더 생각해 볼 여지가 있을 것이다. 감정이 격한 나머지에 일종의 반발로 약을 올릴 양으로 그럴 수도 있으니까. 그러나 너와 산보할 때 행복을 느낀다는 말이

전혀 근거가 없는 말이라고는 나도 생각할 수 없다. 나의 처는 드디어 이렇게까지 질문하지 않았느냐. 준호에게 있는 것이 당신에게 있수.

그렇다. 나는 지금 나에게는 없고 준호─너에게만 있는 것을 생각해본다. 너는 과연 나에게 없는 어떠한 것을 갖고 있느냐. 천박하다고 경멸하고 냉소하면서도 너를 만나면 기쁘고 너와 같이 걸을 때 행복과 흥분을 갖게 되는 어떠한 것이 너에게는 있느냐. 경박 그 자체가 너의 매력이냐. 그렇지 않으면 여자를 압도하고 그들을 뇌살해 버릴 만한 두 살 난 표범 같은 억센 정열이냐.

나는 지금 내가 너를 처음 만나고 또 출판 주식회사의 계획을 함께 하는 동안 너에게서 느낀 솔직한 감상을 분석해볼 흥미를 가지고 싶지 않다. 그것보다도 나는 지금 뚜렷하게 너와 나의 안해인 정숙이와의 관계를 추궁해보고 싶다.

처는 아까와 같이 남편에게 불만을 갖고 있었다. 세속적인 불만 외에 여러 가지 불만이 함께 엉클어져 있었다. 그것을 그는 명확하게는 인식하지 못하였고 또 그렇게 되는 것을 두려워하고 있었다. 그러나 그의 몸에는 이 불만이 흠뻑 젖어서 구석구석까지 침윤되어 있었던 것을 지금 깨달을 수 있다.

너는 그런 때에 우리들 앞에 나타났다. 찬란하나 포착할 수 없고 경쾌하나 걷잡을 수 없고 편협한 듯하면서 자기 행동에는 지극히 관대하고 무겁지 않으나 어디로 흐르는지 알 수 없는 굴신자재(屈伸自在)한 성격―이것이 정숙이의 눈에 강렬한 자극을 준 것이 사실이다. 그러므로 당장에 그는 반발하였다. 그까짓 경솔하고 천박한 자식. 신문기자란 부랑자가 아닌가. 이렇게 그는 입으로 공언하고 자기 내심에도 타일렀다. 그러므로 그는 너의 말에 내가 찬성하여 허창훈이와 기타 호남 지방에 있는 돈 있는 이들을 움직이어 출판사와 인쇄소의 주식회사를 만들려는 것을 속으론 비웃었을 것이다. 그런 놈하고 무슨 사업이냐.

그러나 그를 경멸하고 기피하고 증오하면서도 아니 그렇기 때문에 더욱더욱 너에게서 오는 자극을 일층 강렬하게 받았다.

나는 지금 내 자신에 대하여 끝까지 잔인하면서 이것을 추궁해본다. 이렇게 하는 것은 나 자신에 대한 모욕이다. 나는 그것을 느낀다. 제 여편네가 나이 어린 젊은 녀석에게서 제 서방에게 없는 매력을 느껴 그것에 끌리어 들어가는 것을 냉혹하게 관찰해 나가는 과정을 준호야. 네게는 아무 것도 아닐지 모르나 나에게는 큰 고통이다. 준호야. 너는 아마 다른 계집을 대하는 듯이 내 안해에게도 대하였을 것이다. 사실 네가 내 안해의 어느 곳에 매력을 느꼈을는지는 도저히 상상할 수 없기 때문이다. 그러나 나는 네가 여자에게 대하여 취하는 태도를 알고 있다. 그것은 의식하건 안 하건 여자에 대한 너의 비결이다. 너는 그것을 아무 여자에게도 사용한다. 여급 기생처녀 남의 부인—더구나 권태기에 빠져 있는 중년 부인에게는 상당히 강렬한 자극이 된다.

언뜻 보면 여자에게 흥미를 갖고 호의를 느끼는 듯이 보이면서 또 그렇지 않게 보이는 것, 다른 사람들은 낯을 붉히고 부자연한 태도를 갖고야 말할 수 있는 것을 대번에 싱글싱글 웃어가며 참말같이 또는 농말도 같이 말해버리는 것—이런 것이 여자에게 흥미를 던져준다. 어떤 때는 사랑하는 남자같이 행동하나 또 어떤 때는 전혀 딴 사람같이 대해준다. 누가 자기의 애정을 고백하면 너는 여지없이 그를 환멸의 심연으로 떨어뜨린다. 그러나 그가 완전히 단념해버리도록 거절도 안 하고 어디에곤 야릇하게 한 줄기의 실오리를 붙여둔다. 너는 거침없이 표범과 같이 날쌔게 그들의 눈앞에서 정력을 휘두른다.

네가 그 이상 숨어서 이러한 여성들에게 어떤 행동을 취하는지는 나는 알 수 없다. 네가 네 앞에 나타나는 성적 대상에 대하여 생불과 같이 대하지는 않는다고 하여도 적어도 비류한 트릭을 써가지고 그들을 농락하지 않는 것만은 사실일 것 같다.

나와의 10여 년 동안의 생활에서 자극을 잃고 권태에 빠져 있는 나의 안해 최정숙이가 나에게서 찾을 수 없던 포착할 수 없는 매력을 너에게서 느끼기 시작한 것은 결코 이상한 일은 아니다. 나는 퍽 전에 이것을 느꼈다.

무엇보다도 정숙이의 지나치게 심한 너에 대한 과소 평가에서 나는 언뜻 그것을 느꼈다.

하루는 정숙이가 저녁에 종로를 다녀오더니 이렇게 나보고 말하더라.

백화점에서 나오다가 바로 문 옆에서 준호씨를 만났는데 웬 양장한 여자와 웃고 지껄이더니 내가 물끄러미 서서 보는 것을 눈치채곤 그대로 인사하고 갈라지지 않겠수 그래 여자와 갈라지더니 시침을 떼고 내게로 오길래 풍경이 아름답구려 했더니 흥흥 하고 코웃음을 치며 둘이 한번 그런 풍경 만들어볼까요 하겠지. 그래 내가 어린것이 그거 무슨 버릇 없는 소리냐고 했더니 그럼 죄지었으니 차라도 어디서 먹읍시다. 그러곤 어딘지 낮에는 차 팔고 밤에는 술 판다는 무슨 빠엔가를 앞서서 갑디다. 가면서 하는 말이 이제 그게 영화배운데 젖통 크기로 유명하우 하면서 싱긋싱긋 나를 보는구려. 그 하는 수작이 너무 천하고 품위가 없어서 욕이래도 해줄까 했으나 원체 버들

가지 모양으로 바람이 몰아치면 부러질 사람이유. 그런데 또 찻집에 들어가서 하는 짓이 장관이죠. 당번 여급이 보아 하니 활량인데 이걸 턱 옆에다 앉히더니 자 내가 하나 물으니 대답하면 내가 한턱 내구 지면은 너의 제일 귀한 걸 내게 바쳐야 한다. 또 나도 제일 귀한 걸 바치라면 그걸 걸어도 좋지. 이러고는 그 앞에 있는 네모난 흰 종이를 쓱 들더니 자 이게 무슨 그림인가. 여급이 아무리 봐야 백지밖에. 쳐들고 보아도 안 보이고 스쳐보아도 안 보이니 그 여자의 대답도 걸작이지. 하는 말이 바람을 그렸다. 바람은 눈에 안 보이니까. 준호는 고개를 쫑긋쫑긋하며 그 말도 비슷하나 가작이지 걸작일 수는 없다. 내 해석은 이렇다. 이 그림은 토끼가 거북이를 따라가는그림이다. 거북은 앞서서 이미 이 종이 밖으로 달려가고 토끼는 늦어서 아직 종이까지 오지 못했다. 계집애도 좋아라고 손뼉을 치니 준호하는 말이 너도 낙제는 아니니 키스쯤으로 용서한다고 막 야단이겠지. 그래 레이디를 앞에 앉히고 그게 무슨 쌍스러운 장난이오. 당시 동무 참 훌륭합디다. 그게 망나니지 뭡니까. 배

라먹을 놈.

이 말을 싱글싱글 웃으며 듣고 있던 나는 마지막 말이 나올 때 언뜻 느꼈다. 정숙이 자신이 준호에게 의식적으로 반발하고 있다는 것을 그때에 눈치 챈 때문이다. 의식적으로 애써 그를 밀쳐버리려는 노력—그것은 하면 할수록 더욱더욱 그 속으로 밀려 들어가기만 한다.

그러고는 매일에 한두 번은 반드시 내 처가 네 욕을 한다. 까분다. 부랑자다. 행실머리 없다. 이럴 때마다 나는 속으로 지금 제가 저 자신과 싸우고 있구나 하고 생각했다.

오늘밤 싸움만 해도 물론 이렇게 될 일이 아니었다. 정숙이가 속인 것에서 시기심을 느꼈다든가 너희들이 산보할 때 무엇을 했을까 하는 것을 쓸데없이 상상하고 질투를 느끼고 트집을 건 것은 아니다. 내가 농말 비슷하게 이야기를 했더니 갑자기 낯이 해쓱해지며 쓸데없이 바빠한다. 나는 그때만은 가슴이 찌르르했다. 이것은 분석해보면 질툰지 모른다. 몇 마디 오고가고 하는 동안 쓸데없는 싸움인 줄 알면서도 걷잡을 수 없게 되었다.

자 준호군 어찌 되었던 나는 군을 믿고 일을 계속하세. 군이 내 안해를 어떻게 했겠는가. 내 마누라는 감춘 것을 군은 스스로 고발하지 않았는가. 또 그 이상의 일이 있다 해도 나는 그것에 대해선 생각지 않으려네. 세상 사람의 웃음거리가 되어도.

어쨌든 최정숙은 내 안해다. 오늘밤 한 말은 안해로서 할 만한 말은 아니었으나 그가 불만을 과장해서 지적하고 나에게 대든 것은 나에게는 좋은 약이 되겠지. 지금은 처가 저렇게 흥분하고 있으나 곧 본정신으로 돌아갈 것이다.

여하튼 출판사는 해야만 한다. 결심한 이상 꼭 해놓고야 말 것이다. 사업이 아니라면 장사라고 불러도 좋다.

주식회사가 되기까지는 허창훈이도 필요하고 김준호도 절대로 필요하다.

허창훈—너는 돈을 가졌고 김준호—나는 너의 기술이 필요하다. 자본가를 끌기 위하여는 김준호—네가 꼭 있어야 한다.

아. 나는 마누라와 밤을 새워 치정 싸움을 일삼게 되었구나.

그러나 창훈아 준호야. 아니 누구보다 정숙아. 나는 너희들과 함께 출판사를 하련다 아니 장사를 하련다.

3

7시가 되어 햇발이 영창에 퍼졌을 때에 아랫방에서 자던 정숙이는 일어나서 거울을 보았다. 눈알이 충혈이 되어 핏줄이 둥글고 퍼런 눈알에 실꾸리같이 엉키었다. 두어 번 눈을 서먹서먹 해보고 얼굴을 바싹 유리에다 들이대니 갑자기 안계가 캄캄해지고 머리가 아찔하다. 그는 손으로 머리를 짚고 탁 엎드렸다. 코가 근질근질하여 손가락을 콧구멍 속에 넣어보니 피다. 종이를 비비어 꽂고 그는 부엌으로 내려갔다.

새벽녘에 피로에 지쳐서 간신히 들었던 잠을 윗방에 누웠던 남수도 문소리 때문에 깨버렸다. 머리가 아프다.

그러나 눈이 떠지자 그는 벌떡 일어났다. 그는 어젯밤 일을 생각지 않으려 한다. 아니 자기가 혼자서 생각하던 끝에 얻은 결론만을 회상하려고 한다.

안해가 부엌으로 가서 덜걱거리는 것을 보니 그도 그가 한 말과 남수에게서 맞은 것에 대하여는 생각지 않고 그가 울다 남은 끝에 도달한 건강한 결론만을 지금 마음에 갖고자 하는 것이 분명하다고 남수는 생각한다.

이 방이 있는 집채와 안대문 하나로 사이를 둔 회사원네 집에서는 아이들이 벌써 참새와 같이 재깔

댄다. 아버지와 함께 라디오에 맞추어 체조를 하려고 모두 일어나서 자리를 개는 모양이다.

남수도 그들과 같이 체조를 할까 하였다. 그러나 명랑한 결론만을 생각하고 라디오 체조를 할 만큼 단순할 수는 없었다. 무엇보다도 그의 명랑해지려는 노력은 밥을 지으려고 부엌에 간 줄 알았던 안해가 금시에 아랫방으로 돌아와서 펄석 앉으며 땅이 꺼져라고 깊게 짚은 긴 한숨에 부딪쳐서 깨지고 말았다.

역시 안해는 어제 일을 깨끗이 잊어버릴 수 없는 모양이다 그는 자기의 입으로 쏟아진 말에 대하여 생각하고 있는가 그렇지 않으면 남편에게서 맞은 것을 분하게 회상하고 있는가.

한숨―그것은 분할 때보다도 후회할 때 흔히 나오는 물건이라고 남수는 생각해본다. 그렇다면 그는 자기가 쏟아논 말에 새삼스런 두려움을 일으키고 땅에 흩어진 물을 다시 주워담을 수 없는 자의 경지를 헤매고 있는 것이나 아닐까.

남수는 측은한 마음이 생겼다. 안해의 괴로움이

남수 자신의 뼈에 사무치는 것 같아서 안해가 불쌍해졌다.

뭘. 자기는 그만 것을 이해하고 용서해줄 만한 포용성과 관대한 마음은 갖고 있건만— 이렇게 생각하고 그는 아랫방으로 내려가서 안해의 등을 뚜덕뚜덕 뚜드려주며 그를 위로해주고 싶은 충동을 느낀다.

그러나 샛문을 열어젖뜨릴 용기는 나지 않는다.

그때에 조간 신문이 왔다. 마루 위에 대문 틈으로 들이치는 소리가 싸르르하더니 턱 한다. 그는 미닫이 여는 소리를 내고 마루로 나가 신문을 집었다. 신문을 왈가닥 소리를 일부러 내며 이리 뒤치고 저리 뒤치고 한다.

아내는 지금 남편이 일어나서 어느 날과 다름없이 기지개를 하고 신문을 뒤적거리는 것을 알았을 것이다. 어젯밤 전에 없던 싸움이 벌어졌건만 남편은 아무렇게도 생각지 않는다. 이런 것을 남수는 정숙이에게 보여주고 싶었다.

남수는 신문을 들이뜨리고 뜰로 내려갔다. 태양을

향하여 낑하고 기지개를 한 뒤에 칫솔질을 하고 냉수에 세수를 하였다.

정숙이도 다시 부엌으로 나온다. 세수를 하노라고 꾸부리고 서서 다리 짬으로 남수는 정숙이의 모양을 슬쩍 본다. 뾰루퉁한 듯도 하나 얼굴은 무표정에 가깝다. 늘 하던 버릇으로 낮을 씻기 전에 얼굴을 크림으로 닦는 모양이다.

이제는 되었다. 이해는 성립되고 화해가 되었다. 남수는 방안에 쭈그리고 앉아서 다시 신문을 본다. 정숙이는 부엌에서 왔다갔다 한다.

"우당선생 기침하셨습니까."

준호의 목소리다. 대문 밖에서 이 소리가 날 대에 일순간 가슴이 덜컥 내려 앉고 바빠서 들었던 것을 떨어뜨릴 뻔한 것은 남수뿐만이 아니었다. 부엌에서 솥을 가시던 정숙이도 혈액 순환이 정지된 사람 모양으로 한참이나 어찌된 셈인지를 몰랐다.

준호—모든 것의 원인을 지은 장본인이 지금 찾아온 것이다.

목소리는 다시금 안대문 밖에서 들려온다.

"우당선생 아직 주무시우."

뜰로 뛰어나간 것은 남수나 정숙이나 동시였다. 그러나 남수는 마루 위에서

"네 나갑니다."

하고 대답만 하고 문은 정숙이가 열었다. 허리를 꾸부리고 대문을 들어서더니,

"단잠을 깨워서 미안합니다."

하고 두 사람을 번갈아 본다.

"지금 이 몇 신데 여적 잘라구."

남수는 손을 내민다. 그에게 악수를 청하는 것이다. 이것으로 모든 문제는 해결되는 듯이 내심에도 기뻤다. 그들은 손을 쥐고 흔들었다. 손을 놓고나서 얼굴을 돌리고 옆에서 뻔하게 보고 섰는 정숙을 보더니,

"며칠 동안에 상하신 것 같습니다. 머 몸이 편찮습니까."

한다. 정숙은 불시에 얼굴을 만져보고,

"뭘 상하긴 그렇거니 하니까 그렇죠. 또 나는 봄을 타서."

하고 간신히 웃어 보였다.

"네 봄을 타서요. 좋으십니다. 봄을 타는 건 대단히 좋은 일입니다."

준호는 싱겁게 껄껄 웃는다.

"망칙해 봄을 타는게 좋긴 머이."

"그런데 광대뼈 옆에 퍼런 건 무업니까."

준호가 쳐다보는 바람에 정숙이는 얼굴이 발개지는 것을 느끼며 손으로 멍울진 곳을 만져보았다. 아직도 좀 아프다. 그러나 그는 아픈 것을 참아가며 몇 번 그것을 손으로 꾹꾹 누르고

"어느거 이거 여기 뭐 있어. 아무렇지도 않은 걸요. 아마 버즘인게죠."

하며 얼굴을 좀 돌렸다.

"자 어서 올러오슈 이렇게 뜰 안에서 이럴 게 아니라."

윗방에 둘이 마주 앉아서 담배를 붙여 물었다. 뭘하러 이렇게 어젯 저녁에도 만난 사람이 오늘 새벽에 또 찾아왔는가 하고 궁금도 했으나 어쨌건 그가 찾아준 것을 안해와의 화해를 위하여 좋은 기회가

되었다고 남수는 기뻐하였다.

한참 담배를 태우면서도 준호는 용건될 만한 말은 꺼내지 않고 잡담만 한다. 그래서 남수는 말이 좀 끊어졌을 때에,

"그런데 오늘은 머 누가 돈을 새로 내겠다는 사람이나 생겼수. 미상불 좋은 소식을 가진 것 같은데."
하고 준호의 눈치를 보았다.

"머 용건 없이 놀러는 못 올 집이오."
하고 준호는 싱긋이 웃더니 천천히 담뱃불을 끄고 얼굴을 정색한다.

"다른 게 아니라."
이러면서 준호가 이야기한 것은 다음과 같다.

준호는 남수들에게는 비밀히 어느 신문사에 취직운동을 하고 있었는데 오늘 아침에 그것이 결정이 나게 되었다는 것이다. 그러므로 출판 회사 조직에는 금후에도 조력은 아끼지 않겠으나직접 관계는 끊어야 할 것이며 2, 3일 후부터는 출근을 하게 될 판이므로 자기가 나서서 모아놓은 것을 인계해주겠다는 말이다.

"어차피 봉급 생활을 할 바엔 신문 기자를 몇 해 좀더 해보려고 합니다. 그리구 이번엔 사회부로 가서 총독부 출입을 하라고 하므로 조건도 좀 좋고 또 여러 가지로 배울 것도 있을 것 같애서—."

원수와 마주 대하여 앉아서도 불쾌한 낯을 나타내지 않을 만한 사교적 세련은 치러왔건만 이때만은 남수도 웃는 낯으로 장래를 축복한다고 기쁨을 표시할 수는 없었다. 소한테 물렸다는 말이 속담에 있거니와 남수는 이 어린것한테 한방 잘 먹고 만 것이 되고 말았다.

남수는 말이 잘 나오지 않았다. 속이 찌르르하고 물 끓듯이 가슴이 부글부글 끓어오른다.

내 마누라를 농락한 놈이 이놈이다.—하는 생각이 새삼스럽게 생겨나며 이놈이 나를 농락하고 말았구나—분격한 마음이 끓어오른다.

제가 먼저 제안하고 제가 선두에 서서 일을 꾸며 놓고는 그 뒤에 숨어서 그는 취직 운동을 하였다. 그리고 일이 막 되어가려고 할 즈음에 돌연히 뱀장어 모양으로 빠져나가는 것이 무슨 행동이냐.

"또 종이값이 좀 내릴 것 같드니 오늘 시세도 그만인 걸요. 앞으로 내릴 가망은 없는 모양이구려."

준호는 출판사 경영 앞에 암초까지를 암시하고 마치 남의 일을 비방하듯 한다. 남수는 주먹을 부르쥐고 그의 볼때기를 후려갈길까 했다.

그러나 냉정히 주먹을 굳게 쥐고 생각해보면 제가 미련한 놈이었다. 그는 아무 것도 모르고 부엌에서 밥을 짓고 있는 처를 갈기고 싶었다.

'이년 이런 놈하고 산보할 때 너는 행복을 느끼느냐.'

이렇게 처를 뚜드리고 싶었다. 그러나 그 때리고 싶은 마음은 결국 제 자신에게로 돌아오는 불쌍한 심리였다.

준호는 호주머니에서 문서를 꺼내서 우물거리고 있다. 남수는 아무것도 눈붙여 보지 않으며 창문 있는 쪽을 멍하니 바라보고 있다.

라디오 체조의 호령 소리가 갑자기 그의 귀에 어지럽다.

김남천

(金南天, 1911.3.16~1953.8.16)

문학평론가, 소설가.

본명 김효식(金孝植).

1911년 평남 성천군에서 출생하여 1929년에 평양고등보통학교를 졸업했다. 이후 도쿄 호세이 대학에 입학하였다가 1929년 조선프롤레타리아예술가동맹(KAPF)에 가입하였고, 안막·임화 등과 함께 1930년 카프 동경지부에 발행한 『무산자』에 동인으로 참여하였으며, 1931년에 제적되었다. 1931년 귀국하여 카프의 제2차 방향전환을 주도하였으며, 김기진의 문학 대중화론을 비판하고, 볼셰비키적 대중화를 주장한 바 있다. 1931년에 제1차 카프 검거사건 때 조선공산주의자협의회 가담 혐의로 기소되었으며, 출옥 후에 감옥에서의 경험을 토대로 한 단편 「물」(1933)을 발표하고 문학적 실천에서의 계급적 주체 문제를 놓고 임화와 논쟁을 벌였다. 1934년 카프 제2차 검거사건에도 체포되어 복역하였으며, 1935년 임화·김기진 등과 함께 카프 해소파의 주도적 역할을 하였다. 장편『대하』(1939), 연작인 「경영」(1940)과 「맥」(1941) 등을 발표했다.

8.15 광복 직후에는 임화·이원조 등과 조선문학건설본부를 조직하였고, 1946년에는 조선문학가동맹을 결성하여 좌익 문인들의 구심점 역할을 담당하던 중, 1947년 말 경 월북하여 해주 제일인쇄소의 편집국장으로서 남조선로동당의 대남공작활동을 주도하였으며, 한국 전쟁에도 조선인민군 종군 작가로 참전했으나, 1953년 박헌영을 중심으로 한 남조선로동당에서 숙청된 것으로 알려졌다. 이때 김남천도 함께 숙청당한 것으로 알려졌으나, 정확한 사망 시기는 알 수 없다. 1953년이나 1955년에 사형당했다는 설, 1977년까지도 생존해 있었다는 설이 있다.

대한민국에서는 월북 작가라는 이유로 김남천에 대해서 언급하지 못하고 꼭 필요한 경우에는 이름 한 글자를 지우고 언급하다가, 6월 항쟁 이후 이름을 되찾고 전집이 출간되는 등 재조명되었다. 조선민주주의인민공화국의 문예사에는 김남천의 흔적이 남아 있지 않다.

1930년 희곡 「파업조정안」, 단편 「공장신문」과 「공우회」, 평론 「영화운동의 출발점 재음미」(중외일보)에 발표.

1931년 처녀작 「공장신문」(조선일보) 발표.

1939년 『대하』(인문평론) 발표하였으며, 「평론 발자크론」(인문평론) 등 발표. 작품집 『대하』, 『소년행』 등 간행.

1940년 『사랑의 수족관』(인문사 간행).

1947년 작품집 『맥』(을유출판사 간행)과 『3·1운동』(아문각에서 간행)이 발행됨.

큰글한국문학선집: 김남천 단편소설선

맥(麥)

© 글로벌콘텐츠, 2016

1판 1쇄 인쇄_2016년 07월 20일
1판 1쇄 발행_2016년 07월 30일

지은이_김남천
엮은이_글로벌콘텐츠 편집부
펴낸이_홍정표

펴낸곳_글로벌콘텐츠
　　　등　록_제25100-2008-24호
　　　이메일_edit@gcbook.co.kr

공급처_(주)글로벌콘텐츠출판그룹
　　　기획·마케팅_노경민　　편집_송은주　　디자인_김미미　　경영지원_이아리
　　　주소_서울특별시 강동구 천중로 196 정일빌딩 401호
　　　전화_02-488-3280　　팩스_02-488-3281
　　　홈페이지_www.gcbook.co.kr

값 39,000원
ISBN 979-11-5852-105-9 03810